古代美術史研究

五　編

第 14 冊

漢代隸書之文字構成（下）

郭 伯 佾 著

花木蘭文化事業有限公司

國家圖書館出版品預行編目資料

漢代隸書之文字構成（下）／郭伯佾 著 -- 初版 -- 新北市：
花木蘭文化事業有限公司，2023〔民 112〕
目 8+172 面；19×26 公分
（古代美術史研究　五編；第 14 冊）
ISBN 978-986-518-018-8（精裝）
1. 漢代　2. 隸書　3. 文字學
802.08　　　　　　　　　　　　　　　　　　　　109000435

ISBN-978-986-518-018-8

9 789865 180188

古代美術史研究
五　編　第十四冊　　　　　　　ISBN：978-986-518-018-8

漢代隸書之文字構成（下）

作　　者	郭伯佾
總 編 輯	杜潔祥
副總編輯	楊嘉樂
編輯主任	許郁翎
編　　輯	張雅淋、潘玟靜　美術編輯　陳逸婷
出　　版	花木蘭文化事業有限公司
發 行 人	高小娟
聯絡地址	235 新北市中和區中安街七二號十三樓
	電話：02-2923-1455 ／傳真：02-2923-1452
網　　址	http://www.huamulan.tw 信箱 service@huamulans.com
印　　刷	普羅文化出版廣告事業
初　　版	2023 年 3 月
定　　價	五編 21 冊（精裝）新台幣 75,000 元

漢代隸書之文字構成（下）

郭伯佾　著

目 次

第四章　漢代隸書文字構成之特質

　　根據李孝定的說法，早期的中國文字，像：甲骨文、金文，都具有「不定型」的特質。所謂「不定型」的特質，包括：「偏旁位置多寡不定」、「筆畫多寡不定」、「正寫反寫無別」、「橫書側書無別」以及「事類相近之字在偏旁中多可通用」。到了隸書的階段，中國文字「才算趨於大致定型」，不但單一文字的結構趨於「整齊畫一」，通篇的行款也越來越「講求勻稱」。〔註1〕

　　事實上，「整齊畫一」和「講求勻稱」乃是小篆的特色，是秦始皇帝和李斯等人「同書文字」的績效。〔註2〕這從傳世的秦代〈泰山刻石〉及〈琅邪臺刻石〉可以得到證明。至於戰國末年至秦代之隸書，本來就是使用於次要的場合，所以為了「趣急速」，〔註3〕一方面簡化文字的筆畫，一方面也無暇於端正書寫，遂使字形顯現草率之特色。試觀〈青川木牘〉及〈睡虎地秦墓竹簡〉等早期隸書墨跡，便可瞭然。至於漢代的隸書，一分面固然繼承了小篆「整齊」、「勻稱」的特點，表現出端莊、優雅的美感，因此逐漸取代小篆的

〔註1〕　李孝定，〈中國文字的原始與演變〉（下篇），《中央研究院歷史語言研究所集刊》，第四十五本第三分，頁 542～549。

〔註2〕　〈琅邪臺刻石〉之辭云：「普天之下，摶心揖志，器械一量，同書文字。」見：司馬遷，《史記》（臺北・臺灣商務印書館，1980），上冊，卷六，〈秦始皇本紀〉，頁86。

〔註3〕　趙壹，〈非草書〉，見：張彥遠《法書要錄》，卷一，頁6。

主流書法的地位，而被使用在碑版等一些典重的用途上；但在另一方面，漢隸同時也傳襲了秦隸「苟趨省易」的精神，[註4]並且將此一精神發揮得淋漓盡致，因而形成了一種「力求簡化」的特質。經過了四百多年廣土眾民的不斷使用，漢隸的同一個文字由於筆畫簡化的程度不一，或組成的元素有別，經常會有兩種以上的不同寫法，因而形成了一種「寫法多樣」的特質。而就在漢隸極力追求簡化的過程中，由於書寫者對於文字構成的義理未能把握得很好，卻又任意改變筆畫，遂使字形訛誤的情形日趨嚴重，因而形成了一種「訛變頻仍」的特質。

　　本章三節將舉漢代簡牘與碑版中之例字，分別就漢隸「力求簡化」、「寫法多樣」、「訛變頻仍」三項特質，做進一步討論。

第一節　力求簡化

　　「簡化」是文字演變過程中非常普遍的現象，是人類使用文字的一種共同需求。當人們生活中需要使用文字的場合越多時，文字書寫的速度就越需要加快；而文字既要寫得快，又不能太潦草而使人不易辨識，其最好的辦法，就是將文字加以簡化。東漢趙壹在〈非草書〉一文中提到：

> 蓋秦之末，刑峻網密，官書煩冗，戰攻並作，軍書交馳，羽檄紛飛，故為隸草，趣急速耳，示簡易之指，非聖人之業也，但貴刪難省繁，損複為單，務取易為易知，非常儀也，故其讚曰：臨事從宜……。[註5]

趙氏認為簡化文字的主因，在於「官書煩冗」和「軍書交馳」；也就是文字的使用率增高了，為了達到「趣急速」的目的，不得不進行「刪難省繁，損複為單」的簡化工作了。[註6]

[註4]　班固，《漢書》，卷三十，〈藝文志〉，頁1721。

[註5]　張彥遠，《法書要錄》，卷一，頁6。

[註6]　《漢書藝文志》：「是時始造隸書矣，起於官獄多事，苟趨省易，施之於徒隸也。」《說文解字敘》：「是時秦……大發吏卒，興戍役，官獄職務繁，初有隸書以趣約易。」也都是認為文字的使用率越高，就越需要簡化。至於王恆餘〈略述簡筆字的源流〉一文，認為「所增加的字過於龐雜，於是社會上就有人起來加以整理和

不過，中國文字的簡化，卻不必等到秦朝末年才開始；在商代甲骨文中，就可以找到不少簡化的例子。如：「延」、「防」、「循」……等字，〔註7〕其形符原爲「行」，或簡化作「彳」。〔註8〕而金文中，「秦」字下方原從「秝」，或簡化作「禾」。〔註9〕至於小篆，簡化之例更多，如：「星」字，金文上方從「晶」，〔註10〕而小篆或省若「日」；〔註11〕「則」字，金文左旁從「鼎」聲，〔註12〕而小篆或省若「貝」。〔註13〕「酉」字，金文酒罈腹部多作兩道橫紋，〔註14〕而小篆則將橫紋省作一道。〔註15〕……許慎謂：李斯等人作小篆，「皆取史籀大篆，或頗省改」，〔註16〕顯然與事實相符合。

只是甲骨文、金文和小篆，雖然也都有簡化的情形；其簡化的程度卻遠不能與隸書相比。尤其是漢代的隸書，其文字構成方面的力求簡化，眞是達到了前所未有的地步。例如：「書」字，從聿、者聲，本義爲「作字」；〔註17〕金文作「𦘠」、「𦘠」……等形，〔註18〕小篆作「𦘠」，〔註19〕秦隸作「書」

改革，予以簡化」。見：《中國文字》第九卷頁 12：將簡化文字的原因歸於文字太多，似乎沒有抓到問題的重點。

〔註7〕李宗焜，《甲骨文字編》，中冊，頁 863～866、868、872～873。

〔註8〕羅振玉曰：「古从行之字，或省其右作彳，或省其左作亍。」見：古文字詁林編纂委員會，《古文字詁林》，第二冊，頁 542 引。

〔註9〕容庚，《金文編／續金文編》，《金文編》，第七・二一，頁 434。

〔註10〕容庚，《金文編／續金文編》，《金文編》，第七・七，頁 406。

〔註11〕丁福保，《說文解字詁林》，第六冊，頁 195。

〔註12〕容庚，《金文編／續金文編》，《金文編》，第四・二三，頁 259～260。

〔註13〕丁福保，《說文解字詁林》，第四冊，頁 838。唯「則」字左旁訛作「貝」者，最早蓋爲秦代權量銘小篆。參見：本書第四章第三節之四。

〔註14〕容庚，《金文編／續金文編》，《金文編》，第一四・三六，頁 808～809。

〔註15〕丁福保，《說文解字詁林》，第十一冊，頁 792。

〔註16〕丁福保，《說文解字詁林》，第十一冊，頁 900。

〔註17〕許慎釋「書」爲「著也」，又說「著於竹帛謂之書」；不過，「竹帛」云云，只是書寫材料之統稱：著于甲骨也是書（甲骨多先書後刻），著于嘉石也是書（古人刻碑多先以硃砂書丹上石），著於紙張當然也是書。因此，徐灝認爲：「書从聿，當以『作字』爲本義，因以爲簡冊之稱。」見：丁福保，《說文解字詁林》，第二冊，頁 1088：第十一冊，頁 930。

〔註18〕容庚，《金文編／續金文編》，《金文編》，第三・二九，頁 190。

或「**書**」，〔註20〕漢代隸書作「**書**」、「**書**」、「**書**」、「**書**」、「**書**」、「**書**」、「**書**」……等形。〔註21〕漢隸「苟趨省易」的精神，顯然比秦隸發揮得更透徹。

　　根據漢碑隸書的實例分析，其文字構成的力求簡化，主要是循「減少筆畫」與「縮短筆畫」兩種途徑來進行，而且，同一個文字經常雙管齊下：即減少筆畫，又縮短書寫過程──

壹、減少筆畫

　　例如──

　　一、「乞」字

　　甲骨文作「**三**」、「**三**」、「**三**」……等形，〔註22〕中畫或稍短，以別於「三」字。李孝定謂「象雲气層疊形」，〔註23〕本義爲「雲气也」；其後借爲「乞求」等義，乃更假借「饋客芻米」之「氣」字或「水涸」之「汽」字以表「雲气」義。〔註24〕。

　　金文作「**三**」、「**彐**」、「**弓**」……等形，〔註25〕第一形與甲骨文近似；第二形上橫自左上屈折而下；第三形下橫之尾則往右下延伸。與「三」字之差別更顯清楚。

　　秦隸作「**气**」或「**气**」，〔註26〕最下畫之末端往右下延伸，源自金文第三形。

〔註19〕丁福保，《說文解字詁林》，第三冊，頁1088。

〔註20〕陳建貢、徐敏，《簡牘帛書字典》，頁404。

〔註21〕陳建貢、徐敏，《簡牘帛書字典》，頁404～405。

〔註22〕前兩形見：李宗焜，《甲骨文字編》，下冊，頁1327；第三形見：古文字詁林編纂委員會，《古文字詁林》，第一冊，頁307引《甲骨文編》。

〔註23〕李孝定，《甲骨文字集釋》，第一，頁0158。

〔註24〕《說文解字》：「氣，饋客芻米也。」又：「汽，水涸也。」見：丁福保，《說文解字詁林》，第六冊，頁551；第九冊，頁503。

〔註25〕第一形見：古文字詁林編纂委員會，《古文字詁林》，第一冊，頁308引《金文編》；第二、三形見：容庚，《金文編／續金文編》，《金文編》，第一・一一，頁54。

〔註26〕第一形見：袁仲一、劉鈺，《秦文字類編》，頁12；第二形見：古文字詁林編纂委員會，《古文字詁林》，第一冊，頁308引《睡虎地秦簡文字編》。

《說文解字》云：

　　气，雲气也；象形。〔註27〕

漢代隸書作「气」、「气」、「气」、「气」……等形。〔註28〕

按：漢隸「气」字，第一、二形略同於秦隸，而第一畫明顯分作兩筆；第三、四形又將最後一畫分成兩筆，且省去夾於中間之第二畫。

二、「法」字

甲骨文缺。

金文作「灋」、「灋」、「灋」、「灋」、「灋」、「法」……等形，〔註29〕前五形當如馬敘倫所云「從廌、法聲」，〔註30〕「廌」與豸、虎蓋同爲兇獸，〔註31〕而「灋」以「廌」爲形符，故「灋」字本義當爲「毀殘也」；〔註32〕如金文之「勿灋朕命」是。〔註33〕其後借爲效法字，如金文之「灋保先王」或「可灋可尚」是。〔註34〕乃以「屋頓」之「廢」字爲毀壞義。〔註35〕最末形從廌、從水，蓋

〔註27〕 丁福保，《說文解字詁林》，第二冊，頁413。

〔註28〕 第一、三形見：陳建貢、徐敏，《簡牘帛書字典》，頁21；第二形見：二玄社，《漢魯峻碑》（東京，1980），頁43；第四形見：二玄社，《漢孟琁殘碑／張景造土牛碑》，頁29。

〔註29〕 容庚，《金文編／續金文編》，《金文編》，第一〇·二，頁570～571。

〔註30〕 馬敘倫說，見：古文字詁林編纂委員會，《古文字詁林》，第八冊，頁511引《說文解字六書疏證》卷十九。

〔註31〕 馬敘倫：「廌獸非能知不直者而觸之也，王充已能辨之。蓋古民俗有以廌殺罪人者，以畏民也，如《詩》言「投畀豺虎」也。」見：古文字詁林編纂委員會，《古文字詁林》，第八冊，頁511引《說文解字六書疏證》卷十九。古俗有無「以廌殺罪人者」，固無可考；然「廌」或與豺、虎同爲兇獸。

〔註32〕 《列子·楊朱》：「廢虐之主。」《釋文》：「廢虐，毀殘也。」見：林尹、高明主編，《中文大辭典》，第三冊，頁1314引；陸德明《經典釋文》未收《列子》。

〔註33〕 古文字詁林編纂委員會，《古文字詁林》，第八冊，頁511引《文源》卷八。

〔註34〕 郭沫若謂「『灋保先王』乃『大保先王』」，見：古文字詁林編纂委員會，《古文字詁林》，第八冊，頁511引《大盂鼎，兩周金文辭大系考釋》：恐非。戴家祥謂「『可法可尚』，蓋王欲以法節制飲酒」，見：古文字詁林編纂委員會，《古文字詁林》，第八冊，頁511引《金文大字典中》：亦非。

〔註35〕 《說文解字》：「廢，屋頓也。」見：丁福保，《說文解字詁林》，第八冊，頁131。

即「灋」字。〔註36〕

　　權量銘一作「![圖]」，〔註37〕從廌、法聲。

　　秦隸作「![圖]」、「![圖]」、「![圖]」……等形，〔註38〕前兩形從廌、法聲；第三

形乃「氾之轉注字，從水、去聲」，〔註39〕本義為「濫也」。〔註40〕

　　《說文解字》云：

　　　　![圖]，刑也，平之如水，從水；廌所以觸不直者去之，從廌、去。

　　　　![圖]，今文省。![圖]，古文。〔註41〕

林義光云：

　　　　漢人謂皋陶以獬豸決訟，說甚不經。〔註42〕

至於「灋」或作「法」，段玉裁於「今文省」下注云：

　　　　許書無言「今文」者，此蓋隸省之字，許書本無，或增之也。

　　〔註43〕

　　漢代隸書作「![圖]」、「![圖]」、「![圖]」、「![圖]」、「![圖]」、「![圖]」、「![圖]」、

「![圖]」、「![圖]」……等形。〔註44〕

　　按：漢隸「法」字，前兩形從廌、法聲；其餘諸形則皆省「廌」，源自秦

〔註36〕馬敍倫說，古文字詁林編纂委員會，《古文字詁林》，第八冊，頁511引《說文解字
　　　六書疏證》卷十九。

〔註37〕二玄社，《秦權量銘》，頁7。

〔註38〕第一形見：陳建貢、徐敏，《簡牘帛書字典》，頁486；第二形見：袁仲一、劉鈺，
　　　《秦文字類編》，頁487；第三形見：北京大學出土文獻所，《北京大學藏秦代簡牘
　　　書迹選粹》，頁30。

〔註39〕馬敍倫說，見：古文字詁林編纂委員會，《古文字詁林》，第八冊，頁511引《說文
　　　解字六書疏證》卷十九。

〔註40〕《說文解字》：「氾，濫也。」見：丁福保，《說文解字詁林》，第九冊，頁336。

〔註41〕丁福保，《說文解字詁林》，第八冊，頁524。

〔註42〕古文字詁林編纂委員會，《古文字詁林》，第八冊，頁511引《文源》卷八。

〔註43〕丁福保，《說文解字詁林》，第八冊，頁525。

〔註44〕前三形見：北京大學出土文獻所，《北京大學藏西漢竹書墨迹選粹》，頁2、8、24；
　　　第四、五、六形見：陳建貢、徐敏，《簡牘帛書字典》，頁486；第七形見：上海書
　　　畫出版社，《衡方碑》，頁50；二玄社，《漢封龍山頌》（東京，1976），頁19；第
　　　九形見：二玄社，《漢禮器碑》，頁14。

隸第三形，亦許慎所謂之「今文省」。

三、「兼」字

甲骨文缺。

金文作「兼」，[註45]「从又持秝」，本義爲「并也」。《儀禮》所謂「兼執之」，[註46] 即并執之。

權量銘作「兼」，[註47]「从又持秝」。

秦隸作「兼」或「兼」，[註48]「从又持秝」，與金文、權量銘同。

《說文解字》云：

兼，并也；从又持秝。兼持二禾，秉持一禾。[註49]

意謂：一手（又）持一禾是「秉」，一手持二禾則爲「兼」。

漢代隸書作「兼」、「兼」、「兼」、「兼」、「兼」、「兼」、「兼」、「兼」……等形。[註50]

按：漢隸「兼」字，第一形明顯「从又持秝」，第二形將「秝」上方兩邊的禾葉變成的兩短橫連接成一長橫；第三形則省去四畫象禾根中的一畫，並且使剩下的三畫與禾稈分離；第四形則是將兩支禾稈超出上橫的部分都截去；第五、六、七形再省去代表禾根的一畫，唯保留兩支禾稈超出上橫的部分；第八形則截去第二橫超出豎畫之右方部分。

〔註45〕古文字詁林編纂委員會，《古文字詁林》，第六冊，頁667引《金文編》。

〔註46〕《儀禮·士冠禮》：「筮人執筴，抽上韇，兼執之，進，受命於主人。」注：「兼，并也。」見：鄭玄注，賈公彥疏，《儀禮注疏》，卷一，頁5。

〔註47〕二玄社，《秦權量銘》，頁5。

〔註48〕第一形見：陳建貢、徐敏，《簡牘帛書字典》，頁83；第二形見：袁仲一、劉鈺，《秦文字類編》，頁77。

〔註49〕丁福保，《說文解字詁林》，第六冊，頁503。

〔註50〕第一、七形見：陳建貢、徐敏，《簡牘帛書字典》，頁83；第二形見：北京大學出土文獻所，《北京大學藏西漢竹書墨迹選粹》，頁1；第三形見：二玄社，《漢韓仁銘／夏承碑》，頁36；第四形見：中國書店，《朝侯小子碑》，頁2；第五形見：二玄社，《漢尹宙碑》（東京，1980），頁14；第六形見：二玄社，《漢西嶽華山廟碑》，頁33；第八形見：二玄社，《漢孟琭殘碑／張景造土牛碑》，頁6。

四、「惟」字

甲骨文作「（图形）」、「（图形）」、「（图形）」、「（图形）」、「（图形）」、「（图形）」、「（图形）」、「（图形）」、「（图形）」、「（图形）」……等形，〔註51〕借鳥之象形「隹」字爲語辭。

金文作「（图形）」、「（图形）」、「（图形）」、「（图形）」、「（图形）」、「（图形）」、「（图形）」、「（图形）」、「（图形）」、「（图形）」、「（图形）」、「（图形）」、「（图形）」、「（图形）」、「（图形）」、「（图形）」、「（图形）」、「（图形）」、「（图形）」……

等形，〔註52〕第一至十八形皆借「隹」字爲語辭；最末形从心、唯聲，〔註53〕本義仍當爲「思也」。

秦隸缺。

《說文解字》云：

（图形），凡思也，从心、隹聲。〔註54〕

漢代隸書作「惟」、「惟」、「惟」、「惟」、「惟」、「惟」……等形。〔註55〕

按：漢隸「惟」字，从心、隹聲，多借爲語辭。而其形符「心」則或由四筆而省作三筆。

五、「曹」字

甲骨文作「（图形）」，〔註56〕竊以爲：从口、棘聲，本義爲「喧嘈」，〔註57〕

〔註51〕李宗焜，《甲骨文字編》，中冊，616～622頁。

〔註52〕前十八形見：容庚，《金文編／續金文編》，《金文編》，第四·八～四·九，頁230～233；第十九形見：古文字詁林編纂委員會，《古文字詁林》，第八冊，頁985引《金文編》。

〔註53〕徐中舒云：「即惟字，從心唯聲，不省口。」見：古文字詁林編纂委員會，《古文字詁林》，第八冊，頁985引〈陳侯四器考釋〉。

〔註54〕丁福保，《説文解字詁林》，第八冊，頁1169。

〔註55〕第一形見：二玄社，《漢封龍山頌／張壽殘碑》，頁31；第二形見：二玄社，《漢史晨碑》，頁26；第三形見：二玄社，《漢西狹頌》，頁24；第四形見：二玄社，《漢北海相景君碑》，頁14；第五形見：二玄社，《漢石門頌》，頁9；第六形見：二玄社，《漢張遷碑》，頁36。

〔註56〕李宗焜，《甲骨文字編》，下冊，頁1269。

〔註57〕陳彭年等重修、余迺永校著，《互註校正宋本廣韻》，卷二，頁158。

其後，下方之「口」孳乳爲「甘」，又借爲姓氏等字，乃另造从口、曹聲之「嘈」字。〔註58〕張亞初則謂：「曹从口，殆即槽之本字。」〔註59〕

金文作「🔣」、「🔣」、「🔣」……等形，〔註60〕「口」衍爲「甘」；而第三形上方但从一「東」，當係省文。

秦隸作「🔣」或「🔣」，〔註61〕皆从甘、棘聲。

《說文解字》云：

🔣，獄之兩曹也，在廷東，从棘，治事者也，从曰。〔註62〕

乃是根據訛誤字形及後起意義來說解，不足取。

漢代隸書作「🔣」、「🔣」、「🔣」、「🔣」、「🔣」、「🔣」、「🔣」、「🔣」、「🔣」、「🔣」……等形。〔註63〕

按：漢隸「曹」字，第一、二形本於金文前兩形；其餘各形，或刪去中段部分的筆畫，或連接左右相鄰的橫畫相連，或將減去左右並排的豎畫，或截去超出於第一筆橫畫之上的豎畫。極盡簡化之能事！

六、「載」字

甲骨文缺。

金文作「🔣」、「🔣」、「🔣」、「🔣」、「🔣」……等形，〔註64〕前兩形「乃

〔註58〕戴侗曰：「曹疑即嘈字，从曰、槽聲。」見：丁福保，《說文解字詁林》，第四冊，頁1232《徐箋》引。

〔註59〕古文字詁林編纂委員會，《古文字詁林》，第5冊，頁17引〈東周族氏銘文考釋舉例〉。

〔註60〕前兩形見：容庚，《金文編／續金文編》，《金文編》，第五‧一一，頁285；第三形見：古文字詁林編纂委員會，《古文字詁林》，第五冊，頁15引《金文編》。

〔註61〕第一形見：陳建貢、徐敏，《簡牘帛書字典》，頁407；第二形見：袁仲一、劉鈺，《秦文字類編》，頁193。

〔註62〕丁福保，《說文解字詁林》，第四冊，頁1232。

〔註63〕第一、三、四、五、九形見：陳建貢、徐敏，《簡牘帛書字典》，頁407；第二形見：二玄社，《漢曹全碑》，頁6；第六形見：二玄社，《漢韓仁銘／夏承碑》，頁39；第七形見：二玄社，《漢曹全碑》，頁42；第八形見：上海書畫出版社，《鮮于璜》，頁7；第十形見：二玄社，《漢武氏祠畫像題字》，頁61。

〔註64〕前三形見：容庚，《金文編／續金文編》，《金文編》，第一四‧一一，頁758；

從車、才聲之字」，〔註65〕其餘諸形皆從車、𢦏聲。本義爲「乘也」，《周易》所謂「載鬼一車」，〔註66〕即謂裝載整車之頭盔。

秦隸作「𢧰」或「載」，〔註67〕從車、𢦏聲，唯省去左上「才」之第二橫。

《說文解字》云：

      「載」，乘也；從車、𢦏聲。〔註68〕

漢代隸書作「載」、「載」、「載」、「載」、「𢧰」、「𢧰」……等形。〔註69〕

按：漢隸「載」字，第一、二形本於小篆，惟前者「才」之下橫變作兩斜向筆畫，後者則將此兩斜向筆畫與中豎分離；第三形以下則省去「才」字下橫，而成爲今楷「載」字的母型。至於左下之「車」，第四形省去下橫，第六形則將中豎超出上橫之部分截去。

七、「圖」字

甲骨文作「圖」、「圖」、「圖」、「圖」、「圖」、「圖」、「圖」……等形，〔註70〕金文作「圖」、「圖」、「圖」、「圖」、「圖」等形，〔註71〕前四形「從

    第四形見：古文字詁林編纂委員會，《古文字詁林》，第十冊，頁 730 引《金文編》。

〔註65〕郭沫若說，見：古文字詁林編纂委員會，《古文字詁林》，第十冊，頁 731 引《金文叢考》。

〔註66〕《易·睽》：「上九：睽孤。見豕負塗，載鬼一車。」注：「未至於治，先見殊怪。」見：王弼、韓康伯注、孔穎達疏，《周易正義》，卷四，頁 91。蓋以「鬼」爲「殊怪」之一。按：「鬼」字本義爲「首鎧」，即「盔」之初文。見：郭伯佾，《唐代楷書之二篆系統》，上冊，頁 73。

〔註67〕第一形見：陳建貢、徐敏，《簡牘帛書字典》，頁 797；第二形見：袁仲一、劉鈺，《秦文字類編》，頁 348。

〔註68〕丁福保，《說文解字詁林》，第十一冊，頁 376。

〔註69〕第一形見：二玄社，《漢尹宙碑》，頁 13；第二形見：二玄社，《漢魯峻碑》，頁 29；第三、四形見：陳建貢、徐敏，《簡牘帛書字典》，頁 797；第五形見：二玄社，《漢曹全碑》，頁 14；第六形見：李靜，《隸書字典》，頁 517 引〈樊敏碑〉。

〔註70〕李宗焜，《甲骨文字編》，中冊，頁 754～755。

〔註71〕前四形見：容庚，《金文編／續金文編》，《金文編》，第六·一五，頁 370；第五形見：古文字詁林編纂委員會，《古文字詁林》，第六冊，頁 134 引《金文編》。

口、啚聲」，〔註72〕本義爲「地圖」。《周禮》所謂「掌天下之圖」，即用其本義。〔註73〕引申爲圖畫、圖謀等義。第五形从心、圖聲，蓋爲「意圖」之本字。〔註74〕

　　　　秦隸作「▢」或「▢」。〔註75〕

《說文解字》云：

　　　　▢，畫計難也，从囗、从啚；啚，難意也。〔註76〕

「从囗、从啚」當改作「从囗、啚聲」。

　　漢代隸書作「▢」、「▢」、「▢」、「▢」、「▢」、「▢」、「▢」、「▢」、……等形。〔註77〕

　　按：漢隸「圖」字，皆从囗、啚聲；前三形略同秦隸，其餘諸形略同《說文》小篆，而「啚」之下段之筆畫多有省并。

八、「蓋」字

甲骨文缺。

金文「▢」或「▢」，〔註78〕第一形上大、下皿而作血，「大象其蓋，……古文字血皿往往互混」。〔註79〕即「盍」字。徐灝云：

〔註72〕徐鍇《說文繫傳》：「圖，……从囗、圖聲。」見：丁福保，《說文解字詁林》，第五冊，頁1100。

〔註73〕《周禮・夏官》：「職方氏掌天下之圖，以掌天下之地。」注：「天下之圖若今司空輿地圖。」見：鄭玄注、賈公彥疏，《周禮》，卷三十三，頁498。

〔註74〕《論語・述而》：「子在齊聞韶，三月不知肉味。曰：『不圖爲樂之至於斯也。』」注：「不意舜之作樂，至於如此之美。」見：朱熹，《四書集注》，《論語集注》，卷四，頁225～226。即以「意」釋「圖」。

〔註75〕第一形見：陳建貢、徐敏，《簡牘帛書字典》，頁173；第二形見：袁仲一、劉鈺，《秦文字類編》，頁433。

〔註76〕丁福保，《說文解字詁林》，第五冊，頁1100。

〔註77〕前三形見：陳建貢、徐敏，《簡牘帛書字典》，頁173；第四形見：李靜，《隸書字典》，頁117引〈郭有道碑〉；第五形見：二玄社，《漢北海相景君碑》，頁12；第六形見：二玄社，《漢禮器碑》，頁22；第七形見：李靜，《隸書字典》，頁117引〈趙寬碑〉；第八形見：二玄社，《漢西狹頌》，頁37。

〔註78〕古文字詁林編纂委員會，《古文字詁林》，第一冊，頁520引《金文編》。

〔註79〕張日昇說，見：周法高等，《金文詁林》，卷五，頁3268。

盉古榼字。左氏成十六年傳：「使行人執榼承飲。」蓋飲器也。
〔註80〕

金文或借爲器蓋字。第二形則从艸、盍聲，本義爲「苫也」，亦借爲器蓋字。

秦隸作「荼」、「荼」、「荼」、「荼」、「荼」、「荼」、「荼」、「荼」……等形，〔註81〕皆从艸、盍聲。

《說文解字》云：

荼，苫也，从艸、盍聲。〔註82〕

漢代隸書作「蓋」、「蓋」、「蓋」、「蓋」、「蓋」、「蓋」……等形。〔註83〕右兩斜畫加一短橫。其餘諸形則「盍」之中段皆省「厶」，而「艸」頭或省與第一形同作。

九、「赫」字

甲骨文作「𤏩」、「𤏩」、「𤏩」、「𤏩」、「𤏩」、「𤏩」、「𤏩」……等形，〔註84〕王襄云：

殷契中赫之異體甚多，然皆从大从二火，或从二火之變體。〔註85〕

本義爲「火兒」。〔註86〕

金文缺。

秦隸缺。

《說文解字》云：

〔註80〕丁福保，《說文解字詁林》，第四冊，頁 1436～1437 引《說文解字注箋》。

〔註81〕第一形見：陳建貢、徐敏，《簡牘帛書字典》，頁 708；第二至四形見：袁仲一、劉鈺，《秦文字類編》，頁 321；末四形見：古文字詁林編纂委員會，《古文字詁林》，第一冊，頁 520 引《睡虎地秦簡文字編》。

〔註82〕丁福保，《說文解字詁林》，第二冊，頁 840。

〔註83〕第一形見：二玄社，《漢曹全碑》，頁 4；第二、三、四、五形見：陳建貢、徐敏，《簡牘帛書字典》，頁 708；第六形見：上海書畫出版社，《鮮于璜碑》，頁 15。

〔註84〕古文字詁林編纂委員會，《古文字詁林》，第八冊，頁 769 引《續甲骨文編》。

〔註85〕古文字詁林編纂委員會，《古文字詁林》，第八冊，頁 770 引《簠室殷契微文考釋》。

〔註86〕古文字詁林編纂委員會，《古文字詁林》，第八冊，頁 770 引《說文解字六書疏證》卷二十。

　　「赫」，火赤皃，从二赤。〔註87〕

　　漢代隸書作「赫」、「恭」、「赫」、「赫」、「恭」……等形。〔註88〕

　　按：漢隸「赫」字，皆从二赤，而赤上之「大」多訛若「土」；赤下之「火」則或縮短爲四短豎，或省作三點，或省作兩點。

十、「衛」字

　　甲骨文作「𩰊」、「𩰊」、「𩰊」、「𩰊」、「𩰊」、「𩰊」、「𩰊」、「𩰊」、「𩰊」、「𩰊」……等形，〔註89〕第一形即「韋」字，乃「衛」字初文，馬敘倫云：

　　　　韋爲初文，从二止在口外，口者，象墉垣之形。〔註90〕

本義爲「宿衛也」；第二、三、四形从行、从止、从方，「从『行』則曩增之偏旁」，〔註91〕；「方」則爲「先民聚居之城邑」；〔註92〕第五、六形从行、从上下二止、从方；第七形从行、从四止；末三形从行、从二止、从人或千，當爲「方」之訛變。〔註93〕

　　金文作「𩰊」、「𩰊」、「𩰊」、「𩰊」、「𩰊」、「𩰊」、「𩰊」、「𩰊」、「𩰊」、「𩰊」、「𩰊」、「𩰊」、「𩰊」……等形，〔註94〕前四形从口，外有四足環繞，蓋爲「韋」字之繁文，乃「有地而守衛之意也，是原始衛字之朔

〔註87〕　丁福保，《說文解字詁林》，第八冊，頁 915。

〔註88〕　前兩形見：陳建貢、徐敏，《簡牘帛書字典》，頁 785；第三形見：二玄社，《漢封龍山頌／張壽殘碑》，頁 34；第四形見：二玄社，《漢西狹頌》，頁 46；第五形見：二玄社，《漢乙瑛碑》，頁 40。

〔註89〕　前七形見：古文字詁林編纂委員會，《古文字詁林》，第二冊，頁 549～550 引《甲骨文編》及《甲骨文編》；末三形見：李宗焜，《甲骨文字編》，中冊，頁 870～871。

〔註90〕　古文字詁林編纂委員會，《古文字詁林》，第二冊，頁 553 引《說文解字六書疏證》卷四。

〔註91〕　李孝定說，見：《金文詁林讀後記》，卷二，頁 46。

〔註92〕　徐中舒說，見：古文字詁林編纂委員會，《古文字詁林》，第二冊，頁 554 引《甲骨文字典》卷二。

〔註93〕　徐中舒：「字中增人、千以表示宿衛之對象。」見：古文字詁林編纂委員會，《古文字詁林》，第二冊，頁 554 引《甲骨文字典》卷二。恐非。

〔註94〕　容庚，《金文編／續金文編》，《金文編》，第二・三〇，頁 126～127。

義也」；〔註95〕第五至第九形从行、从上下二止、从方；第十至十三形从行、从二止、从口；最後一形从行、从二止、从帀，「帀」蓋爲「方」之訛變。〔註96〕

秦隸作「𧗧」或「𧗧」，〔註97〕皆从行、韋聲。

《說文解字》云：

𧗧，宿衛也，从韋、帀、从行；行，列衛也。〔註98〕

漢代隸書作「𧗧」、「𧗧」、「衛」、「衛」、「𧗧」、「衛」、「衛」、「衛」、「衛」、「衛」……等形。〔註99〕

按：漢隸「衛」字，除最末形似乎「从韋、帀、从行」（唯「韋」與「帀」之間少一橫畫）之外，其餘九形蓋皆从行、韋聲，而中央之「韋」筆畫多有省變，包括：上下之「止」或變若「十」；下方之「止」或變若「巾」；第八形將上下之「止」與中段之「口」併連書寫；第七、八、九形則未減少筆畫，而將上下兩「止」之中豎連作一筆，遂使此一長豎穿過「口」中。

貳、縮短筆畫

例如——

一、「所」字

甲骨文缺。或收「𠩈」、「𠩈」、「𠩈」、「𠩈」……等形作「所」，惟不知其說。〔註100〕

〔註95〕吳其昌說，見：古文字詁林編纂委員會，《古文字詁林》，第二冊，頁 551 引《殷虛書契解詁》。

〔註96〕李校定說，見：《金文詁林讀後記》，卷二，頁46。

〔註97〕第一形見：陳建貢、徐敏，《簡牘帛書字典》，頁725；第二形見：袁仲一、劉鈺，《秦文字類編》，頁131。

〔註98〕丁福保，《說文解字詁林》，第三冊，頁239。

〔註99〕前五形及最末形見：陳建貢、徐敏，《簡牘帛書字典》，頁 725～726；第六形見：上海書畫出版社，《鮮于璜碑》，頁24；第七形見：漢華文化公司，《明拓漢衡方碑》（臺北，1983），頁3；第八形見：二玄社，《漢西狹頌》，頁11；第九形見：二玄社，《漢北海相景君碑》，頁33。

〔註100〕李宗焜，《甲骨文字編》，下冊，頁941。

　　金文作「⿰」、「⿰」、「⿰」、「⿰」、「⿰」……等形，〔註101〕「从斤、戶聲」，本義爲鋸木聲。〔註102〕

　　石鼓文作「⿰」，〔註103〕

　　秦〈瑯邪臺刻石〉作「⿰」，〔註104〕

　　秦隸作「⿰」、「⿰」、「⿰」、「⿰」、「⿰」……等形，〔註105〕第一至四形皆从斤、戶聲；第五形則當是誤收「从斤、石聲」之「斫」字。〔註106〕

　　《說文解字》云：

　　　　⿰，伐木聲也，从斤、戶聲。《詩》曰：「伐木所所。」〔註107〕

　　漢代隸書作「所」、「所」、「所」、「⿰」、「所」、「所」、「所」、「所」、「所」、「所」、「所」、「所」……等形。〔註108〕

　　按：漢隸「所」字，皆从斤、戶聲，其左旁「戶」之右方縱向筆畫多有縮短之情形；而第二、六兩形「斤」之上畫與「戶」之上畫連作依長橫；末三形「斤」左方之縱向斜曲筆畫縮短爲縱向斜畫。

〔註101〕容庚，《金文編／續金文編》，《金文編》，第一四・九，頁753。

〔註102〕《說文解字》「所」字「伐木所所」段注：「《小雅・伐木》文。首章「伐木丁丁」，……次章「伐木許許」，……此「許許」作「所所」者，聲相似。……今按：丁丁者，斧斤聲；所所則鋸聲也。」見：丁福保，《說文解字詁林》，第十一冊，頁251。

〔註103〕二玄社，《周石鼓文》，頁40。

〔註104〕二玄社，《秦泰山刻石／瑯邪臺刻石》，頁39。

〔註105〕第一、二、五形見：陳建貢、徐敏，《簡牘帛書字典》，頁346；第三形見：北京大學出土文獻所，《北京大學藏秦代簡牘書迹選粹》，頁28；第四形見：袁仲一、劉鈺，《秦文字類編》，頁370。

〔註106〕《睡虎地秦簡文字編》收此作「斫」，見：古文字詁林編纂委員會，《古文字詁林》，第二冊，頁306引。

〔註107〕丁福保，《說文解字詁林》，第十一冊，頁250。

〔註108〕前六形見：陳建貢、徐敏，《簡牘帛書字典》，頁346～347；第七形見：李靜，《隸書字典》，頁250引〈校官潘乾碑〉；第八形見：李靜，《隸書字典》，頁251引〈楊震碑〉；第九形見：二玄社，《漢張遷碑》，頁19；第十形見：二玄社，《漢乙瑛碑》，頁34；第十一形見：二玄社，《漢西嶽華山廟碑》，頁27；第十二形見：浙江古籍出版社，《孔彪碑》，頁16。

二、「是」字

甲骨文缺。

金文作「⚹」、「⚹」、「⚹」、「⚹」、「⚹」、「⚹」、「⚹」、「⚹」、「⚹」、「⚹」、「⚹」、「⚹」……等形，〔註109〕郭沫若謂云：

> 是亦即匙，早象匙形，从又或一以示其柄，手所執之處也。从
>
> 止，止乃趾之初文，言匙柄之端掛於鼎脣者乃匙之趾。〔註110〕

按：「止」象左腳掌形，固爲「趾之初文」；然以「匙柄之端掛於鼎脣者乃匙之趾」，恐有未當。竊以爲：金文「是」字蓋皆从止、早聲；其上段乃「匙」之初文，或但畫匙形，或於柄處加一橫畫，或倚「又」而畫匙形。「是」字本義當爲「蹑也」，其後借爲是正字，乃另造从足、是聲之「蹑」字。〔註111〕

石鼓文作「是」，〔註112〕與金文第六形近似。

秦隸作「是」、「是」、「是」、「是」、「是」……等形。〔註113〕

《說文解字》云：

> 是，直也；从日、正。凡是之屬皆从是。是，籀文是从古文正。
>
> 〔註114〕

其說解顯然不可信。

漢代隸書作「是」、「是」、「是」、「是」、「是」、「是」、「是」、「是」、「是」「是」……等形。〔註115〕

〔註109〕容庚，《金文編／續金文編》，《金文編》，第二‧二〇，頁105。

〔註110〕古文字詁林編纂委員會，《古文字詁林》，第二冊，頁306引《金文叢考》。

〔註111〕《說文解字》：「蹑，蹑也，从足、是聲。」見：丁福保，《說文解字詁林》，第三冊，頁312。

〔註112〕二玄社，《周石鼓文》，頁42。

〔註113〕前二形見：陳建貢、徐敏，《簡牘帛書字典》，頁396；後三形見：袁仲一、劉鈺，《秦文字類編》，頁106。

〔註114〕丁福保，《說文解字詁林》，第三冊，頁6。

〔註115〕第一形見：二玄社，《漢孔宙碑》，頁22；第二形見：二玄社，《漢乙瑛碑》，頁44；第三至七形見：陳建貢、徐敏，《簡牘帛書字典》，頁396；第八形見：李靜，《隸書字典》，頁265引〈郭有道碑〉；第九形見：二玄社，《漢張遷碑》，頁14；第十形見：李靜，《隸書字典》，頁265引〈熹平石經殘石〉。

按：漢隸「是」字，前三形中豎與匙頭相連，源自金文第一形；其餘諸形若「从日、正」，則本於金文第三形及小篆之寫法。而除第四形外，其餘諸形一方面將末筆延長作隼尾波；另一方面卻將「止」之前兩筆畫縮短，甚至與「止」之第三畫連作一筆。

三、「流」字

甲骨文缺。

金文作「」，〔註116〕从水、㐬聲。〔註117〕

石鼓文作「」，〔註118〕从㭁，與《說文》古籀同。

繹山刻石作「」，〔註119〕从水，㐬聲，與金文同。

秦隸作「」，〔註120〕从水、㐬聲。

《說文解字》云：

，水行也，从㭁、㐬，㐬，突忽也。，篆文从水。〔註121〕

漢代隸書作「」、「」、「」、「」、「」、「」、「」、「」、「」、「」、「」、「」、「」、「」……等形。〔註122〕

〔註116〕古文字詁林，《古文字詁林》，第九冊，頁257引《金文編》。

〔註117〕馬敘倫謂古籀「流」字从㭁、流聲，見：古文字詁林，《古文字詁林》，第九冊，頁258引《說文解字六書疏證》。

〔註118〕二玄社，《周石鼓文》，頁32。

〔註119〕杜浩主編，《嶧山碑》，頁15。按：「嶧山」秦刻石作「繹山」，从糸，見：《嶧山碑》，頁11。

〔註120〕古文字詁林，《古文字詁林》，第九冊，頁257引《睡虎地秦簡文字編》。

〔註121〕丁福保，《說文解字詁林》，第九冊，頁644。

〔註122〕第一、二、十形見：陳建貢、徐敏，《簡牘帛書字典》，頁490；第三形見：北京大學出土文獻所，《北京大學藏西漢竹書墨迹選粹》，頁14；第四形見：二玄社，《漢韓仁銘／夏承碑》，頁48；第五形見：李靜，《隸書字典》，頁316引〈校官潘乾碑〉；第六形見：二玄社，《漢曹全碑》，頁43；第七形見：二玄社，《漢孟琁殘碑／張景造土牛碑》，頁12；第八形見：二玄社，《漢尹宙碑》，頁15；第九形見：上海書畫出版社，《鮮于璜碑》，頁9；第十一形見：李靜，《隸書字典》，頁316引〈趙寬碑〉；第十二形見：二玄社，《漢史晨前後碑》，頁59；第十三形見：二玄社，《漢石門頌》，頁24；第十四形見：二玄社，《漢禮器碑》，頁14。

按：漢隸「流」字，皆从水、㐬聲；唯第十以後諸形，將「㐬」超出上橫之筆畫截去，「㐬」遂訛若「不」。

四、「述」字

甲骨文缺。

金文作「⿰」、「⿰」、「⿰」……等形，〔註123〕蓋皆「从辵、术聲」；或作「術」，〔註124〕本義爲「邑中道也」。〔註125〕

秦隸作「⿰」或「⿰」，〔註126〕並「从辵、术聲」。

《說文解字》云：

訹，循也，从辵、术聲。〔註127〕

「循也」當是「述」字之引申義。〔註128〕

漢代隸書作「⿰」、「⿰」、「⿰」、「述」、「述」、「述」、「述」、「述」……等形。〔註129〕

按：漢隸「述」字，皆「从辵、术聲」；而右旁「术」上之斜曲筆畫縮短作一橫、一點，左旁上部之「彳」縮短作三短斜畫，其第三斜畫又與「止」之橫斜筆畫相併作一筆。

〔註123〕曾憲通說，見：古文字詁林編纂委員會，《古文字詁林》，第二冊，頁334引《長沙楚帛文字編》。

〔註124〕《儀禮・士喪禮》：「筮人許諾不述命。」注：「古文『述』皆作『術』。」見：鄭玄注、賈公彥疏，《儀禮》，卷三十七，頁440。

〔註125〕《說文解字》：「術，邑中道也。」見：丁福保，《說文解字詁林》，第三冊，頁230。

〔註126〕第一形見：古文字詁林編纂委員會，《古文字詁林》，第二冊，頁333引《睡虎地秦簡文字編》；第二形見：北京大學出土文獻所，《北京大學藏秦代簡牘書迹選粹》，頁16。

〔註127〕丁福保，《說文解字詁林》，第三冊，頁37。

〔註128〕朱芳圃：「許君訓『述』爲『循』，意謂順道而行，引申之義也。」見：古文字詁林編纂委員會，《古文字詁林》，第二冊，頁334引《殷周文字釋叢》卷下。

〔註129〕前三形見：陳建貢、徐敏，《簡牘帛書字典》，頁809；第四形見：二玄社，《漢孔宙碑》，頁35；第五形見：二玄社，《漢曹全碑》，頁9；第六形見：上海書畫出版社，《鮮于璜碑》，頁10；第七形見：二玄社，《漢楊淮表紀／魏晉石門閣道題字》，頁27；第八形見：二玄社，《漢史晨前後碑》，頁45。

五、「宮」字

甲骨文作「⿴」、「⿴」、「⿴」、「⿴」、「⿴」……等形，〔註130〕前二形「象房室相連」，〔註131〕蓋象前後相連的兩個半地穴式房間之俯瞰形，〔註132〕為「宮」字初文；〔註133〕本義為「居室」。或釋作「雍」。〔註134〕後三形「加宀以明之」，〔註135〕而第五形宀之下訛作雙「口」。

金文作「⿴」、「⿴」、「⿴」……等形，〔註136〕前二形與甲骨文之第四、第五形近似；第三形宀下作兩三角形。

石鼓文作「⿴」，〔註137〕上下兩房室之間有相連之短豎；此一短豎或許代表通連外室與內室的「門道」。

秦隸作「⿴」或「⿴」。〔註138〕

《說文解字》云：

⿴，室也，从宀、躳省聲。〔註139〕

「躳省聲」云云，不當。

漢代隸書作「⿴」、「⿴」、「⿴」、「⿴」、「⿴」、「⿴」……等

〔註130〕李宗焜，《甲骨文字編》，中冊，頁818～819、758。

〔註131〕李孝定，《金文詁林讀後記》，卷七，頁291。

〔註132〕陝西省長安縣客省莊所發掘的龍山文化半地穴式住宅遺址中，有一種兩個房間相連通的房子，「這種雙間的房子，或內室作圓形，外室作方形；或內外二室都作方形，中間連以狹窄的門道，整個建築的平面作呂字形」。見：劉敦楨等，《中國古代建築史》（臺北：明文書局，1983），頁27。

〔註133〕馬敘倫說，見：古文字詁林編纂委員會，《古文字詁林》，第六冊，頁877引《說文解字六書疏證》卷十四。

〔註134〕李宗焜，《甲骨文字編》，中冊，頁818。

〔註135〕馬敘倫說，見：古文字詁林編纂委員會，《古文字詁林》，第六冊，頁877引《說文解字六書疏證》卷十四。

〔註136〕容庚，《金文編／續金文編》，《金文編》，第七・三五，頁461。

〔註137〕二玄社，《周石鼓文》，頁23。

〔註138〕第　形見，陳建貢・徐敏，《簡牘帛書字典》，頁234，第一形見，袁仲一、劉鈺，《秦文字類編》，頁396。

〔註139〕丁福保，《說文解字詁林》，第六冊，頁746。

形。〔註140〕

　　按：漢隸「宮」字，前四形兩房室之間並無相連之短豎，源自甲骨文後三形與金文，而代表牆壁兩豎畫明顯縮短；第五、六形兩房室之間有相連之短豎，則本於石鼓文與《說文解字》小篆，而「宀」之兩邊豎畫亦明顯縮短。

六、「留」字

　　甲骨文缺。

　　金文作「」或「」，〔註141〕並从田、卯聲，竊以為：「留」字本義蓋為「燒種也」；因「燒種」即「田不耕火種」，故引申為留存義，乃另造从田、㐳聲之「畱」字。〔註142〕

　　秦隸作「」、「」、「」……等形。〔註143〕

　　《說文解字》云：

　　　　　　，止也；从田、卯聲。〔註144〕

「止」為「留」字之引申義；而「卯」本為「卯」的衍變，許慎卻誤分為二字。〔註145〕

　　漢代隸書作「」、「」、「」、「」、「」、「」……等形。〔註146〕

〔註140〕第一、二、五形見：陳建貢、徐敏，《簡牘帛書字典》，頁234；第三形見：李靜，《隸書字典》，頁137引〈校官潘乾碑〉；第四形見：二玄社，《漢乙瑛碑》，頁23；第六形見：二玄社，《漢武氏祠畫像題字》，頁86。

〔註141〕第一形見：容庚，《金文編／續金文編》，《金文編》，第一三・一四，頁728；第二形見：古文字詁林編纂委員會，《古文字詁林》，第十冊，頁383引《金文編》。

〔註142〕《說文解字》：「㽙，燒種也，从田、㐳聲。」段注：「篇韵皆云『田不耕火種也。』」見：丁福保，《說文解字詁林》，第十冊，頁1284。

〔註143〕第一形見：袁仲一、劉鈺，《秦文字類編》，頁442；第二、三形見：古文字詁林編纂委員會，《古文字詁林》，第十冊，頁384引《睡虎地秦簡文字編》。

〔註144〕丁福保，《說文解字詁林》，第十冊，頁1310。

〔註145〕林義光云：「說文卯聲之字，古皆从卯，如：柳古作（散氏盤）、留古作（留鐘），是卯、卯本一字。」見：周法高等，《金文詁林》，卷十四，頁8267。

〔註146〕第一形見：二玄社，《漢張遷碑》，頁12；第二形見：上海書畫出版社，《衡方碑》，頁31；第三形見：二玄社，《漢武氏祠畫像題字》，頁75；末三形見：陳建貢、徐敏，《簡牘帛書字典》，頁558。

按：漢隸「留」字，第一形係將上部「卯」中央兩長豎縮短，遂訛作兩方塊；第二至五形再將兩方塊上方往右下之折畫縮短爲短斜畫，而作兩三角形；若末形上方作雙「口」，固可視爲訛變字，亦可當作「卯」之縮短筆畫所致。

七、「僉」字

甲骨文缺。

金文作「」、「」、「」……等形，〔註147〕竊以爲：蓋皆从亼（象覆口形）、从二兄，〔註148〕本義爲「群出動口皃」；其後引申「皆也」，乃另造从口、僉聲之「噞」字。〔註149〕金文借爲「劍」，故各形下方加劍柄護手之象形，第二、三兩形之上端則加劍尖之象形；添加劍尖或劍柄，一方面作爲飾筆，一方面則明示此字爲「劍」。

秦隸缺。〔註150〕

《說文解字》云：

，皆也：从亼、从吅、从从。虞書曰：「僉曰伯夷。」〔註151〕

漢代隸書作「」、「」、「」……等形。〔註152〕

按：漢隸「僉」字，皆从亼、从吅、从从，與小篆同。前兩形之下方皆明顯从「从」；第三形則將下部的「从」縮短爲並排之四點。

〔註147〕古文字詁林編纂委員會，《古文字詁林》，第五冊，頁384引《金文編》。

〔註148〕「兄」之本義當爲「贊詞」，故「祝」字从之。《說文解字》：「祝，祭主贊詞者，从示、从儿、口。」見：丁福保，《說文解字詁林》，第二冊，頁143。「从儿、口」當正爲「从兄」。蓋許慎謂「兄」之本義爲「長也」，見：丁福保，《說文解字詁林》，第七冊，頁708。故不以之爲「祝」字所从。

〔註149〕《說文解字》「噞」字段注：「劉逵注〈吳都賦〉曰：『噞喁，魚在水中，群出動口皃。』」見：丁福保，《說文解字詁林》，第二冊，頁1293。

〔註150〕秦隸缺「僉」字；惟有从僉之「儉」、「檢」、「劍」、「險」字，見：袁仲一、劉鈺，《秦文字類編》，頁29、311、356、468。

〔註151〕丁福保，《說文解字詁林》，第五冊，頁141。

〔註152〕前兩形見：陳建貢、徐敏，《簡牘帛書字典》，頁65；第三形見：二玄社，《漢張遷碑》，頁44。

八、「寡」字

甲骨文作「🄰」或「🄱」，〔註153〕孫詒讓云：

> 此即「寡」字。〔註154〕

竊以爲：甲骨文此字當釋「𡥏」，蓋从宀、見聲，〔註155〕本義爲「無夫」，即「寡」字初文。〔註156〕「𡥏」字从宀，與「字」字取義相同。〔註157〕引申爲「少也」等義。

金文作「🄰」、「🄱」、「🄲」、「🄳」、「🄴」、「🄵」……等形，〔註158〕前三形从宀下作「頁」，當爲「見」之不同寫法；〔註159〕故此三形當亦蓋从宀、見聲。第四、五形當釋「頃」，从頁、左右各兩斜畫，象人臉龐兩邊之鬚毛；臉龐兩側之鬚毛當各有三畫，以示其多，如「須」字是；此各剩兩畫，則喻鬚之少。故引申爲寡少義。最末形蓋从宀、具聲，唯宀下作二「具」；「具」蓋爲「頃」之訛。

秦隸作「🄰」、「🄱」、「🄲」、「🄳」、「🄴」……等形，〔註160〕前四形皆

〔註153〕第一形見：古文字詁林編纂委員會，《古文字詁林》，第六冊，頁836引《契文舉例》卷下：第二形見：李宗焜，《甲骨文字編》，上冊，頁 206。第二形原釋「𡥏」。

〔註154〕古文字詁林編纂委員會，《古文字詁林》，第六冊，頁836引《契文舉例》卷下

〔註155〕「寡」與「見」皆屬牙音見紐，見：陳新雄，《聲類新編》，卷二，頁61、74。故「寡」字得以「見」爲聲符。

〔註156〕《釋名・釋親屬》：「無夫曰寡。寡，踝也，踝踝，單獨之言也。」見：劉熙，《釋名》，卷三，頁 50。

〔註157〕「字」从宀、子聲，本義爲「女許嫁」；如《易・屯》：「六二，女子貞：不字？十年乃字。」《康熙字典》謂「女許嫁曰字」。見：張玉書等撰、渡部溫訂正、嚴一萍校正，《校正康熙字典》，上冊，頁 639。女子出嫁，則爲夫之家室：無夫則寡居。故「𡥏」、「字」均从以宀爲形符。

〔註158〕前三形及最末形見：容庚，《金文編／續金文編》，《金文編》，第七・三〇，頁 452：第四、五形見：古文字詁林編纂委員會，《古文字詁林》，第六冊，頁 836引《金文編》。

〔註159〕金文中从「見」當部首時亦有作如「頁」者，如「睍」字之作「🄰」是，見：容庚，《金文編／續金文編》，《金文編》，第八・二六，頁 524。

〔註160〕前兩形見：古文字詁林編纂委員會，《古文字詁林》，第六冊，頁 836引《睡虎地

从宀、具聲，唯第四形下方若「分」，而爲《說文解字》小篆所本；第五形从宀、頮聲。

《說文解字》云：

寡，少也，从宀、頒；頒，分賦也，故爲少。〔註161〕

《說文解字》小篆宀下之「頒」蓋源自金文第四、五形。

漢代隸書作「寡」、「寡」、「寡」、「寡」、「寡」、「寡」、「寡」、「寡」、「寡」……等形。〔註162〕

按：漢隸「寡」字，前兩形源自金文第四、五形，而下段作五畫；第三形源自秦隸第五形；其餘諸形則皆源自秦隸一至四形，而第五形以下之下段筆畫縮短作四點。第六、七形宀下訛作「十」，魏碑及行、草書多從之；〔註163〕末二形則省去「頁」上橫下方之短豎畫。

九、「遠」字

甲骨文作「遠」、「遠」、「遠」、「遠」、「遠」、「遠」……等形，〔註164〕竊以爲：第一形从彳、袁聲，本義爲「遼也」；第二形「袁」下加「又」，蓋亦从彳、袁聲；第三、四形爲第一形之省；第五、六形爲第二形之省。

金文作「遠」、「遠」、「遠」、「遠」……等形，〔註165〕第一形从彳、袁聲，其餘諸形則皆从辵、袁聲。

秦簡文字編》；第三形見：陳建貢、徐敏，《簡牘帛書字典》，頁240；末兩形見：袁仲一、劉鈺，《秦文字類編》，頁403。

〔註161〕丁福保，《說文解字詁林》，第六冊，頁711。「頒，分賦也，故爲少」，段注本改作「頒，分也，宀分故爲少」，見：丁書，第六冊，頁712。

〔註162〕前五形見：陳建貢、徐敏，《簡牘帛書字典》，頁240；第六形見：二玄社，《漢武氏祠畫像題字》，頁80；第七形見：伏見冲敬，《書法大字典》，上冊，頁592引〈熹平石經〉；第八形見：二玄社，《漢西狹頌》，頁21；第九形見：二玄社，《漢曹全碑》，頁26。

〔註163〕參見：伏見冲敬，《書法大字典》，上冊，頁591～592「寡」字。

〔註164〕李宗焜，《甲骨文字編》，中冊，頁732。

〔註165〕前兩形見：容庚，《金文編／續金文編》，《金文編》，第一·一五，頁115；第三、四形見：古文字詁林編纂委員會，《古文字詁林》，第二冊，頁448引《金文編》。

泰山刻石作「遠」，〔註166〕从辵、袁聲。

秦隸作「遠」、「遠」、「遠」、「遠」、「遠」、「遠」、「遠」……等形。
〔註167〕

《說文解字》云：

    遠，遼也；从辵、袁聲。〔註168〕

漢代隸書作「遠」、「遠」、「遠」、「遠」、「遠」、「遠」、「遠」、
「遠」……等形。〔註169〕

按：漢隸「遠」字，皆从辵、袁聲。而「辵」上段之「彳」，各形皆有縮
短筆畫之處；而下段「止」之末筆，前兩形外之各形皆有延長筆畫之情形。至
於右方之「袁」，各形皆有縮短筆畫、甚至連接筆畫之簡化過程。

十、「縱」字

甲骨文、金文缺。

秦隸作「縱」、「縱」、「縱」、「縱」……等形，〔註170〕从糸、從聲，
〔註171〕本義當為「經也」。〔註172〕

    《說文解字》云：

〔註166〕二玄社，《秦泰山刻石／瑯邪臺刻石》，頁6。

〔註167〕第一形見：北京大學出土文獻所，《北京大學藏秦代簡牘書迹選粹》，頁5；第二、
三形見：陳建貢、徐敏，《簡牘帛書字典》，頁821；第四、五形見：袁仲一、劉
鈺，《秦文字類編》，頁121；第六、七形見：古文字詁林編纂委員會，《古文字詁
林》，第二冊，頁448引《睡虎地秦簡文字編》。

〔註168〕丁福保，《說文解字詁林》，第三冊，頁147。

〔註169〕前四形見：陳建貢、徐敏，《簡牘帛書字典》，頁821；第五形見：北京大學出土
文獻所，《北京大學藏西漢竹書墨迹選粹》，頁7；第六形見：二玄社，《漢史晨前
後碑》，頁62；第七形見：二玄社，《漢禮器碑》，頁53；第八形見：李靜，《隸書
字典》，頁496引〈楊震碑〉。

〔註170〕前二形見：陳建貢、徐敏，《簡牘帛書字典》，頁646；後二形見：袁仲一、劉鈺，
《秦文字類編》，頁262。

〔註171〕《說文解字》以「緩也」、「舍也」釋「縱」，可知「縱」字當讀去聲。

〔註172〕段注本《說文解字》：「經，織從絲也。」見：丁福保，《說文解字詁林》，第十冊，
頁527。

，緩也，一曰舍也，从糸、從聲。〔註173〕

「緩也」、「舍也」當爲「縱」之假借義。

　　漢代隸書作「」、「」、「」、「」……等形。〔註174〕

　　按：漢隸「縱」字，前三形左旁之「糸」上方與秦隸略同，猶近於篆書；第四形則「糸」之第二筆縮短，與第一筆不相搭黏；若「糸」下方三筆，漢隸各形皆分散，與秦隸不同，此亦縮短「糸」下左右兩畫所致。至於「從」右上之「从」，漢隸各形皆作左右兩斜畫加一橫畫，則屬訛變。

第二節　寫法多樣

　　在中國歷代的統一文字運動中，最具成效的，當爲唐代〈開成石經〉的刊立。〔註175〕〈開成石經〉之所以能夠眞正發揮統一文字的功效，固然是因爲刻成後留存的時間較長，不像漢魏〈熹平石經〉或〈三體石經〉刊立不久，即遭毀壞；「而最重要的原因，則是因爲開成石經立後不久，雕刻經典印版的技術便盛行，而雕刻經典印版的字體，是依據開成石經的字體的」。〔註176〕因此，中國文字的形體之得以固定，多賴印刷術的發明和進步。〔註177〕

　　在印刷術發明之前，任何文字的使用，都必須靠人手書寫。由於每個人都可能有其不同的文字傳承和書寫習慣，因此，不但書法的風格各具面貌，即使在同一個字的文字構成方面，也自然而然地顯現出寫法多樣的特色。早期

〔註173〕丁福保，《説文解字詁林》，第十册，頁551。

〔註174〕前二形見：陳建貢、徐敏，《簡牘帛書字典》，頁646；第三形見：二玄社，《漢封龍山頌》，頁42；第四形見：二玄社，《漢石門頌》，頁61。

〔註175〕金祥恆〈略述我國文字形體固定的經過〉：「〈開成石經〉，一名〈雍石經〉。計刻《周易》、《尚書》、《毛詩》、《周禮》、《儀禮》、《禮記》、《春秋左氏傳》、《公羊傳》、《穀梁傳》、《孝經》、《論語》、《爾雅》十二種，附張參序定、顏傳經所撰《五經文字》，刻加唐玄度所撰《九經字樣》。字體爲眞書，且多用歐陽（詢）、虞（世南）、褚（遂良）、薛（稷）書法。自太和七年（西曆八三三年）十二月詔刻石經於講論堂兩廊，至開成二年（西曆八三七年）十月蕆事。」見：《中國文字》第一卷121頁。

〔註176〕金祥恆〈略述我國文字形體固定的經過〉，《中國文字》第一卷，頁124。

〔註177〕唐蘭《中國文字學》124頁、136頁及高景成《中國的漢字》54頁，均肯定印刷術對於字形固定的作用。

的甲骨文、金文，固然同一個字經常會有多種不同的寫法；經過「同書文字」
〔註178〕以後的隸書——尤其是漢代之隸書，其寫法之多樣，往往凌駕乎甲骨
文與金文之上。

　　兩漢時代，中國的印刷術尚未發明，連被視爲印刷術支援的拓碑技術也
還沒問世；〔註179〕任何需要使用文字的地方，都得靠「史」或「書佐」等文
書人員以手書寫，〔註180〕這是漢隸寫法多樣的一個原因。而在同時，中國文
字又正值有史以來最爲劇烈的轉變時期；當時流行的隸書爲了滿足快速書寫
的迫切需求，不斷地力求簡化；不同的簡化程度，遂也造成了各自不同的寫
法。

　　漢代隸書中，同一個文字的寫法，有超過十種以上者，如：「懷」、「師」、
「處」、「華」、「漢」、「靈」、「身」……等字是；也有六至十種者，如：「牢」、
「孟」、「官」、「孫」、「救」、「造」、「義」、「藝」、「聽」、「永」、「垂」、「得」、
「尊」、「愛」、「福」、「經」、「爵」……等字是；至於二至五種者，尤屬常見。
根據實例分析，漢隸的多樣寫法，其實包含了兩種類型：其一爲「文字組成
元素不同」的多樣寫法；另一則爲「筆畫演變情形有別」的多樣寫法。而且，
同一個文字經常會出現上述兩種類型的不同寫法——

〔註178〕《史記‧秦始皇本紀》載〈琅邪臺刻石〉之辭：「器械一量，同書文字。」見：司
　　　　馬遷，《史記》（臺北：鼎文書局，1980），卷六，頁245。

〔註179〕錢存訓：「以墨拓印石刻文字的技術，是雕版印刷術發明的先河。」而「拓印的起
　　　　源難以確定……在中國西北部和新疆等處發現的公元二、三世紀的古紙，厚而粗
　　　　造，似乎尚不宜於拓印之用。現存拓印的古本，最早是公元六世紀之物；但我們
　　　　相信拓印的技術應在此之前。」見：《中國古代書史》（香港：中文大學，1975），
　　　　頁79～80。然則，中國拓碑的技術，當發明於四、五世紀之譜，漢代（206B.C.
　　　　～220A.D.）自然沒有拓碑之事。

〔註180〕根據漢代的律令規定：十七歲以上的學童，能夠認識九千個字的，便可以擔任
　　　　郡縣的「史」，負責文書業務。見：《漢書‧藝文志》與《說文解字‧敘》。另外，
　　　　州郡又有各種書佐主掌與文書有關的業務：「功曹書佐」處理選用，「簿曹書佐」
　　　　處理簿書，「都官書佐」及「典郡書佐」處理各郡文書。見：《後漢書‧百官志
　　　　四》。漢代隸書又稱「史書」與「佐書」，就是因爲「史」與「書佐」主掌文書
　　　　之故。見：《說文解字詁林》，第十一冊，頁935及潘重規《中國文字學》，下冊，
　　　　頁42。

壹、文字的組成元素不同

例如——

一、「字」字

甲骨文缺。

金文作「宇」、「宇」、「宊」、「宇」……等形，〔註181〕前兩形從宀、于聲，末二形從宀、禹聲，本義爲「屋邊也」。

秦隸作「宇」、「宇」、「宇」……等形，〔註182〕從宀、于聲，本義爲「屋邊也」。

《說文解字》云：

宇，屋邊也，從宀、亏聲《易》曰：「上棟下宇。」寓，籀文

字從禹。〔註183〕

漢代隸書作「宇」、「宇」、「寓」、「寓」……等形，〔註184〕至少有四樣寫法。

按：漢隸「宇」字，或從于聲，或從禹聲。根據《說文解字》，從于者源自小篆的寫法，從禹者則源自籀文的寫法，彼此之分別在於組成元素之不同；至於前二形之差異以及後二形之差異，則出於筆畫演變情形不同所致。

二、「師」字

甲骨文作「𠂤」、「𠂤」、「𠂤」、「𠂤」、「𠂤」……等形，〔註185〕羅振玉云：

𠂤即古文「師」字。〔註186〕

其本義不詳。

〔註181〕古文字詁林編纂委員會，《古文字詁林》，第六冊，頁773引《金文編》。

〔註182〕第一形見：陳建貢、徐敏，《簡牘帛書字典》，頁221；第二、三形見：袁仲一、劉鈺，《秦文字類編》，頁393。

〔註183〕丁福保，《說文解字詁林》，第六冊，頁655。

〔註184〕第一形見：陳建貢、徐敏，《簡牘帛書字典》，頁221；第二形見：二玄社，《漢西嶽華山廟碑》，頁32；第三形見：二玄社，《漢史晨前後碑》，頁7；第四形見：二玄社，《漢張遷碑》，頁18。

〔註185〕李宗焜，《甲骨文字編》，下冊，頁1178～1180。釋作「𠂤」。

〔註186〕古文字詁林編纂委員會，《古文字詁林》，第六冊，頁72引《增訂殷虛書契考訂》卷中。

金文「**𠂤**」、「**𦣻**」、「**𦣻**」、「**𦣻**」、「**𦣻**」、「**𦣻**」、「**𦣻**」……等形，〔註187〕初文蓋但作「𠂤」，李學勤謂：

> 「𠂤」應是「師」的本字，而「師」是在「𠂤」旁加上「帀」
> 作爲聲符。〔註188〕

秦隸作「**𦥑**」、「**師**」、「**𦥑**」、「**帀**」……等形，〔註189〕前三形从𠂤、帀聲；第四形則借「帀」爲「師」。

《說文解字》云：

> **師**，二千五百人爲師；从帀、从𠂤。𠂤、四帀眾意也。**𡴦**，古
> 文師。〔註190〕

說解恐怕不可靠。

漢代隸書作「**師**」、「**𢃇**」、「**師**」、「**師**」、「**師**」、「**師**」、「**師**」、「**師**」、「**師**」、「**師**」、「**師**」、「**師**」……等形，〔註191〕至少有十二樣寫法。

按：漢隸「師」字，前五形皆从𠂤、帀聲，只是筆畫演變的情形互有差異而已；第六至十形从𠂤、从市；第十一形从阜、从市；第十二形右旁作市，左旁則是混同於「帥」字的偏旁。〔註192〕第六至十二形乃文字組成元素不同之寫法，且爲訛變字。

〔註187〕容庚，《金文編／續金文編》，《金文編》，第六・一二，頁363～364。

〔註188〕古文字詁林編纂委員會，《古文字詁林》，第六冊，頁73引〈論多友鼎的時代及意義〉。

〔註189〕前兩形見：陳建貢、徐敏，《簡牘帛書字典》，頁273；第三、四形見：袁仲一、劉鈺，《秦文字類編》，頁459。

〔註190〕丁福保，《說文解字詁林》，第五冊，頁1007。

〔註191〕第一形見：二玄社，《漢尹宙碑》，頁8；第二、四、五、九、十一形見：陳建貢、徐敏，《簡牘帛書字典》，頁273；第三形見：漢華文化事業公司，《明拓衡方碑》，頁37；第六形見：李靜，《隸書字典》，頁153引〈樊敏碑〉；第七形見：二玄社，《漢乙瑛碑》，頁12；第八形見：二玄社，《漢武氏祠畫像題字》，頁29；第十形見：二玄社，《漢禮器碑》，頁71；第十二形見：二玄社，《漢魯峻碑》，頁69。

〔註192〕金文「師」字作「**𦣻**」等形，「帥」字作「**帥**」等形。彼此之左旁截然不同。《說文解字》誤將「帥」字作「**帥**」，見：丁福保，《說文解字詁林》，第六冊，頁999；其左旁遂與「師」字混同。漢代隸書中，「師」字固有訛作「**師**」者；而「帥」字，一般作「**帥**」或「**帥**」；亦有訛作「**帥**」者，參見：本書第三章第一節之三。

三、「處」字

甲骨文作「□」、「□」、「□」……等形，〔註193〕竊以爲：從止（象腳形）從□（象地穴形），本義爲「尻也」，〔註194〕即留於家中而未出門。如《周易・小畜・上九》「旣雨旣處」，〔註195〕意謂天旣下雨，遂尻家而不出。「正」與「出」及「各」爲形義相關的字群。〔註196〕

金文作「□」、「□」、「□」、「□」、「□」……等形，〔註197〕第一形從人、從几，當釋「尻」；第二、三形從処（即正之變形）、虎聲；第四形從女、從几、虎聲；第五形從止、虎聲。

石鼓文作「□」。〔註198〕

秦隸作「□」、「□」、「□」、「□」、「□」、「□」……等形。〔註199〕

〔註193〕前兩形見：李宗焜，《甲骨文字編》，上冊，頁274，釋作「正」；第三形見：古文字詁林編纂委員會，《古文字詁林》，第十冊，頁619引《甲骨文編》。

〔註194〕《說文解字》：「尻，處也，從尸、得几而止。《孝經》曰：『仲尼尻。』尻謂閒居如此。」見：丁福保，《說文解字詁林》，第十一冊，頁228。

〔註195〕王弼、韓康伯注，孔穎達等正義，《周易正義》，卷二，頁39。

〔註196〕甲骨文「各」字作「□」等形，從夂（腳）向凵（住室）走來，爲「來格之格本字」，見：李孝定，《甲骨文字集釋》，第二，頁399引楊樹達說；「出」字作「□」等形，從止（腳）步出凵（住室）外，本義爲「取足行出入之義」，見：李孝定，《甲骨文字集釋》，第六，頁2071引孫詒讓說。據考古方面的研究：中國仰韶文化時期（約5150～2960B.C.），「當時最流行的房屋是一種半地穴式的建築，平面呈圓角方形或長方形，門道是延伸於屋外的一條窄長狹道，作臺階或斜坡狀。屋內中間有一個圓形或瓢形火塘。牆壁和居住面均用草泥土塗敷，四壁各有壁柱，居住面的中間有四根主柱支撐著屋頂。屋頂用木椽架起，上面鋪草或泥土」。見：李允鉌，《華夏意匠》（臺北：龍田出版社，1983），頁83。而甲骨文中的「凵」或「冂」正是「半地穴」的象形，開口處即爲「門道」。「□」從止在冂下，即表示人留在家中沒有外出，故沒外出做事（從政）的讀書人稱爲「處士」，還沒出嫁的小姐則稱爲「處子」或「處女」。諸家都以「得几而止也」說「処」，實爲《說文解字》所拘誤。

〔註197〕第一形見：古文字詁林編纂委員會，《古文字詁林》，第十冊，頁619引《金文編》；第二至五形見：容庚，《金文編／續金文編》，《金文編》，第一四・七，頁750。

〔註198〕二玄社，《周石鼓文》，頁16。

〔註199〕前四形見：袁仲一、劉鈺，《秦文字類編》，頁229；第五、六形見：古文字詁林

《說文解字》云：

　　　　[字形]，止也；得几而止，从几、从夂。[字形]，処或从虍聲。〔註200〕

「得几而止」迂曲而不通；若「處」字則當是从処、虎聲。

　　漢代隸書作「[字形]」、「[字形]」、「[字形]」、「[字形]」、「[字形]」、「[字形]」、「[字形]」、「[字形]」、「[字形]」、「[字形]」、「[字形]」、「[字形]」、「[字形]」……等形，〔註201〕至少有十三樣寫法。

　　按：漢隸「處」字，皆从処、虎聲，前三形最近於《說文解字》「處」字或體；第四至十形多有訛變；至於第十一、十二形从処、雨聲，可能是漢隸中「虍」和「雨」都可能寫作「[字形]」或「[字形]」，且「雨」與「虎」又爲疊韻的關係，从処、虍（虎）聲與从処、雨聲，其實可通。故第十一、十二兩形亦可視爲「處」之或體字。

四、「華」字

甲骨文缺。

　　金文作「[字形]」、「[字形]」、「[字形]」、「[字形]」、「[字形]」、「[字形]」、「[字形]」……等形，〔註202〕爲花枝的象形，「上象蓓蕾，下象莖葉」。〔註203〕

　　石鼓文作原石作「[字形]」，〔註204〕不从艸。

　　秦隸作「[字形]」或「[字形]」。〔註205〕

　　《說文解字》云：

編纂委員會，《古文字詁林》，第十冊，頁619引《金文編》。

〔註200〕丁福保，《說文解字詁林》，第十一冊，頁229。

〔註201〕第一形見：二玄社，《漢封龍山頌／張壽殘碑》，頁7；第二形見：二玄社，《漢尹宙碑》，頁34；伏見冲敬，《書法大字典》，下冊，頁1958引〈熹平石經〉；第三形見：二玄社，《漢曹全碑》，頁50；第四至八及第十二形見：陳建貢、徐敏，《簡牘帛書字典》，頁715～716；第九形見：二玄社，《漢武氏祠畫像題字》，頁37；第十形見：二玄社，《漢郙閣頌》，頁4；第十一形見：二玄社，《漢禮器碑》，頁59；第十三形見：二玄社，《漢曹全碑》，頁7。

〔註202〕容庚，《金文編／續金文編》，《金文編》，第六·一四，頁367。

〔註203〕徐灝說，見：丁福保，《說文解字詁林》，第五冊，頁1049引《說文解字注箋》。

〔註204〕二玄社，《周石鼓文》，頁39。

〔註205〕第一形見：北京大學出土文獻所，《北京大學藏秦代簡牘書迹選粹》，頁3；第二形見：陳建貢、徐敏，《簡牘帛書字典》，頁702。

　　「芌」，艸木華也：从𠦑、亏聲。凡芌之屬皆从芌。「𦾓」，芌或从艸从夸。〔註206〕

又：

　　「華」，榮也：从艸从芌。凡華之屬皆从華。〔註207〕

其實許氏釋爲「从𠦑、亏聲」之形聲字「芌」，乃是象形字的訛變，而「芌」與「華」根本就是同一個字，只是後者加了「艸」爲形符而已。

　　漢代隸書作「華」、「華」、「華」、「華」、「華」、「華」、「華」、「華」、「華」、「華」、「華」、「華」……等形，〔註208〕至少有十二樣寫法。

　　按：漢隸「華」字，第一形不从艸，源自金文及《說文解字》「芌」字小篆；第二形从卉、𠦑聲；第三至十形从艸、𠦑聲，即《說文解字》所謂「榮也」之「華」字，而彼此筆畫演變之情形各有不同。至於第十一、十二形，則从山、𠦑聲，當是後造之「華山」專字。因此，這十二種寫法其實是由「文字的組成元素不同」與「筆畫的演變情形有別」兩種方式交互造成。

五、「義」字

　　甲骨文作「𦏧」、「𦍋」、「𦍋」、「𦍋」，〔註209〕楊樹達謂「爲今言威儀之儀本字」，〔註210〕孔廣居等謂「從我聲」，〔註211〕竊以爲：「義」字初形應作「𦍌」、「𦍌」、「𦍌」、「𦍌」……等形，〔註212〕象羽製頭飾之形，本義爲「儀飾」。

────────────

〔註206〕丁福保，《說文解字詁林》，第五冊，頁1049。

〔註207〕丁福保，《說文解字詁林》，第五冊，頁1053。

〔註208〕第一形見：二玄社，《漢魯峻碑》，頁41；第二至六形見：陳建貢、徐敏，《簡牘帛書字典》，頁702；第七形見：伏見冲敬，《書法大字典》，下冊，頁1905引〈樊敏碑〉；第八形見：二玄社，《漢禮器碑》，頁18；第九形見：二玄社，《漢北海相景君碑》，頁44；第十形見：李靜，《隸書字典》，頁437引〈白石神君碑〉；第十一形見：二玄社，《漢西嶽華山廟碑》，頁28；第十二形見：二玄社，《漢曹全碑》，頁31。

〔註209〕李宗焜，《甲骨文字編》，中冊，頁926。

〔註210〕古文字詁林編纂委員會，《古文字詁林》，第九冊，頁995引《增訂積微居小學金石論叢・釋義》。

〔註211〕古文字詁林編纂委員會，《古文字詁林》，第九冊，頁995，馬敍倫《說文解字六書疏證義》引。

〔註212〕第一形取自甲骨文「義」字上段；第二至四取自甲骨文「美」字上段，見：第三

後始加「我」爲聲符，作「義」；其後「義」假借爲仁義字，乃另造从人、義聲之「儀」字。〔註213〕《易經・漸卦》所謂「其羽可用爲儀」，〔註214〕即欲獵取鴻雁，取其羽毛以製作頭飾。甲骨文「義」字，第一形上段猶存羽飾之形；第二形以下，則漸訛若「羊」。

金文作「𦣻」、「義」、「義」、「義」、「義」、「義」、「義、「義」……等形，〔註215〕从㒸、我聲，與甲骨文同。

繹山刻石作「義」，〔註216〕上段之「㒸」已訛作「羊」。

秦隸作「義」、「義」、「義」……等形。〔註217〕

《說文解字》云：

> 義，己之威儀也，从我、羊。羛，墨翟書義从弗。魏都有羛陽鄉，讀若錡，今屬鄴本內黃北二十里。〔註218〕

當作會意字解，不通。

漢代隸書作「義」、「義」、「義」、「義」、「義」、「義」、「義」、「義」、「義」、「羛」……等形，〔註219〕至少有十樣寫法。

按：漢隸「義」字，第一至九形皆从㒸、我聲，而彼此筆畫演變之情形各

章第三節之三。

〔註213〕秦惠文王十三年所造之相邦義戈，「義」指張儀。見：裘錫圭，《文字學概要》，頁67。

〔註214〕《易・漸》：「上九，鴻漸于陸，其羽可用爲儀，吉。」朱熹云：「儀，羽旄旌纛之飾也，……其羽毛可用以爲儀飾。」見朱熹注，《周易本義》，卷二，頁37。

〔註215〕容庚，《金文編／續金文編》，《金文編》，第一二・二九，頁683～684。

〔註216〕杜浩主編，《嶧山碑》，頁4。

〔註217〕第一形見：陳建貢、徐敏，《簡牘帛書字典》，頁655；第二、三形見：袁仲一、劉鈺，《秦文字類編》，頁213。

〔註218〕丁福保，《說文解字詁林》，第十冊，頁353。

〔註219〕前三形見：陳建貢、徐敏，《簡牘帛書字典》，頁655；第四形見：李靜，《隸書字典》，頁421引〈校官潘乾碑〉；第五形見：二玄社，《漢史晨前後碑》，頁18；第六形見：二玄社，《漢禮器碑》，頁22；第七形見：二玄社，《漢西狹頌》，頁16；第八形見：二玄社，《漢武氏祠畫像題字》，頁31；第九形見：二玄社，《漢西嶽華山廟碑》，頁30；第十形見：北京大學出土文獻所，《北京大學藏西漢竹書墨迹選粹》，頁18。

有不同；第十形從𠂤、弗聲，與前九形之聲符不同。這十樣寫法其實是由「文字的組成元素不同」與「筆畫的演變情形有別」兩種方式交互造成。

六、「鼓」字

甲骨文作「𣪊」、「𣪊」、「𣪊」、「𣪊」、「𣪊」、「𣪊」、「𣪊」、「𣪊」……等形，〔註220〕左旁皆從「壴」，象鼓形；右旁或從攴，或從殳，或從支。

金文作「壴」、「鼓」、「鼓」、「鼓」、「鼓」、「鼓」、「鼓」、「鼓」、「鼓」、「鼓」……等形，〔註221〕第一形但象鼓形；第二至五形從壴、從攴；第六形從壴、從殳；末四形從壴、從支，會意。唐蘭云：

> 蓋古文字凡象以手執物擊之者，從攴、殳或支，固可任意也。

壴為鼓之正字，為名詞；鼓、鼓、瞉為擊鼓之正字，為動詞。〔註222〕

秦隸作「鼓」或「鼓」……等形，〔註223〕並從支、從壴；唯「壴」之筆畫繁簡，稍有不同。

《說文解字》云：

> 瞉，擊鼓也，從攴、壴，壴亦聲。〔註224〕

又曰：

> 鼓，郭也，春分之音，萬物郭皮甲而出，故謂之鼓；從壴、支象其手擊之也。《周禮》：「六鼓：靁鼓八面，靈鼓六面，路鼓四面，鼖鼓、皋鼓、晉鼓皆兩面。……鼛，籀文鼓從古聲。〔註225〕

漢代隸書作「鼓」、「鼓」、「鼓」、「鼓」、「鼓」……等形，〔註226〕至少

〔註220〕李宗焜，《甲骨文字編》，下冊，頁1100～1101。

〔註221〕容庚，《金文編／續金文編》，《金文編》，第五·一六，頁295～296。

〔註222〕古文字詁林編纂委員會，《古文字詁林》，第五冊，頁91引《殷虛文字記》。

〔註223〕第一形見：古文字詁林編纂委員會，《古文字詁林》，第五冊，頁90引《睡虎地秦簡文字編》；第二形見：袁仲一、劉鈺，《秦文字類編》，頁343。

〔註224〕丁福保，《說文解字詁林》，第三冊，頁1259。

〔註225〕丁福保，《說文解字詁林》，第四冊，頁1290。段注本「從壴、支。象其手擊之也」，改作「從壴·從中·又，中象垂飾，又象其手擊之也」。見：丁福保，《說文解字詁林》，第四冊，頁1292·

〔註226〕前三形見：陳建貢、徐敏，《簡牘帛書字典》，頁950；第四形見：二玄社，《漢禮

有五樣寫法。

按：漢隸「鼓」字，前兩形从攴、壴聲；第三形从鼓、口聲；末兩形从皮、壴聲。此三類之「鼓」字乃組成元素不同之別樣寫法。

七、「漢」字

甲骨文缺。

唯有「🔣」、「🔣」、「🔣」、「🔣」……，諸家釋「堇」，當改釋「莫」；〔註227〕另有「熯」字作「🔣」、「🔣」、「🔣」……。〔註228〕

金文作「🔣」或「🔣」，〔註229〕从水、難聲，當釋作「灘」，蓋爲「漢」字之或體。

秦隸缺。

《說文解字》云：

　　　　🔣，漾也；東爲滄浪水。从水、難省聲。🔣，古文。〔註230〕

徐鉉謂「從難省當作堇」。〔註231〕意即「漢」字乃从水、堇聲。而「漢」字古文从㳄、从大，商承祚云：

　　　　案㳄，疾流也。漢水大而流疾，故从㳄、大會意。〔註232〕

「水大而流疾」之河川恐不只漢水而已，商說可疑。

漢代隸書作「🔣」、「🔣」、「🔣」、「🔣」、「🔣」、「🔣」、「🔣」、「🔣」、「🔣」、「🔣」、「🔣」、「🔣」……等形，〔註233〕至少有十二樣寫法。

器碑》，頁 12；第五形見：二玄社，《孟琁殘碑／漢張景造土牛碑》，頁34。

〔註227〕李孝定，《甲骨文字集釋》，第十一，頁 4013～4018。第四形李宗焜，《甲骨文字編》，上冊，頁81釋「黑」。

〔註228〕李宗焜，《甲骨文字編》，上冊，頁80。

〔註229〕古文字詁林編纂委員會，《古文字詁林》，第九冊，頁20，引《金文編》。

〔註230〕丁福保，《說文解字詁林》，第九冊，頁70。

〔註231〕丁福保，《說文解字詁林》，第九冊，頁70。

〔註232〕古文字詁林編纂委員會，《古文字詁林》，第九冊，頁21引《說文中之古文考》。

〔註233〕前三形及第七、九形見：陳建貢、徐敏，《簡牘帛書字典》，頁 504；第四形見：李靜，《隸書字典》，頁 327 引〈樊敏碑〉；第五形見：二玄社，《漢曹全碑》，頁44；第六形見：二玄社，《漢西嶽華山廟碑》，頁 32；第八形見：二玄社，《漢禮

按：漢隸「漢」字，前五形，从水、熯聲；其餘七種則是从水、莫聲；彼此之組成元素固有不同，而各形之筆畫演變情形也互有出入。尤其最末形右上已訛若「艸」。

八、「藝」字

甲骨文作「（圖）」、「（圖）」、「（圖）」、「（圖）」、「（圖）」、「（圖）」、「（圖）」、「（圖）」……等形，〔註234〕从丮（象人跪地而張開兩手之形）、从屮或木，會意，馬敘倫謂「从手持木、或持屮種之」。〔註235〕本義為「種也」。經籍或加艸於上作「蓺」，〔註236〕或再加云於下作「藝」。〔註237〕唯最末一形，人手所執者似為火炬，王襄以為古「爇」字。〔註238〕

金文作「（圖）」、「（圖）」、「（圖）」、「（圖）」、「（圖）」、「（圖）」……等形，〔註239〕前兩形與甲骨文一至四形同；第三形於木下增「土」、丮下增「女」；第五六七形右旁从犬，蓋為「丮」之訛變。

秦隸缺。

《說文解字》云：

  （圖），種也：从坴、丮持亟種之。《詩》曰：「我埶黍稷。」〔註240〕

「坴」乃「坴」之訛變。

漢代隸書作「（圖）」、「（圖）」、「（圖）」、「（圖）」、「（圖）」、「（圖）」、「（圖）」……等

　　器碑》，頁 6；第十形見：李靜，《隸書字典》，頁 327 引〈子游殘石〉；第十一形
　　見：李靜，《隸書字典》，頁 327 引〈校官潘乾碑〉；第十二形見：漢華文化事業公
　　司，《明拓漢衡方碑》，頁 3。

〔註234〕李宗焜，《甲骨文字編》，上冊，頁 130～133。

〔註235〕古文字詁林編纂委員會，《古文字詁林》，第三冊，頁 350 引《說文解字六書疏證》。

〔註236〕如：《詩‧小雅‧楚茨》「我蓺黍稷」是，見：毛亨傳、鄭玄箋、孔穎達疏，《毛詩
　　正義》，卷十二之二，頁 454。

〔註237〕如：《書‧酒誥》「純其藝黍稷」是，見：孔安國傳、孔穎達等疏，《尚書正義》，
　　卷十四，頁 208。

〔註238〕古文字詁林編纂委員會，《古文字詁林》，第三冊，頁 351，朱芳圃《殷周文字釋
　　叢卷上》引王襄說。

〔註239〕容庚，《金文編／續金文編》，《金文編》，第三‧一九，頁 169。

〔註240〕丁福保，《說文解字詁林》，第三冊，頁 969。

形，〔註241〕至少有七樣寫法。

　　按：漢隸「藝」字，第一形於「埶」上加「艸」為義符；第二、三形於「埶」下加「云」為聲符；第四至七形則於「埶」之上下各加「艸」或「云」。彼此之文字組成元素固有不同，而三類間之筆畫演變也各有出入。

九、「聽」字

　　甲骨文作「（圖）」、「（圖）」、「（圖）」、「（圖）」、「（圖）」、「（圖）」、「（圖）」、「（圖）」……等形，〔註242〕前四形從耳、從口；第五、六形從耳、從吅；第七、八形從耳、從人、從口，或釋「聖」。〔註243〕或謂「聽、聲、聖三字同源，其始當本一字」。〔註244〕金文作「（圖）」、「（圖）」、「（圖）」、「（圖）」、「（圖）」、「（圖）」……等形，〔註245〕前四形從耳、從口，與甲骨文前四形同；末兩形從耳、從土、從口、從古，從土與從壬同，從古則未知。

　　秦泰山刻石作「（圖）」，〔註246〕從耳、從壬、悳聲。

　　秦隸作「（圖）」、「（圖）」、「（圖）」、「（圖）」……等形。〔註247〕

　　《說文解字》云：

　　　　（圖），聆也，從耳、悳、壬聲。〔註248〕

小篆「聽」字當是從耳、從壬、悳聲。〔註249〕

〔註241〕第一形見：二玄社，《漢乙瑛碑》，頁 33；第二形見：李靜，《隸書字典》，頁 445
　　　　引〈校官潘乾碑〉；第三形見：二玄社，《漢張遷碑》，頁 22；第四形見：二玄社，
　　　　《漢北海相景君碑》，頁 15；第五形見：二玄社，《漢韓仁銘／夏承碑》，頁 36；
　　　　第六形見：伏見冲敬，《書法大字典》，下冊，頁引〈熹平石經〉；第七形見：二玄
　　　　社，《漢史晨前後碑》，頁 36。

〔註242〕李宗焜，《甲骨文字編》，上冊，頁 220～221。

〔註243〕藝文印書館，《校正甲骨文編》，卷一二·三，頁 466。

〔註244〕李孝定，《甲骨文字集釋》，第十二，頁 3519。徐中舒說同，見：古文字詁林編纂
　　　　委員會，《古文字詁林》，第九冊，頁 573 引《甲骨文字典卷十二》。

〔註245〕古文字詁林編纂委員會，《古文字詁林》，第九冊，頁 576 引《金文編》。

〔註246〕二玄社，《秦泰山刻石／瑯邪臺刻石》，頁 12。

〔註247〕第一形見：陳建貢、徐敏，《簡牘帛書字典》，頁 665；第二、三、四形見：袁仲
　　　　一、劉鈺，《秦文字類編》，頁 152。

〔註248〕丁福保，《說文解字詁林》，第九冊，頁 1089。

漢代隸書作「睡」、「聴」、「聼」、「聼」、「聽」、「聴」、「聽」……等形，〔註250〕至少有七樣寫法。

按：漢隸「聽」字，前兩形从耳、悳聲；第三至六形从耳、从土、悳聲；第七形則从耳、从壬、悳聲；彼此之組成元素固有不同，而各形之筆畫演變情形也互有出入。

十、「靈」字

甲骨文缺；唯有「霝」字作「𝌆」、「𝌆」、「𝌆」……等形。〔註251〕

金文作，「𝌆」、「𝌆」、「𝌆」、「𝌆」、「𝌆」、「𝌆」、「𝌆」……等形，〔註252〕前五形並从雨、吅吅聲，借雨霝字爲「靈」；第六形从示、霝聲，楊樹達謂「蓋神靈之靈本字」；〔註253〕第七形从心、霝聲，則當爲「心靈」之本字。

秦隸作「𝌆」、「𝌆」、「𝌆」……等形，〔註254〕第一形借「霝」爲「靈」；第二、三形則从玉、霝聲，當釋作「靈」；而第三形之「霝」下省作二「口」。

《說文解字》云：

> 靈，巫也，以玉事神，从玉、霝聲。靈，靈或从巫。〔註255〕

漢代隸書作「靈」、「𝌆」、「靈」、「靈」、「靈」、「靈」、「靈」、「靈」、「𝌆」、「靈」、「𝌆」……等形，〔註256〕至少有十一樣寫法。

〔註249〕李孝定：「篆文从壬乃𝌆所衍化，旣已作壬，許君不得不以『壬聲』說之矣。」見：李孝定，《甲骨文字集釋》，第十二，頁3522。

〔註250〕第一、三、四、五形見：陳建貢、徐敏，《簡牘帛書字典》，頁665；第二形見：二玄社，《漢石門頌》，頁39；第六形見：二玄社，《漢曹全碑》，頁33；第七形見：二玄社，《漢封龍山頌／張壽殘碑》，頁22。

〔註251〕李宗焜，《甲骨文字編》，中冊，頁429。

〔註252〕前五形見：容庚，《金文編／續金文編》，《金文編》，第一一‧九，頁619～620；第六、七形見：古文字詁林編纂委員會，《古文字詁林》，第一冊，頁298引《金文編》。

〔註253〕古文字詁林編纂委員會，《古文字詁林》，第一冊，頁299引《積微居金文說》。

〔註254〕第一形見：北京大學出土文獻所，《北京大學藏秦代簡牘書迹選粹》，頁44；第二形見：陳建貢、徐敏，《簡牘帛書字典》，頁896；第三形見：古文字詁林編纂委員會，《古文字詁林》，第一冊，頁298引《睡虎地秦簡文字編》。

〔註255〕丁福保，《說文解字詁林》，第二冊，頁393。

〔註256〕第一形見：李靜，《隸書字典》，頁546引〈郭有道碑〉；第二、三、十、十一形見：

按：漢隸「靈」字，前三形蓋皆从玉、霝聲；第四至七形从巫、霝聲；第八至十一形从土、霝聲。三組之形符不同，而彼此間之筆畫演變情形亦有歧異。

貳、筆畫演變的情形有別

例如——

一、「永」字

甲骨文作「𣲏」、「𣲏」、「𣲏」、「𣲏」、「𣲏」、「𣲏」、「𣲏」、「𣲏」、「𣲏」……等形，[註257] 高鴻縉將末四形之屬釋「永」，且云：

> 即潛行水中之泳字之初文，原从人在水中行，由文「人、彳」生意，故託以寄游泳之意，動詞。……後人借用為長永，久而為借意所專，乃加水旁作泳以還其原。[註258]

高氏將「永」置於「倚文畫物」之象形字中；然既為動詞而非名詞，則當改隸於會意字中，而云从人、从彳、从水。「从人、从彳、从水」為「潛行水中」，前五形但从人、从彳而不从水，則或為「永」字之省，或為他字。

金文作「𣲏」、「𣲏」、「𣲏」、「𣲏」、「𣲏」、「𣲏」、「𣲏」、「𣲏」、「𣲏」、「𣲏」……等形，[註259] 前七形皆从人、从彳、从水，而水或作一短畫，或

陳建貢、徐敏，《簡牘帛書字典》，頁896；第四形見：二玄社，《漢韓仁銘／夏承碑》，頁68；第五形見：二玄社，《漢封龍山頌／張壽殘碑》，頁32；第六形見：上海書畫出版社，《衡方碑》，頁39；第七形見：上海書畫出版社，《鮮于璜碑》，頁21；第八形見：二玄社，《漢武氏祠畫像題字》，頁77；第九形見：二玄社，《漢石門頌》，頁9。

[註257] 前七形見：李宗焜，《甲骨文字編》，中冊，頁874～875；末二形：古文字詁林編纂委員會，《古文字詁林》，第九冊，頁292～293引《甲骨文編》。

[註258] 高鴻縉，《中國字例》（臺北：呂青士，1969），第二篇，頁308～309。李孝定駁之云：「高鴻縉氏謂永即泳字，象人潛行水中之意，是人形與水流同長，殊覺不倫矣。」見：李孝定，《金文詁林讀後記》（臺北：中央研究院歷史語言研究所，1982），卷十一，頁392。按：筆畫之長短，多經書寫而改變，與造字之原理未必有關；自書法之角度而言，「人形與水流同長」，實無「不倫」之感。

[註259] 容庚，《金文編／續金文編》，《金文編》，第一一・六，頁613～617。

作一長畫；第八形之彳訛若「人」；第九、十形則加「止」爲形符。

石鼓文作「⿰」，〔註260〕與金文第六形略同。

秦隸缺。

《說文解字》云：

　　永，長也，象水巠理之長。《詩》曰：「江之永矣。」凡永之屬

皆從永。〔註261〕

漢代隸書作「永」、「永」、「永」、「永」、「永」、「永」、「永」、「永」

……等形，〔註262〕至少有八樣寫法。

按：漢隸「永」字，皆從人、從彳、從水。而因筆畫演變的情形互有出入，遂造成各種不同之寫法。

二、「身」字

甲骨文作「身」、「身」、「身」、「身」……等形，〔註263〕前三形「從人而隆其腹，象人有身之形」，〔註264〕第四形腹中加一短畫表胎兒。本義爲「懷孕」。〔註265〕其後引申作身體字，乃另造從女、辰聲之「娠」字或從人、身聲之「傓」字以及從女、身聲之「姵」字。〔註266〕

金文作「」、「身」、「身」……等形，〔註267〕腹中加一點表胎兒，下方加

─────────────

〔註260〕二玄社，《周石鼓文》，頁47。

〔註261〕丁福保，《說文解字詁林》，第九冊，頁699。

〔註262〕前四形見：陳建貢、徐敏，《簡牘帛書字典》，頁477；第五形見：二玄社，《漢武氏祠畫像題字》，頁48；第六形見：二玄社，《漢韓仁銘／夏承碑》，頁66；第七形見：李靜，《隸書字典》，頁307引〈校官潘乾碑〉；第八形見：浙江古籍出版社，《孔彪碑》，頁34。

〔註263〕李宗焜，《甲骨文字編》，上冊，頁12。

〔註264〕李孝定說，見：李孝定，《甲骨文字集釋》第八，頁2719。

〔註265〕《詩・大雅・大明》：「大任有身，生此文王。」傳：「身，重也。」箋：「重謂懷孕也。」見：毛亨傳、鄭玄箋、孔穎達疏，《毛詩正義》，卷十六，頁541。

〔註266〕《說文解字》：「娠，女妊身動也，從女、辰聲。」見：丁福保，《說文解字詁林》，第十冊，頁38。《玉篇》：「傓，妊身也。」見：顧野王，《玉篇》，卷三，頁11。《小學彙函若六種》之 。《康熙字典》，上冊，頁606引《字彙》，謂「姵」與「娠」同。

〔註267〕容庚，《金文編／續金文編》，《金文編》，第八・一二，頁495。

一橫畫,則只是增加文字的茂美而已,無義。

秦隸作「身」、「牙」、「身」、「身」、「身」……等形。〔註268〕

《說文解字》云:

身,軀也,象人之身,从人、厂聲。凡身之屬皆从身。〔註269〕

一方面錯把引申義當本義,另一方面則將象形字誤爲形聲字。

漢代隸書作「牙」、「与」、「身」、「牙」、「牢」、「身」、「身」、「身」、「身」、「身」、「身」、「身」……等形,〔註270〕至少有十二樣寫法。

按:漢隸「身」字,前兩形但畫隆起之腹部;第三至十形腹中加一短橫;末兩形則腹中作兩短橫。此外,各形筆畫之平斜、斷連與繁簡亦有不同之變化。

三、「垂」字

甲骨文、金文缺。

秦〈泰山刻石〉「陲」字作「陲」,〔註271〕从阜、垂聲,文曰「陲于後嗣」,表「由先傳布於後也」,〔註272〕與「垂」字用法同。

秦隸缺。

〈天發神讖碑〉作「垂」,〔註273〕下方作若「从十、从凵」,當係「土」字的筆畫演變不同所致。

〔註268〕前兩形見:北京大學出土文獻所,《北京大學藏秦代簡牘書迹選粹》,頁 1、44;第三形見:陳建貢、徐敏,《簡牘帛書字典》,頁 792;第四、五形見:袁仲一、劉鈺,《秦文字類編》,頁 160。

〔註269〕丁福保,《說文解字詁林》,第七冊,頁 410。

〔註270〕前五形及第十一形見:陳建貢、徐敏,《簡牘帛書字典》,頁 792;第六形見:北京大學出土文獻所,《北京大學藏西漢竹書墨迹選粹》,頁 11;第七形見:二玄社,《漢北海相景君碑》,頁 15;第八形見:二玄社,《漢尹宙碑》,頁 35;第九形見:二玄社,《漢韓仁銘 / 夏承碑》,頁 15;第十形見:二玄社,《漢曹全碑》,頁 31;第十二形見:李靜,《隸書字典》,頁 483 引〈張三子熹平三年殘碑〉。

〔註271〕二玄社,《秦泰山刻石 / 瑯邪臺刻石》,頁 10。

〔註272〕臺灣中華書局編輯部,《辭海》(臺北:臺灣中華書局,1974),上冊,頁 687「垂」字。

〔註273〕二玄社,《吳天發神讖碑》(東京,1980),頁 45。

《說文解字》云：

　　垂，遠邊也，从土、𡍮聲。〔註274〕

漢代隸書作「垂」、「𡍮」、「垂」、「𡍮」、「𡍮」、「𡍮」、「𡍮」、「𡍮」、「𡍮」、「垂」……等形，〔註275〕至少有十樣寫法。

按：漢隸「垂」字，蓋皆从土、𡍮聲，底部作若「凵」，源自〈泰山刻石〉，而與〈天發神讖碑〉同；而因彼此筆畫演變情形之不同，遂產生多樣寫法。

四、「得」字

甲骨文作「𠭊」、「𠭊」、「𠭊」、「𠭊」、「𠭊」、「𠭊」、「𠭊」……等形，〔註276〕前三形从又、从貝或爪、从貝，當釋作「寻」，本義爲「取也」；〔註277〕第四、五形从兩又、从兩貝而上下重疊，當與从又、从貝或从爪、从貝者同；末二形則从彳、寻聲，本義當爲「行貌」；其後借爲得失字，乃另造从足、寻聲之「踌」字。〔註278〕

金文作「𠭊」、「𠭊」、「得」……等形，〔註279〕第一形从又、从貝；第二形「又」改作「手」；第三形則从彳、寻聲。

泰山刻石作「得」，〔註280〕右上訛作「見」。

〔註274〕丁福保，《說文解字詁林》，第十冊，頁1246。

〔註275〕前兩形見：陳建貢、徐敏，《簡牘帛書字典》，頁178；第三形見：北京大學出土文獻所，《北京大學藏西漢竹書墨迹選粹》，頁19；第四形見：二玄社，《漢韓仁銘／夏承碑》，頁68；第五形見：李靜，《隸書字典》，頁186引〈楊震碑〉；第六形見：李靜，《隸書字典》，頁185引〈校官潘乾碑〉；第七形見：上海書畫出版社，《鮮于璜碑》，頁17；第八形見：二玄社，《漢禮器碑》，頁29；第九形見：二玄社，《漢張遷碑》，頁29；第十形見：二玄社，《漢乙瑛碑》，頁44。

〔註276〕李宗焜，《甲骨文字編》，中冊，頁715～718。

〔註277〕丁福保，《說文解字詁林》，第七冊，頁751。

〔註278〕《廣韻》：「踌踌，行貌。」見：余迺永，《互註校正宋本廣韻》，卷五，頁529。按：《全唐詩話》：「貫休入蜀，以詩投王建曰：『一瓶一缽垂垂老，千山千水得得來。』」見：尤袤，《全唐詩話》（北京：中華書局，1985），卷六，頁122。「得得」即「踌踌」。

〔註279〕容庚，《金文編／續金文編》，《金文編》，第二・二八，頁121。

〔註280〕二玄社，《秦泰山刻石／瑯邪臺刻石》，頁9。

秦隸作「得」、「𢔤」、「𢔤」、「得」、「得」、「得」……等形，〔註281〕右上作「貝」，無誤。

《說文解字》云：

「得，取也，從見、從寸，寸，度之，亦手也。」〔註282〕

「從見」乃「從貝」之誤。〔註283〕

又云：

「得，行有所得也，從彳、㝵聲。得，古文省彳。〔註284〕

「得」字本義當爲「行貌」。

漢代隸書作「得」、「得」、「得」、「得」、「得一」、「得」、「得」、「得」、「得」……等形，〔註285〕至少有九樣寫法。

按：漢隸「得」字，前三形仍從貝，爲正寫字；第四形以下，「貝」訛若作「且」、「旦」或「日」，實因筆畫演變的情形互有出入，而造成之多樣寫法。

五、「尊」字

甲骨文作「尊」、「尊」、「尊」、「尊」、「尊」……等形，〔註286〕前三形倚廾而畫酒罈之形，唯酒罈筆畫之繁簡稍有不同，本義爲「酒器也」；末二形則從阜、尊聲，戴家祥以爲「嶟」之「古文」；〔註287〕本義爲「峻秀貌」，通作尊彝字，乃另造從山、尊聲之「嶟」字。〔註288〕

〔註281〕第一形見：陳建貢、徐敏，《簡牘帛書字典》，頁 312；第二、三形見：北京大學出土文獻所，《北京大學藏秦代簡牘書迹選粹》，頁 30、2；第四、五、六形見：袁仲一、劉鈺，《秦文字類編》，頁 128。

〔註282〕丁福保，《說文解字詁林》，第七冊，頁 751。

〔註283〕馬敍倫：「從見當作從貝，形近而訛。」見：古文字詁林編纂委員會，《古文字詁林》，第 2 冊，頁 509 引《說文解字六書疏證》卷四。

〔註284〕丁福保，《說文解字詁林》，第三冊，頁 209。

〔註285〕前五形見：陳建貢、徐敏，《簡牘帛書字典》，頁 312；第六形見：二玄社，《漢石門頌》，頁 40；第七形見：二玄社，《漢漢韓仁銘／夏承碑》，頁 13；第八形見：二玄社，《漢西嶽華山廟碑》，頁 39；第九形見：二玄社，《漢武氏祠畫像題字》，頁 80。

〔註286〕李宗焜，《甲骨文字編》，下冊，頁 1034～1035。

〔註287〕古文字詁林編纂委員會，《古文字詁林》，第十冊，頁 1205 引《金文大字典‧中》。

〔註288〕揚雄〈甘泉賦〉：「洪臺崛其獨出兮，橦北極之嶟嶟。」張銑註：「嶟嶟，峻秀貌。」

金文作「」、「」、「」、「」、「」、「」，〔註289〕前二形與甲骨文略同；第三、第四形「酉」改作「酋」；第五、第六形則從阜、尊聲，與甲骨文末二形同。

秦隸作「」或「」。〔註290〕

《說文解字》云：

　　　，酒器也，從酋、廾以奉之。《周禮》：「六尊：犧尊、象尊、著尊、壺尊、太尊、山尊，以待祭祀賓客之禮。」，尊或從寸。

〔註291〕

從「廾」之「尊」蓋源自甲骨文、金文等大篆；而因「寸」與「廾」事類相近，故「尊」字得由從廾改爲從寸。

漢代隸書作「」、「」、「」、「」、「」、「」、「」、「」、「」……等形，〔註292〕至少有九樣寫法。

按：漢隸「尊」字，上段「酋」之方塊中皆作兩橫，與秦隸同；下方從寸，則與小篆的第二形相同。而因彼此筆畫演變上互有出入，遂造成多樣之寫法。

六、「愛」字

甲骨文、金文缺。

秦隸作「」、「」、「」、「」……等形，〔註293〕蓋皆從夊、悉聲，唯第四形上方之「旡」訛若「夂」。本義爲「行皃」；或曰「謂人於眾中緩行而

見：蕭統撰、李善等註，《增補六臣註文選》（臺北：華正書局，1974），卷七，頁141。

〔註289〕容庚，《金文編／續金文編》，《金文編》，第一四‧二四，頁812。

〔註290〕第一形見：陳建貢、徐敏，《簡牘帛書字典》，頁249；第二形見：袁仲一、劉鈺，《秦文字類編》，頁340。

〔註291〕丁福保，《說文解字詁林》，第十一冊，頁875。

〔註292〕前五形見：陳建貢、徐敏，《簡牘帛書字典》，頁249；第六形見：二玄社，《漢石門頌》，頁33；第七形見：二玄社，《漢禮器碑》，頁10；第八形見：二玄社，《漢西嶽華山廟碑》，頁33；第九形見：二玄社，《漢孔宙碑》，頁9。

〔註293〕第一形見：陳建貢、徐敏，《簡牘帛書字典》，頁332；第一、二形見：袁仲一、劉鈺，《秦文字類編》，頁176；第四形見：北京大學出土文獻所，《北京大學藏秦代簡牘書迹選粹》，頁7。

前」，〔註294〕假借爲惠愛字。

《說文解字》云：

🔣，惠也，从心、旡聲。🔣，古文。〔註295〕

又云：

🔣，行皃，从夊，㤅聲。〔註296〕

漢代隸書作「🔣」、「🔣」、「🔣」、「🔣」、「🔣」、「🔣」、「🔣」、「🔣」、「🔣」……等形，〔註297〕至少有九樣寫法。

按：漢隸「愛」字，皆「从夊、㤅聲」，前四形上方清楚「从旡」，唯第二形字中之「心」稍有訛變；其餘諸形上方之「旡」多有訛變；而字中「心」之長畫或橫寫，或豎寫，或將「心」之中點與「夊」之首畫連作一長撇。因彼此筆畫演變之差異，遂呈現多樣風貌。

七、「福」字

甲骨文作「🔣」、「🔣」、「🔣」、「🔣」、「🔣」、「🔣」、「🔣」、「🔣」、「🔣」、「🔣」、「🔣」、「🔣」、「🔣」、「🔣」、「🔣」、「🔣」、「🔣」、「🔣」、「🔣」……等形，〔註298〕前兩形象「有流之酒器」形，〔註299〕蓋假「畐」爲「福」；第三至四形从畐、从廾；第五至十四形从畐、从示；末五形从畐、从廾、从示。本義皆爲「奉尊之祭」。羅振玉云：

從兩手奉尊於示前，或省廾，或並省示，即後世之「福」字。……

〔註294〕馬敍倫説，見：古文字詁林編纂委員會，《古文字詁林》，第五冊，頁658引《說文解字六書疏證》卷十。

〔註295〕丁福保，《說文解字詁林》，第八冊，頁1188。

〔註296〕丁福保，《說文解字詁林》，第五冊，頁328。

〔註297〕第一形見：北京大學出土文獻所，《北京大學藏西漢竹書墨迹選粹》，頁39；第二形見：李靜，《隸書字典》，頁241引〈建寧殘碑〉；第三至六形見：陳建貢、徐敏，《簡牘帛書字典》，頁332；第七形見：上海書畫出版社，《鮮于璜碑》，頁13；第八形見：二玄社，《漢西狹頌》，頁15；第九形見：二玄社，《漢郙閣頌》，頁42。

〔註298〕古文字詁林編纂委員會，《古文字詁林》，第一冊，頁96～97引《甲骨文編》及《續甲骨文編》。

〔註299〕徐中舒：「畐爲有流之酒器。」見：古文字詁林編纂委員會，《古文字詁林》，第一冊，頁104引《甲骨文字典》卷一。

《周禮・膳夫》：「凡祭祀之致福者。」……以字形觀之，福爲奉尊之祭，「致福」乃致福酒。〔註300〕

金文作「畐」、「福」、「福」、「福」、「寶」……等形，〔註301〕第一形假借「畐」字爲之；第二、第三形加「示」爲形符，而第三形「畐」之上方作左右兩斜曲筆畫；第四形於「福」上加「宀」；第五形則於第四形上增「玉」。

秦隸作「福」、「福」、「福」……等形。〔註302〕

《說文解字》云：

福，備也，从示、畐聲。〔註303〕

漢代隸書作「福」、「福」、「福」、「福」、「福」、「福」、「福」、「福」、「福」……等形，〔註304〕至少有九樣寫法。

按：漢隸「福」字，皆从示、畐聲，其組成元素均同；唯筆畫演變略有差異；尤其右旁「畐」之寫法更是多樣。

八、「經」字

甲骨文缺。

金文作「巠」、「巠」、「經」、「經」……等形，〔註305〕前二形釋「巠」，林義光云：

巠即經之古文，織縱絲也。巛象縷，壬持之。壬即滕字，機中持經者也。上从一，一亦滕之略形。〔註306〕

〔註300〕古文字詁林編纂委員會，《古文字詁林》，第一冊，頁98引《增訂殷虛書契考釋》。

〔註301〕容庚，《金文編／續金文編》，《金文編》，第一・四，頁39～40。

〔註302〕第一形見：陳建貢、徐敏，《簡牘帛書字典》，頁594；第二、三形見：袁仲一、劉鈺，《秦文字類編》，頁198。

〔註303〕大徐本作「福，祐也」，此從小徐本，見：丁福保，《說文解字詁林》，第二冊，頁75。

〔註304〕前五形見：陳建貢、徐敏，《簡牘帛書字典》，頁594；第六形見：二玄社，《漢西狹頌》，頁53；第七形見：二玄社，《漢禮器碑》，頁27；第八形見：二玄社，《漢曹全碑》，頁3；第九形見：二玄社，《漢西嶽華山廟碑》，頁26。

〔註305〕容庚，《金文編／續金文編》，《金文編》，第一一・五，頁612；第一三・一，頁701。

〔註306〕古文字詁林編纂委員會，《古文字詁林》，第九冊，頁268。

蓋从「工」（「壬」字初文，本義為絲架，其後起字作「滕」）、从縱絲，本義為「織從絲也」，即「經」字初文。〔註307〕末二形加糸為形符，且所从之「工」豎畫中段加圓點，為小篆「壬」字所本。

秦泰山刻石作「經」，〔註308〕从糸、巠聲。

秦隸缺。

《說文解字》云：

> 巠，水脈也，从川在一下，一，地也，壬省聲。𢀖，古文巠不省。〔註309〕

又云：

> 經，織從絲也，从糸、巠聲。〔註310〕

錯把「巠」與「經」分為二字，又誤以「巠」之縱絲為「川」，且誤將「壬」之初形「工」當作省寫。

漢代隸書作「經」、「經」、「經」、「經」、「經」、「經」、「經」……等形，〔註311〕至少有七樣寫法。

按：漢隸「經」字，从糸、巠聲，其組成元素都相同；只是筆畫演變略有差異而已。包括：「糸」之下段縮短為三短豎或三點，甚至但作一短豎；「巠」上方之三縱向筆畫或省為二；「巠」下方或逕作「壬」，或如《說文解字》之篆文作若「工」，甚至將上下之中央兩縱向筆畫連作一筆。

九、「爵」字

甲骨文作「爵」、「爵」、「爵」、「爵」、「爵」、「爵」、「爵」、「爵」

〔註307〕丁福保，《說文解字詁林》，第十冊，頁527。

〔註308〕二玄社，《秦泰山刻石／瑯邪臺刻石》，頁14。

〔註309〕丁福保，《說文解字詁林》，第九冊，頁675。

〔註310〕「織從絲也」句各本作「織也」，依段注本改。見：丁福保，《說文解字詁林》，第十冊，頁527。

〔註311〕第一、四、七形見：陳建貢、徐敏，《簡牘帛書字典》，頁640；第二形見：李靜，《隸書字典》，頁456引〈樊敏碑〉；第三形見：二玄社，二玄社，《漢韓仁銘／夏承碑》，頁12；第五形見：上海書畫出版社，《鮮于璜碑》，頁5；第六形見：二玄社，《漢西狹頌》，頁15。

……等形，〔註312〕「象傳世銅器中用以飲酒之爵形，上象柱，中象腹，下象足，側有鋬」〔註313〕爵柱有二，側視之則僅見其一，故甲骨文「爵」字多只畫一柱。〔註314〕本義爲「古之飲酒杯也」；〔註315〕若《易經》「我有好爵」，〔註316〕則借代爲酒。

金文作「　」、「　」、「　」、「　」……等形。〔註317〕

秦隸作「　」、「　」、「　」、「　」、「　」……等形。〔註318〕

《說文解字》云：

　，禮器也，象爵之形，中有鬯酒，又持之也，所以飲。器象爵者，取其鳴節節足足也。　，古文爵象形。〔註319〕

高鴻縉云：

小篆於原字加鬯、加又，爲意符，則屬倚文畫物之象形字矣！〔註320〕

漢代隸書作「　」、「　」、「　」、「　」、「　」、「　」、「爵」、

〔註312〕李宗焜，《甲骨文字編》，下冊，頁 1070～1071。

〔註313〕徐中舒說，見：古文字詁林編纂委員會，《古文字詁林》，第五冊，頁 311 引《甲骨文字典》卷五。

〔註314〕李孝定云：「栔文爵字即象傳世酒器爵斝之爵，兩柱，側視之但見一柱，故字祇象一柱、有流、腹空三足有耳之形。」見：李孝定，《甲骨文字集釋》，第五，頁 1758。

〔註315〕高鴻縉，《中國字例》，第二篇，頁 160。

〔註316〕《易‧中孚》：「九二，鳴鶴在陰，其子和之；我有好爵，吾與爾靡之。」見：王弼、韓康伯注，孔穎達等正義，《周易正義》，卷六，頁 133。《帛書‧二三子問》：「好爵者，言旨酒也。」見：陳鼓應、趙健偉著，《周易注譯與研究》（臺北：臺灣商務印書館，2007），頁 542 引。

〔註317〕容庚，《金文編／續金文編》，《金文編》，第五‧二六，頁 315。

〔註318〕前兩形見：陳建貢、徐敏，《簡牘帛書字典》，頁 525；後三形見：袁仲一、劉鈺，《秦文字類編》，頁 80。

〔註319〕丁福保，《說文解字詁林》，第五冊，頁 45。

〔註320〕高鴻縉，《中國字例》，第二篇，頁 160。

「爵」、「爵」……等形，〔註321〕至少有九樣寫法。

按：漢隸「爵」字，蓋皆源自秦隸前三形與《說文解字》小篆之寫法，而筆畫之演變互有差異。

十、「懷」字

甲骨文缺。

金文作「𠔜」、「𠔜」、「𠔜」、「𠔜」、「𠔜」……等形，〔註322〕不從心；但作「褱」，從衣、𥄉聲，本義為「俠也」。

秦隸作「懷」、「懷」、「懷」……等形，〔註323〕從心、褱聲，乃「念思」之本字。

《說文解字》云：

> 褱，袖也，一曰：藏也；從衣、鬼聲。〔註324〕

又云：

> 褱，俠也，從衣、𥄉聲，一曰：橐。〔註325〕

又云：

> 懷，念思也，從心、褱聲。〔註326〕

漢代隸書作「懷」、「懷」、「懷」、「懷」、「懷」、「懷」、「懷」、「懷」、「懷」、「褱」、「褱」……等形，〔註327〕至少有十一樣寫法。

〔註321〕前五形見：陳建貢、徐敏，《簡牘帛書字典》，頁 525；第六形見：二玄社，《漢韓仁銘／夏承碑》，頁 32；第七形見：二玄社，《漢乙瑛碑》，頁 13；第八形見：二玄社，《漢曹全碑》，頁 32；第九形見：李靜，《隸書字典》，頁 247 引〈楊震碑〉。

〔註322〕容庚，《金文編／續金文編》，《金文編》，第八・一三，頁 497～498。

〔註323〕第一形見：陳建貢、徐敏，《簡牘帛書字典》，頁 337；後兩形見：袁仲一、劉鈺，《秦文字類編》，頁 178。

〔註324〕丁福保，《說文解字詁林》，第七冊，頁 472。

〔註325〕丁福保，《說文解字詁林》，第七冊，頁 473。

〔註326〕丁福保，《說文解字詁林》，第八冊，頁 1170。

〔註327〕前四形見：陳建貢、徐敏，《簡牘帛書字典》，頁 337；第五形見：李靜，《隸書字典》，頁 244 引〈袁博碑〉；第六形見：二玄社，《漢孟琁殘碑／張景造土牛碑》，

按：漢隸「懷」字，前九形皆从心、褱聲，而筆畫演變互有差異；末兩形从衣、鬼聲，而筆畫演變互有差異。

第三節　訛變頻仍

「訛變」是文字在長期使用的過程中，所難以避免的現象。尤其在使用者對於文字構成的義理已經模糊以後，而又迫於快速書寫的需求，訛變的發生，遂益頻仍。

漢代距離中國文字的始造期，已有數千年之久，〔註328〕許多文字構成的義理已經模糊不清；加上文字使用頻繁，爲了增進書寫的速度，不得不對文字力求簡化；於是，大量的訛變，遂相繼產生。當時雖然有不少人從事文字的整理和正定的工作，甚至在公文書方面，還訂有寫錯字的罰則；〔註329〕但是，因爲漢代所能見到的古文字資料實在相當有限，使得當時文字學的研究無法有重大的突破，文字訛變的情形，遂也未能獲得長足的改善。以東漢許慎的《說文解字》爲例，這是到目前爲止研究中國文字學的人必讀的一本經典之作，其中保

頁 9；第七形見：二玄社，《漢北海相景君碑》，頁 65；第八形見：二玄社，《漢武氏祠畫像題字》，頁 46；第九形見：二玄社，《漢曹全碑》，頁 36；第十形見：二玄社，《漢曹全碑》，頁 23；第十一形見：二玄社，《漢北海相景君》，頁 30。

〔註328〕董作賓根據殷墟甲骨文，推測中國文字的起源，最遲「當爲西元前二八八四年，大約距今爲四千八百多年」。見：〈中國文字的起源〉，《大陸雜誌》，第五卷第十期，頁 38。李孝定認爲西安半坡陶文是「可能最早的漢字」，其年代，根據何炳棣的說法，「可上溯至距今六千年」。見：李孝定，《漢字史話》（臺北：聯經出版社，1979），頁 7、15。河南省舞陽縣賈湖出土之甲骨文，其年代約當 7000～8000 年前。見：河南文物研究所，〈河南舞陽賈湖新石器時代遺址第二至第六次發掘簡報〉，《文物》1989 第一期，頁 1～4。唐蘭則「假定中國象形文字至少有一萬年以上的歷史……這種假定，決不是夸飾」見：《古文字學導論》，頁 77～78；以上四種推測的年代，都早於黃帝初年（約當 2600B.C.）；即使其中最保守的一種說法，其年代距離西漢初元（206B.C.），也有二千六百多年。

〔註329〕《漢書藝文志》：「漢興，蕭何草律，亦著其法：『……吏民上書，字或不正，輒舉劾。』」《說文解字·敘》說同。另，《漢書》卷四十六載：「〔石〕建爲郎中令，奏事下，建讀之，驚恐曰：『書馬者與尾而五，今乃四，不足一，獲譴死矣！』其爲謹慎，雖他皆如是。」只因「馬」字少寫一點，即如此驚恐；雖說是石建個人極端謹慎，也可看出當時重視文字的正確與否。

存了相當多的文字學資料。例如：「井」字，《說文解字》云：

　　　井，八家一井，象構韓形，‥，罋之象也。古者伯益初作井。
〔註330〕

其中，「八家一井」謂「井」字本義爲井田中八家共用之水井，〔註331〕「象構
韓形，‥，罋之象也」謂「井」字之兩橫兩豎爲水井之圍欄，中央之點爲打水
之罋；「伯益初作井」則謂水井爲伯益所創造。其實，「井」字本義乃「陷也」，
其後引申爲水井義，始另造从阜、井聲之「阱」字或从穴、井聲之「窞」字。
〔註332〕兩橫兩豎乃象架於陷阱上方之樹枝形；〔註333〕至於中央添加一點，只
爲增進字形茂美，並無其他意義。而伯益乃虞官，有供應鳥獸鮮肉之職責，
其所創造之「井」，固當爲陷阱而非水井。〔註334〕對於「井」字，《說文解字》
之說解固多有誤，卻也保存如「伯益初作井」般之重要資料。

　　《說文解字》中雖然保存許多文字學資料，唯因許慎本人所看到的只是

〔註330〕丁福保，《說文解字詁林》，第五冊，頁12。

〔註331〕《穀梁傳·宣公十五年》：「古者三百步爲里，名曰井田。……古者公田爲居，
　　　　井、竈、葱、韭盡取焉。」見：范甯集解、楊士勛疏，《春秋穀梁傳注疏》，卷
　　　　十二，頁122。將井與日常所需之竈、葱、韭同列，當指水井而言。換言之，穀
　　　　梁氏以爲井田之所以名之爲「井」，是因爲八家共用一水井。而《說文》之注本，
　　　　亦不乏以此爲訓者。見：丁福保，《說文解字詁林》，第五冊，頁12～16。

〔註332〕《說文解字》：「阱，陷也，从阜、井，井亦聲。窞，阱或从穴。」丁福保，《說
　　　　文解字詁林》，第五冊，頁17。按：《易·井》：「初六，井泥不食：舊井无禽。」王
　　　　弼、韓康伯注，孔穎達等正義，《周易正義》，卷五，頁110。朱珔：「井當讀爲阱，
　　　　……舊阱者，湮廢之阱也；阱久淤淺，不足以陷獸，故无禽也」。見：丁福保，《說
　　　　文解字詁林》，第五冊，頁16引《說文叚借義證》。

〔註333〕甲骨文「阱」字作「🦌」、「🦌」或「🦌」……等形，見：古文字詁林編纂委員會，
　　　　《古文字詁林》，第五冊，頁270引《甲骨文編》及李孝定，《甲骨文字集釋》第五，
　　　　頁1743。蓋倚「鹿」而畫陷阱之形，而陷阱或作「凵」，或作「凵」或作「井」。「凵」
　　　　與「凵」象陷阱縱剖面之形，「井」則象自上俯視陷阱上方所架樹枝及坎洞之形。

〔註334〕《書·舜典》：「帝曰：『俞，諮益，汝作朕虞。』」傳：「虞，掌山澤之官。」另，
　　　　《書·益稷謨》：「禹曰：『……予乘四載，隨山刊木，暨益奏庶鮮食。』」傳：「鳥
　　　　獸新殺曰鮮。」見：孔安國傳、孔穎達等正義，《尚書正義》，卷三，頁46；及卷
　　　　五，頁66。伯益既有「奏庶鮮食」之責，自須置網罟、設陷阱；因此，其所創作
　　　　的「井」，自以「陷阱」爲合理。

小篆和一部分戰國時代的「古文」，所以經常會被一些訛變的字形所拘限，而衍生出迂曲不通的說解；甚至有一些字，當時通行的隸書是正確的，而《說文解字》的寫法反而是錯誤的（參見本書第三章第一節）。如果依據《說文解字》來是正文字，就不免會發生以錯易錯、甚至將對的改成錯的之情況。

　　然而，漢隸的訛變頻仍終究是個不爭的事實；漢隸訛變的情況，的確要較諸其先的甲骨文、金文、小篆和秦隸，都來得嚴重，而這也正是漢隸最為人所詬病的問題。後蜀林罕在《字原偏旁小說序》文中說到：「有篆隸同文者，在篆體則可辨，變隸體則多有義異而文同。」〔註335〕意義不同而形體卻一樣，這種現象在漢隸文字的組成元素中真是數見不鮮；這也就是一般所謂的「訛變」（參見本書第三章第三節）。例如：漢代隸書中「土」這個組成元素，除了作為「土地」的意思之外，另如：「吉」字作「吉」，〔註336〕其上方之「土」其實是「象句兵形」；〔註337〕「壺」字作「壺」，〔註338〕其上方之「土」其實是「象其蓋」；〔註339〕「壽」字作「壽」，〔註340〕其上方之「土」，其實是「象髮禿」；〔註341〕「寺」字作「寺」，〔註342〕其上方之「土」其實是聲符「之」；〔註343〕「封」字作「封」，〔註344〕其左上之「土」其實是聲符「丰」；〔註345〕「報」字作「報」，〔註346〕其左上之「土」，其實是「桎」之上部；

〔註335〕丁福保，《說文解字詁林》，第一冊，頁541。

〔註336〕二玄社，《漢西嶽華山廟碑》，頁34。

〔註337〕于省吾說，見：古文字詁林編纂委員會，《古文字詁林》，第二冊，頁86引《雙劍誃殷契駢枝三編》。

〔註338〕二玄社，《漢禮器碑》，頁13。

〔註339〕丁福保，《說文解字詁林》，第八冊，頁981。

〔註340〕李靜，《隸書字典》，頁194引〈婁壽碑〉。

〔註341〕馬敘倫說，見：古文字詁林編纂委員會，《古文字詁林》，第七冊，頁646引《說文解字六書疏證》卷十五。

〔註342〕二玄社，《漢曹全碑》，頁37。

〔註343〕丁福保，《說文解字詁林》，第三冊，頁1155。

〔註344〕二玄社，《漢曹全碑》，頁5。

〔註345〕王國維說，見：古文字詁林編纂委員會，《古文字詁林》，第十冊，頁239引〈毛公鼎銘考釋〉。

〔註346〕二玄社，《漢乙瑛碑》，頁10。

〔註347〕「熹」字作「熹」，〔註348〕其上方的「土」其實是「鼓」上之飾物；〔註349〕「仕」字作「仕」，〔註350〕其右旁之「土」，其實是聲符「士」；〔註351〕「袁」字作「袁」，〔註352〕其上方之「土」其實是「長衣」之領；〔註353〕「赤」字作「赤」，〔註354〕其上方之「土」，其實是聲符「大」；〔註355〕「起」字作「起」，〔註356〕其左上之「土」其實是「夭」；〔註357〕「造」字作「造」，〔註358〕其右上之「土」其實是「牛」；〔註359〕「隸」字作「隸」，〔註360〕其左上方之「土」，其實是「木」；〔註361〕「表」字作「表」，〔註362〕其中段之「土」其實是聲符「毛」……。〔註363〕這十四種形體不同、意義互異的組成元素，都類化作「土」，漢碑隸書訛變之頻仍，由此可見一斑。

　　漢代隸書的訛變字，有的是現今楷書所未見（參見本書第三章第三節），

〔註347〕馬敍倫說，見：古文字詁林編纂委員會，《古文字詁林》，第八冊，頁874引《說文解字六書疏證》卷二十。

〔註348〕上海書畫出版社，《鮮于璜碑》，頁22。〔註300〕

〔註349〕唐蘭說，見：古文字詁林編纂委員會，《古文字詁林》，第五冊，頁75引《殷虛文字記》。

〔註350〕二玄社，《漢武氏祠畫像題字》，頁18。

〔註351〕馬敍倫引《韻會》說，見：古文字詁林編纂委員會，《古文字詁林》，第七冊，頁273引《說文解字六書疏證》卷十五。

〔註352〕二玄社，《漢禮器碑》，頁66。

〔註353〕丁福保，《說文解字詁林》，第七冊，頁501。

〔註354〕二玄社，《漢史晨前後碑》，頁17。

〔註355〕馬敍倫說，見：古文字詁林編纂委員會，《古文字詁林》，第八冊，頁766引《說文解字六書疏證》卷二十。

〔註356〕二玄社，《漢曹全碑》，頁22。

〔註357〕丁福保，《說文解字詁林》，第二冊，頁1356。

〔註358〕二玄社，《漢乙瑛碑》，頁44。

〔註359〕丁福保，《說文解字詁林》，第三冊，頁44。

〔註360〕二玄社，《漢韓仁銘／夏承碑》，頁52。

〔註361〕丁福保，《說文解字詁林》，第三冊，頁1097。

〔註362〕陳建貢、徐敏，《簡牘帛書字典》，頁727。

〔註363〕馬敍倫說，見：古文字詁林編纂委員會，《古文字詁林》，第七冊，頁570引《說文解字六書疏證》卷十五。

有的則爲今楷所承襲。以下試舉漢隸中若干訛變字，作進一步討論——

一、「夭」字

甲骨文作「𠘧」、「𠘧」、「𡗡」、「𡗡」……等形，〔註364〕李孝定謂「契文夭象走時兩臂擺動之形」。〔註365〕竊以爲：「夭」字象人疾趨時兩手一高一低之狀，本義爲「走貌」，故「走」字从之。《三俠五義》所謂「逃之夭夭」，即用其本義。〔註366〕其後借爲夭折字，乃另造从走、喬聲之「趫」字。〔註367〕「若《詩經》所謂「桃之夭夭」，則借「夭」爲「木少盛皃」之「枖」字。〔註368〕」

金文作「𡗡」，〔註369〕與甲骨文略同。

秦隸作「夭」、「夫」、「夫」……等形，〔註370〕第一形象人低頭而雙臂擺動之形；第二、三形从大，而於人身中段加一短橫以指明腰部，本義爲「身中也」，蓋即「要」之或體字；〔註371〕此借爲妖怪字。

《說文解字》云：

> 夭，屈也，从大象形。凡夭之屬皆从夭。〔註372〕

漢代隸書作「夭」、「𢍰」、「夭」、「夫」、「关」……等形。〔註373〕

〔註364〕李宗焜，《甲骨文字編》，上冊，頁89。

〔註365〕李孝定，《甲骨文字集釋》，第十，頁3219。

〔註366〕石玉崑，《三俠五義》（臺北：三民書局，2007），上冊，第六回，頁53。

〔註367〕《玉篇》：「趫，走皃。」見：顧野王，《玉篇》，卷上，頁39；中華書局編輯部，《小學名著六種》，第一種。

〔註368〕《詩·周南·桃夭》：「桃之夭夭，灼灼其華。」又，「桃之夭夭，有蕡其實。」又，「桃之夭夭，蓁蓁其葉。」並見：毛亨傳、鄭玄箋、孔穎達疏，《毛詩正義》，卷一之二，頁37。《說文解字》：「枖，木少盛皃，从木、要聲。《詩》曰：『桃之枖枖。』」見：丁福保，《說文解字詁林》，第五冊，頁604。

〔註369〕容庚，《金文編／續金文編》，《金文編》，第一〇·一一，頁586。

〔註370〕第一形見：袁仲一、劉鈺，《秦文字類編》，頁36；第二、三形見：古文字詁林編纂委員會，《古文字詁林》，第八冊，頁820引《睡虎地秦簡文字編》。

〔註371〕《說文解字》：「要，身中也。」見：丁福保，《說文解字詁林》，第三冊，頁837。

〔註372〕丁福保，《說文解字詁林》，第八冊，頁960。

〔註373〕第一形見：伏見冲敬，《書法大字典》，頁478引〈熹平石經〉；第二形見：二玄社，《漢韓仁銘／夏承碑》，頁64；第三形見：陳建貢、徐敏，《簡牘帛書字典》，頁

按：漢隸「夭」字，第一形源自秦隸第一形；第二形又於人腿處加一斜畫；第三形源自秦隸第二、三形；第四形又於人腿處加一斜畫；第五形似從竹、夭聲，即借「笑」爲「夭」。其中，第一、五兩形象擺動之雙臂作一橫，則爲訛變字。

二、「受」字

甲骨文作「⿰」、「⿱」、「⿲」、「⿳」、「⿴」、「⿵」、「⿶」、「⿷」、「⿸」、「⿹」、「⿺」、「⿻」、「⿼」……等形，〔註374〕前六形從受、從凡；其餘諸形則皆從受、從舟。明義士謂「受」字「象一人以手付盤盂，一人以手承受之形」；〔註375〕李孝定則謂「舟實槃之象形」。〔註376〕

金文作「⿰」、「⿱」、「⿲」、「⿳」、「⿴」、「⿵」、「⿶」、「⿷」、「⿸」……等形，〔註377〕第一形從受、從凡；其餘諸形則「凡」皆已訛作「舟」；第九形下方之手改作寸；最末形則於下方之手左旁加口。

〈新嘉量銘〉等作「⿻」，〔註378〕從受、從凡，與甲骨文前六及金文第一形之組成元素相同。

秦隸作「⿰」、「⿱」、「⿲」、「⿳」、「⿴」、「⿵」、「⿶」、「⿷」……等形，〔註379〕皆〔註380〕從受、從凡。唯第三、七、八形之「爪」訛若「目」；第五、六形之「爪」訛若「日」；第四至六形之「凡」訛若「口」；第七、八形

198：第四形見：二玄社，《漢石門頌》，頁 31；第五形見：伏見冲敬，《書法大字典》，頁 478 引〈武梁祠石闕銘〉。

〔註374〕李宗焜，《甲骨文字編》，下冊，頁 1231～1243。

〔註375〕古文字詁林編纂委員會，《古文字詁林》，第四冊，頁 349。

〔註376〕李孝定，《金文詁林讀後記》，卷四，頁 153。

〔註377〕第一形見：古文字詁林編纂委員會，《古文字詁林》，第四冊，頁 347 引《金文編》；其餘諸形見：容庚，《金文編／金文續編》，《金文編》，第四・一七，頁 248。

〔註378〕容庚，《金文編／金文續編》，《金文續編》，第四，頁 1323。

〔註379〕第一形見：陳建貢、徐敏，《簡牘帛書字典》，頁 135；第二至四形見：袁仲一、劉鈺，《秦文字類編》，頁 78；第五至八形見：古文字詁林編纂委員會，《古文字詁林》，第四冊，頁 347 引《睡虎地秦簡文字編》。

〔註380〕容庚，《金文編／金文續編》，《金文續編》，第四，頁 1323。

則中段無「凡」。

　　《說文解字》云：

　　　　　　膚，相付也，从受、舟省聲。〔註381〕

「从舟、省聲」當爲「从凡」之誤。

　　漢代隷書作「受」、「受」、「受」、「受」、「受」、「受」、「受」、「受」、「受」、「受」、「受」……等形。〔註382〕

　　按：漢隷「受」字，前七形清楚从受、从凡，乃是道地之正寫字，較之現行楷書與《說文解字》小篆、甚至部分甲骨文或金文，都更正確；第八形「又」之首畫穿過「凡」之下橫而若「丈」，仍爲正寫字；第九形於「丈」上添一橫；末二形受之間作若「冖」；第九形以下則可視爲訛變字。

　　三、「昔」字

　　甲骨文作「昔」、「昔」、「昔」、「昔」、「昔」、「昔」、「昔」、「昔」、「昔」、「昔」、「昔」……等形，〔註383〕前七形馬敍倫謂「从日、巛聲」；〔註384〕本義爲「往也、久也、昨也」。〔註385〕《禮記・曲禮》所謂「必則古昔、稱先王」是。〔註386〕末四形从日而不知其說。

　　金文作「昔」、「昔」、「昔」、「昔」、「昔」、「昔」、「昔」……等形，〔註387〕前五形从日、巛聲，與甲骨文同；第六形从肉、昔聲，蓋借「乾肉」之「腊」字爲往昔字，與《說文解字》籀文同；第七形則下方之日訛作「田」。

〔註381〕丁福保，《說文解字詁林》，第四冊，頁 571。

〔註382〕第一形見：二玄社，《漢石門頌》，頁 13；第二形見：上海書畫出版社，《衡方碑》，頁 32；第三至十形見：陳建貢、徐敏，《簡牘帛書字典》，頁 135～136；第十一形見：二玄社，《漢北海相景君碑》，頁 14。

〔註383〕李宗焜，《甲骨文字編》，中冊，頁 411～412。

〔註384〕古文字詁林編纂委員會，《古文字詁林》，第六冊，頁 432。同書並引葉玉森之說謂：「古人殆不忘洪水之巛，故制『昔』字取誼於洪水之日。」蓋以「洪水之日」的「往日」爲「昔」字本義，其說不甚合理，故不敢從。

〔註385〕顧野王，《玉篇》，卷中，頁 76。

〔註386〕鄭玄注・孔穎達疏，《禮記正義》（臺北・藝文印書館，1976），《十三經注疏》，第五冊，卷二，頁 35。

〔註387〕容庚，《金文編／金文續編》，《金文編》，第七・二，頁 395。

繹山刻石作「昔」，〔註388〕

秦隸作「昝」、「昔」、「昔」……等形。〔註389〕

《說文解字》云：

昔，乾肉；从殘肉，日以晞之，與俎同意。䐿，籀文从肉。

〔註390〕

蓋不知「昔」字本義，而與「乾肉」之「腊」字相混。〔註391〕

漢代隸書作「昝」、「昔」、「昔」、「昔」、「昔」……等形。〔註392〕

按：漢隸「昔」字，第一形源自金文第二、三形，乃正寫字；其餘各形之上段皆有訛變，若最末形蓋自小篆演變而來，而爲現今楷書所承襲。

四、「則」字

甲骨文缺。

金文作「鼎」、「鼎」、「則」、「則」、「則」、「鼎」、「則」、「則」、「則」……等形，〔註393〕前八形皆从刀、鼎聲，惟「鼎」上部筆畫繁簡稍有不同；最後一形左旁若从雙貝，爲《說文》古文第一形所本。竊以爲：「則」字本義當是「鍘草也」，其後借爲法則字，乃另造从金、則聲之「鍘」字。

〔註394〕

〔註388〕杜浩主編，《嶧山碑》，頁2。

〔註389〕袁仲一、劉鈺，《秦文字類編》，頁497、499。第一形袁、劉書釋「晉」，恐非：第二形陳建貢、徐敏，《簡牘帛書字典》，頁394收於「漢帛書」下，依袁、劉書改。

〔註390〕丁福保，《說文解字詁林》，第六冊，頁96。

〔註391〕李孝定云：「昔之本義當爲往昔，乾肉則爲腊字本義，許君誤混二者爲一字，殊誤。」見：氏著，《金文詁林讀後記》（臺北：中央研究院歷史語言研究所，1982），卷七，頁260。

〔註392〕第一形見：李靜，《隸書字典》，頁263引〈校官潘乾碑〉：第二至四形見：陳建貢、徐敏，《簡牘帛書字典》，頁394：第五形見：二玄社，《漢史晨前後碑》，頁32：第六形見：二玄社，《漢郙閣頌》，頁31。

〔註393〕前五形及最末形見：容庚，《金文編／續金文編》，《金文編》，第四·二三，頁259～260：第六至八形見：古文字詁林編纂委員會，《古文字詁林》，第四冊，頁532引《金文編》。

〔註394〕《字彙》：「鍘，鍘草也。」見：張玉書、陳廷敬等編纂、渡部溫訂正、嚴一萍校正，《康熙字典》，下冊，頁2981引。

石鼓文作「▨」，〔註395〕從刀、鼎聲。

權量銘作「▨」或「▨」，〔註396〕第一形從刀、鼎聲；第二形則左旁聲符已訛作「貝」。

秦隸作「▨」、「▨」、「▨」……等形，〔註397〕左旁皆訛作「貝」。

《說文解字》云：

　　「▨」，等畫物也，從刀、從貝。貝，古之物貨也。「▨」，古文則。

「▨」，亦古文則。「▨」，籀文則從鼎。〔註398〕

「籀文」從鼎乃正寫字，「古文」第二形左旁猶存鼎之形跡；其餘諸形則皆訛若「貝」。

漢代隸書作「▨」、「▨」、「▨」、「▨」、「▨」、「▨」、「▨」、「▨」、「▨」、「▨」、「▨」……等形。〔註399〕

按：漢隸「則」字，左旁皆作「貝」，源自秦權量銘第二形，屬於訛變字。

五、「前」字

甲骨文作「▨」、「▨」、「▨」、「▨」、「▨」、「▨」、「▨」、「▨」、「▨」、「▨」、「▨」、「▨」、「▨」……等形，〔註400〕前五形皆從止、從凡；本義為「洒足」，即「湔」字初文，〔註401〕借為前進字。第六至九形增「水」

〔註395〕二玄社，《周石鼓文》，頁47。

〔註396〕二玄社，《秦權量銘》，頁45、29。

〔註397〕前兩形見：陳建貢、徐敏，《簡牘帛書字典》，頁96；第三形見：袁仲一、劉鈺，《秦文字類編》，頁353。

〔註398〕丁福保，《說文解字詁林》，第四冊，頁838。

〔註399〕前四形見：陳建貢、徐敏，《簡牘帛書字典》，頁96；第五形見：北京大學出土文獻所，《北京大學藏西漢竹書墨迹選粹》，頁12；第六形見：李靜，《隸書字典》，頁69引〈陽泉使者舍熏爐銘〉；第七形見：上海書畫出版社，《鮮于璜碑》，頁23；第八形見：李靜，《隸書字典》，頁69引〈郭有道碑〉；第九形見：二玄社，《漢武氏祠畫像題字》，頁78；第十形見：二玄社，《漢石門頌》，頁24；第十一形見：二玄社，《漢魯峻碑》，頁56。

〔註400〕前九形見：李宗焜，《甲骨文字編》，上冊，頁268～269。未釋。末三形見：李宗焜，《甲骨文字編》，中冊，頁871。

〔註401〕《廣韻》：「湔，洗也。」見：陳彭年等重修，余迺永校著，《互註校正宋本廣韻》，

為形符，洒義更顯；第十、十一形从行、芫聲；第十二形「行」省作「彳」，末三形並為前進專字。李孝定云：

> 肖字从止在盤中，乃洗足之意，會意字也。俗若𢓜乃从行或彳、芫聲。其但作肖者，乃段洗足字為前進字。〔註402〕

金文作「𡳿」、「少」、「肖」、「肖」、「肖」、「肖」……等形，〔註403〕第一形从止、从凡；其餘諸形上方之「止」或訛若「少」，而下方之「凡」則均訛作「舟」。

秦隸作「歬」、「歬」、「歬」、「歬」、「歬」……等形，〔註404〕皆从刀、芫聲，而「凡」均訛作「舟」。本義為「齊斷也」；既借為前後字，乃另造从刀、前聲之「剪」字。〔註405〕

《說文解字》云：

> 肖，不行而進謂之歬；从止在舟上。〔註406〕

既錯把假借義當本義，又依據訛變的字體說解，殊無可取。

又云：

> 歬，齊斷也，从刀、歬聲。〔註407〕

漢代隸書作「歬」、「歬」、「歬」、「歬」、「歬」、「歬」、「歬」、「歬」、

卷二，頁137。《說文解字》：「洗，洒足也。」見：丁福保，《說文解字詁林》，第九冊，頁584。

〔註402〕李孝定，《甲骨文字集釋》，卷二，頁0451。

〔註403〕前三形見：古文字詁林編纂委員會，《古文字詁林》，第四冊，頁532引《金文編》；末三形見：容庚，《金文編／續金文編》，《金文編》，第二‧一七，頁100。

〔註404〕第一、四形見：陳建貢、徐敏，《簡牘帛書字典》，頁97；第二、三、五形見：袁仲一、劉鈺，《秦文字類編》，頁345。

〔註405〕《玉篇》：「剪，俗翦字。」見：顧野王，《玉篇》，卷中，頁66；唯「翦」字本義為「羽生也」或「矢羽」，且如段玉裁所云：「『歬』，古之『翦』字，……前者，斷齊也。」分見：丁福保，《說文解字詁林》，第四冊，頁178、179。仍宜從「刀」作「剪」。

〔註406〕丁福保，《說文解字詁林》，第二冊，頁1407。

〔註407〕丁福保，《說文解字詁林》，第四冊，頁837。

「歬」、「歬」、「歬」……等形。〔註408〕

按：漢隸「前」字，皆从刀、岦聲，而各形之「凡」則均訛作「舟」。第六至九形「止」之長曲畫簡化爲長橫畫，而爲今楷所承襲；至於末兩形之「止」則作若「工」，固爲訛變字。

六、「無」字

甲骨文作「𣁋」、「𣁋」、「𣁋」、「𣁋」、「𣁋」、「𣁋」、「𣁋」……等形，釋「舞」。〔註409〕王襄云：

　　　古舞字，葦石斧先生云：「象人執牛尾以舞之形。」〔註410〕

竊以爲：當是从大（人）、雙手執牛尾等物，會意，本義爲「樂也」。〔註411〕古樂舞之種類有多種，〔註412〕舞者所執之物固「不必牛尾」；〔註413〕然甲骨文「無」字前六形舞者所執之物，與「尾」字下方之「毛」絕類，〔註414〕唯作三重、兩重、一重不等爾，蓋「旄舞」者所執之「氂牛之尾」。若第七形，舞者兩手執不同之物，或爲「干舞」之象。

金文作「𣁋」、「𣁋」、「𣁋」、「𣁋」、「𣁋」、「𣁋」、「𣁋」、「𣁋」、「𣁋」、「𣁋」、「𣁋」、「𣁋」、「𣁋」……等形，〔註415〕蓋皆「象人執牛尾以舞之形」與甲骨文前六形略同，而稍有訛變。李孝定云：

〔註408〕第一形見：二玄社，《漢韓仁銘／夏承碑》，頁62；第二、三、六、七、十、十一形見：陳建貢、徐敏，《簡牘帛書字典》，頁 97；第四形見：李靜，《隸書字典》，頁 69 引〈趙寬碑〉；第五形見：上海書畫出版社，《衡方碑》，頁 42；第八形見：二玄社，《漢韓仁銘／夏承碑》，頁 12；第九形見：二玄社，《漢乙瑛碑》，頁 4。

〔註409〕李宗焜，《甲骨文字編》，上冊，頁74～76。

〔註410〕古文字詁林編纂委員會，《古文字詁林》，第五冊，頁 686 引《簠室殷契類纂正編》。

〔註411〕丁福保，《說文解字詁林》，第五冊，頁 350。

〔註412〕《周禮・春官・樂師》：「凡舞，有帗舞，有羽舞，有皇舞，有旄舞，有干舞，有人舞。」見：鄭玄注、賈公彥疏，《周禮注疏》，卷二十二，頁 350。

〔註413〕李孝定，《甲骨文字集釋》，第五，頁 1927。

〔註414〕見：李宗焜，《甲骨文字編》，上冊，頁 10。

〔註415〕容庚，《金文編／續金文編》，《金文編》，第六・七，頁 354～356。

　　　　商世假「亡」爲有無字，周金則假舞之本字「無」爲有無字。
〔註416〕

　　繹山刻石作「（篆文）」，〔註417〕

　　　　秦隸作「（篆文）」、「（篆文）」、「（篆文）」、「（篆文）」、「无」、「无」、「无」……

　　等形。〔註418〕

前三形蓋假「舞」字初文爲「無」；第四形出自睡虎地秦簡〈日書〉甲七六號簡
之背面，文曰「歌無」，乃用其本義「舞」。若末三形則爲「无」字，唯中豎超
出上橫，與後世小異。竊以爲：「无」字當是从人、土聲，〔註419〕本義爲「女
師」；其後借爲有無字，乃另造从女、每聲之「姆」字。〔註420〕馬叙倫云：

　　　　《周易》唯王弼本用此「无」字，《荀子》、《風俗通》、《群書治
　　　　要》引《易》皆作「無」，他經記無作「无」字者，則「无」字晚
　　　　出矣。〔註421〕

然秦隸已有「无」字，故知王弼本《周易》必有所據。

　　《說文解字》云：

　　　　（篆文），豐也：从林、夾。或說：規模字，从大，卌，數之積也：
　　　林者，木之多也；卌與庶同意。《商君書》曰：「庶草繁無。」〔註422〕

說解支離，蓋未見「無」字之初文。

〔註416〕李孝定，《金文詁林讀後記》，卷十二，頁429。

〔註417〕杜浩主編，《嶧山碑》，頁17。

〔註418〕第一形見：陳建貢、徐敏，《簡牘帛書字典》，頁512；第二形見：袁仲一、劉鈺，
　　　　《秦文字類編》，頁109；第三至六形見：古文字詁林編纂委員會，《古文字詁林》，
　　　　第九冊，頁1010引《睡虎地秦簡文字編》；第七形見：陳建貢、徐敏，《簡牘帛書
　　　　字典》，頁387。

〔註419〕「土」與「无（無）」古音同在第五部，見：許慎著、段玉裁注，《說文解字注》
　　　　（臺北：藝文印書館，1974），頁830。

〔註420〕《說文解字》：「姆，女師也，从女、每聲，讀若母。」見：丁福保，《說文解字詁
　　　　林》，第十冊，頁65。

〔註421〕古文字詁林編纂委員會，《古文字詁林》，第九冊，頁1012引《說文解字六書疏證》
　　　　卷二十四。

〔註422〕丁福保，《說文解字詁林》，第五冊，頁970。

又云：

「𣚊」，亡也，从亡、無聲。「无」，奇字无，通於元者。王育說：

天屈西北爲无。〔註423〕

从亡、無聲一形當爲「有無」的專字；至於「无」字，當是从人、土聲，乃「姆」字初文。

漢代隸書作「𣚊」、「𣚊」、「𣚊」、「無」、「𣚊」、「無」、「𣚊」、「無」、「燕」、「𣚊」、「無」、「𣚊」、「毛」、「毛」、「毛」……等形。〔註424〕

按：漢隸「無」字，前十一形源自所謂「豐也」之小篆；第十二形从亡、無聲；末三形源自秦隸之末三形。其中第四至第九形，訛變情況較爲嚴重，尤其下方之筆畫先縮短爲六點，再省爲五點，最後省爲四點，而爲今楷所沿襲。

七、「箸」字

甲骨文、金文缺。

泰山刻石作「箸」，〔註425〕「从竹、者聲」，本義爲「所以夾食也」；〔註426〕《史記》所謂「象箸」，〔註427〕即以象牙製成之筷子。假借爲「著明」字，乃另造从竹、助聲之「筯」字。

秦隸缺。

《說文解字》云：

〔註423〕丁福保，《說文解字詁林》，第十冊，頁378。

〔註424〕第一形見：北京大學出土文獻所，《北京大學藏西漢竹書墨迹選粹》，頁 1；第二至四及七、八形見：陳建貢、徐敏，《簡牘帛書字典》，頁 512；第五、六形見：馬建華，《河西簡牘》，頁37、38；第九形見：二玄社，《漢西狹頌》，頁22；第十形見：二玄社，《漢曹全碑》，頁13；第十一形見：李靜，《隸書字典》，頁300 引〈白石神君碑〉；第十二形見：李靜，《隸書字典》，頁 300 引〈校官潘乾碑〉；第十三、十四、十五形見：陳建貢、徐敏，《簡牘帛書字典》，頁387。

〔註425〕二玄社，《秦泰山刻石／瑯邪臺刻石》，頁10。

〔註426〕顏注《急就篇》：「箸，一名梜，所以夾食也。」見：史游著、顏師古注，《急就篇》（臺北：臺灣商務印書館，1986），《景印四庫全書》，卷三，頁4。

〔註427〕《史記・十二諸侯年表》：「紂爲象箸，而箕子唏。」索隱：「即筯也。」見：司馬遷撰、裴駰集解、司馬貞索隱、張守節正義，《新校本史記三家注》，卷十四，頁509。

「簞」，飯敧也，从竹、者聲。〔註428〕

漢代隸書作「箸」、「箸」、「藷」、「藷」、「藷」、「箸」、「藷」……等形。〔註429〕

按：漢隸「箸」字，前二形皆从竹，爲正寫字；第三、四、五、六形與从艸者無別，〔註430〕至於第七種寫法，則確定从艸，而爲訛變字。

八、「聖」字

甲骨文作「𦕓」、「𦕓」、「𦕓」、「𦕓」、「𦕓」、「𦕓」、「𦕓」、「𦕓」……等形，〔註431〕前兩形从人、从耳；〔註432〕第三、四形从卩、从耳，此四形或並釋「聞」；第五形从人、从耳、从口，或釋「聽」；〔註433〕第六、七形从卩、从左右耳；第八形从耳、从土。本義爲「聞聲知情」。〔註434〕徐中舒云：

> 口有言咏，耳得感知者爲聲：以耳知聲則爲聽；耳具敏銳之聽
> 聞之功效是爲聖。聲、聽、聖三字同源，其始本爲一字，……典籍
> 中此三字亦互相通用。〔註435〕

〔註428〕丁福保，《説文解字詁林》，第四冊，頁1039。

〔註429〕第一形見：二玄社，《漢尹宙碑》，頁11；第二、三、四、六形見：陳建貢、徐敏，《簡牘帛書字典》，頁705；第五形見：李靜，《隸書字典》，頁440引〈校官潘乾碑〉；第七形見：二玄社，《漢韓仁銘／夏承碑》，頁33。

〔註430〕漢隸中，「艸」頭與「竹」頭每無別，皆可作「⺾」，或「𥫗」，或「⺿」。參見：李靜，《隸書字典》及陳建貢、徐敏，《簡牘帛書字典》「艸」部與「竹」部諸字。

〔註431〕古文字詁林編纂委員會，《古文字詁林》，第九冊，頁571引《甲骨文編》。

〔註432〕李宗焜，《甲骨文字編》，上冊，頁221。

〔註433〕李宗焜，《甲骨文字編》，上冊，頁221。

〔註434〕班固《白虎通義・聖人篇》：「聖者，通也，道也，聲也。道無所不通，明無所不照，聞聲知情，與天地合德，日月合明，四時合序，鬼神合吉凶。」見：班固撰、陳立疏證，《白虎通疏證》（北京：中華書局，1997），卷七，頁334。「聞聲知情」，云云，《康熙字典》誤謂出於應劭，《風俗通義》（臺北：臺灣商務印書館，1965）。

〔註435〕古文字詁林編纂委員會，《古文字詁林》，第九冊，頁573引《甲骨文字典》卷十二。

金文作「 」、「 」、「 」、「 」、「 」、「 」、「 」、「 」、「 」、「 」……等形，〔註436〕前兩形从人、从耳、从口，而第二形之「耳」訛若「臣」；第三至第八形人下增一，表所立之地，而第八形「耳」上加「屮」；最後兩形則於「人」之中段增一短橫而作「壬」。

秦隸作「 」、「 」、「 」……等形。〔註437〕

《說文解字》云：

 ，通也，从耳、呈聲。〔註438〕

「从耳、呈聲」當改爲「从耳、从壬、从口」。

漢代隸書作「 」、「 」、「 」、「 」、「 」、「 」、「 」、「 」、「 」、「 」……等形。〔註439〕

按：漢隸「聖」字，第一形从耳、从口；其餘諸形蓋皆从耳、从壬、从口，而最後第二形之「壬」省作「土」，最末形之「壬」則訛若「二」。

九、「歸」字

甲骨文作「 」、「 」、「 」、「 」、「 」、「 」、「 」、「 」、「 」、「 」、「 」、「 」……等形，〔註440〕第一形即「帚」字，假借作「歸」；其餘諸形蓋皆从𠂤、帚聲，本義爲「返回」。〔註441〕馬敍倫云：

〔註436〕前兩形見：古文字詁林編纂委員會，《古文字詁林》，第九冊，頁 571 引《金文編》；其餘諸形見：容庚，《金文編／續金文編》，《金文編》，第一二‧五，頁 635。

〔註437〕第一形見：陳建貢、徐敏，《簡牘帛書字典》，頁 663；第二形見：袁仲一、劉鈺，《秦文字類編》，頁 151；第三形見：北京大學出土文獻所，《北京大學藏秦代簡牘書迹選粹》，頁 27。

〔註438〕丁福保，《說文解字詁林》，第九冊，頁 1086。

〔註439〕前五形見：陳建貢、徐敏，《簡牘帛書字典》，頁 663；第六形見：二玄社，《漢乙瑛碑》，頁 40；第七形見：李靜，《隸書字典》，頁 411 引〈校官潘乾碑〉；第八形見：二玄社，《漢北海相景君碑》，頁 65；第九形見：李靜，《隸書字典》，頁 411 引〈樊敏碑〉；第十形見：二玄社，《漢石門頌》，頁 52。

〔註440〕第一形見：李孝定，《甲骨文字集釋》，第二，頁 457；李宗焜，《甲骨文字編》，中冊，頁 698〜701。

〔註441〕《詩‧召南‧采蘩》：「薄言還歸。」箋云：「還歸者，自廟反其燕寢。」見：毛亨傳、鄭玄箋、孔穎達等正義，《毛詩正義》，卷一之三，頁 47。「反」即返回。

歸字當从帚得聲，惟从帚得聲，故諸文雖異，而無不从帚，且
甲文得徑以帚爲歸也。〔註442〕

金文作「（字形）」、「（字形）」、「（字形）」、「（字形）」、「（字形）」、「（字形）」、「（字形）」、「（字形）」、
「（字形）」……等形，〔註443〕第一形假「帚」爲「歸」；第二至五形从𠂤、帚聲，
唯第五形右下加持「帚」之「又」；第六至八形从𠂤、从辵、帚聲；唯第八形
左上之「𠂤」訛若「亥」；最末形則从𠂤、帚聲，而左下之部件不知爲何。

秦隸作「（字形）」、「（字形）」、「（字形）」、「（字形）」、「（字形）」……等形。〔註444〕

《說文解字》云：

（字形），女嫁也，从止、从婦省、𠂤聲。（字形），籀文省。〔註445〕

漢代隸書作「（字形）」、「（字形）」、「（字形）」、「（字形）」、「（字形）」、「（字形）」、「（字形）」……等
形。〔註446〕

按：漢隸「歸」字，皆从𠂤、从止、帚聲，前三形爲正寫字；末四形左旁
作若「是」，則爲訛變字。

十、「寶」字

甲骨文作「（字形）」、「（字形）」、「（字形）」、「（字形）」、「（字形）」、「（字形）」……等形，〔註447〕
前四形从宀、从貝、从玨；第五形从宀、从貝、从玉；第六形則但从宀、从
貝。皆表寶藏之義，本義爲「珍也」。《史記》所謂「寶藏蓍龜」，〔註448〕即

〔註442〕古文字詁林編纂委員會，《古文字詁林》，第二冊，頁247引《說文解字六書疏證》
卷三。唯馬氏謂「阜、𠂤固一字也」，則非。參見：古文字詁林編纂委員會，《古
文字詁林》，第六冊，頁73引李學勤〈論多友鼎的時代及意義〉。

〔註443〕容庚，《金文編／續金文編》，《金文編》，第二・一八，頁101。

〔註444〕第一形見：陳建貢、徐敏，《簡牘帛書字典》，頁463；第二形見：袁仲一、劉鈺，
《秦文字類編》，頁108。

〔註445〕丁福保，《說文解字詁林》，第二冊，頁1411。

〔註446〕第一形見：浙江古籍出版社，《孔彪碑》，頁16；第二形見：中國書店，《朝侯小
子碑》，頁7；第三至五形見：陳建貢、徐敏，《簡牘帛書字典》，頁463；第六形
見：二玄社，《漢北海相景君碑》，頁20；第七形見：二玄社，《漢乙瑛碑》，頁34。

〔註447〕李宗焜，《甲骨文字編》，中冊，頁721。

〔註448〕《史記・龜策傳》：「略聞夏殷欲卜者，乃取蓍龜，已則弃去之，以爲龜藏則不靈，

珍藏蓍龜。

　　金文作「🔲」、「🔲」、「🔲」、「🔲」、「🔲」、「🔲」……等形，〔註449〕前二形從宀、從玉、從貝、缶聲；第三形之「貝」訛作「鼎」；第四形從宀、從玉、畐聲；第五形從宀、從玉、午聲；第六形從宀、缶聲。

　　秦隸缺。

　　《說文解字》云：

　　　　🔲，珍也，從宀、從玉、從貝，缶聲。🔲，古文寶省貝。

　　〔註450〕

　　漢代隸書作「🔲」、「🔲」、「🔲」、「🔲」……等形。〔註451〕

　　按：漢隸「寶」字，第一形從宀、從玉、從貝，缶聲，乃正寫字；第二形以下、三形宀與貝之間作「珍」，可能是「缶」訛作「𠫔」，抑或是從宀、從珍、從貝，會意；而第三形之「𠫔」作若「尔」，可視為或體字；若第四形之「𠫔」作若「今」，則為訛變字無疑。

　　　　著久則不神。至周室之卜官，常寶藏蓍龜；又其大小先後，各有所尚，要其歸等耳。」見：司馬遷撰、裴駰集解、司馬貞索隱、張守節正義，《新校本史記三家注》，卷一百二十八，頁3223～3224。

〔註449〕容庚，《金文編／續金文編》，《金文編》，七・二五，頁442～449。

〔註450〕丁福保，《說文解字詁林》，第六冊，頁688。

〔註451〕第一形見：二玄社，《漢禮器碑》，頁；第二形見：二玄社，《漢韓仁銘／夏承碑》，頁65；第三形見：二玄社，《漢禮器碑》，頁6；第四形見：二玄社，《漢張遷碑》，頁55。

第五章　漢代隸書筆畫演變之軌跡

　　西晉衛恆在《四體書勢》中引〈隸勢〉云：「鳥跡之變，乃惟佐隸。」[註1]
隸書在中國書體的演變上，的確有著關鍵性的地位；但中國文字自創造以後，
並非直到隸書時才開始有所改變。事實上據許慎的說法，在「五帝三王之世」，
中國的文字就已經「改易殊體」了；到了戰國時代，各國之間不但「田疇異
畝，車涂異軌，律令異法，衣冠異制」，甚至「言語異聲，文字異形」。[註2]
從傳世商周的甲骨文、金文，春秋時代的侯馬盟書，戰國時代的石鼓文，以
及秦代的權量銘與各種刻石，可以證明許慎所言不虛。只是，秦代刻石（小
篆）以前的各種文字雖然也「或頗省改」，[註3] 甚至也有不少訛變；不過其
組成元素的「象形意味」還保留很多，[註4] 對於文字構成的義理，也還算講

〔註1〕　房玄齡等，《晉書》，卷三十六，頁 1065。

〔註2〕　丁福保，《說文解字詁林》，第十一冊，頁 899〜900。

〔註3〕　丁福保，《說文解字詁林》，第十一冊，頁 900。

〔註4〕　所謂「象形意味」，是指「象似物形的成分」，例如：「日」字，金文有作「●」
　　　　或「○」者，見：容庚，《金文編／續金文編》，《金文編》，第七・一，頁 393。
　　　　其「象形意味」顯然要比甲骨文之作「⊙」或「⊖」來得濃厚；而甲骨文中，
　　　　「日」字亦作「▱」，其「象形意味」則又更淡。並見：李宗焜，《甲骨文字編》，
　　　　中冊，頁 408。蓋「象形」本為「隨體詰詘」，即隨著物體的形狀而彎曲描寫；
　　　　若任意將文字筆畫作曲直、斷連……等不同的變化，勢必沖淡其組成元素之象形

究。到了隸書，特別是漢隸的階段，文字的改變已達到「苟趨省易」的地步，
〔註5〕原本象似物形的組成元素，紛紛被任意割散成為符號化的筆畫。如此一
來，雖然更富於書法藝術的表現性，但中國文字原有的構成理趣，卻已嚴重
喪失。中國文字發展到了漢隸，不啻是產生了一種「質的變化」！衛恆之所
以認為佐隸乃是「鳥跡之變」，想必就是因為其文字的組成元素，由「象鳥獸
蹏迒之跡」《說文解字・敘》的象形而變為符號化的筆畫。

然而，漢隸的這種「質的變化」，根本也只是筆劃的演變而已。只因為筆畫
演變到了相當的程度遂破壞中國文字的象形意味；使得中國文字原有的構成理
趣不期然而然地大量流失。例如：「人」字，甲骨文一作「𠂊」，〔註6〕金文一
作「𠂆」，〔註7〕小篆一作「𠆤」，〔註8〕都清楚保留著人從側面看的模樣；而漢
隸一作「人」，〔註9〕只是把象人身與腿形之線條改變為波畫，却使得其象形
意味喪失殆盡。至於組成元素更為複雜的文字，其改變的筆畫數量越多，則脫
離原形越遠，而越趨於符號化。

中國文字的衍化主要是朝著「簡化」與「繁化」兩個方向進行。就實用的
角度來看，簡化可以使文字更容易書寫，而繁化則有利於區別形體近似的文字；
就審美的角度來看，簡化可是字體顯得更疏朗，而繁化則可增進字形的茂美。
至於文字的簡化，則可以透過「減少筆畫」與「縮短筆畫」兩種辦法來進行；
而繁化則需採用「增多筆畫」與「延長筆畫」兩項手段。漢碑隸書正同時肩負
著實用與審美兩大使命，其文字的簡化與繁化都很頻繁；而在其簡化或繁化的
過程中，形成了許多不同的筆畫演變軌跡。

本章四節將分別自「減少筆畫」、「縮短筆畫」、「增多筆畫」以及「延長筆
畫」四方面，根據實例，探索漢代隸書筆畫演變之軌跡。

意味，而流於符號化，也就會產生下文所謂「質的變化」。

〔註5〕 《漢書・藝文志》：「是時始造隸書矣，起於官獄多事，苟趨省易，施之於徒隸也。」
見：班固，《漢書》，卷三十，頁1721。

〔註6〕 李宗焜，《甲骨文字編》，上冊，頁1。

〔註7〕 容庚，《金文編／續金文編》，《金文編》，第八・一，頁473。

〔註8〕 丁福保，《說文解字詁林》，第七冊，頁1。

〔註9〕 李靜，《隸書字典》，頁26引〈熹平石經殘石〉。

第一節　九種減少筆畫的軌跡

在中國文字的演變過程中，「減少筆畫」扮演著最爲重要的角色。因爲減少筆畫既可以加快文字書寫的速度，也使得筆畫繁複的字看起來較爲清爽；它兼具了簡化與美化的雙重功效。

本來，如果只是爲了加快書寫的速度，也可以將文字書寫得潦草些。不過，字形越潦草，就越難辨識；寫的人固然省時，看的人卻不免費事，有時甚至會阻礙文意的傳達。既要節省書寫時間，又要免於潦草的流弊，最好的辦法莫過於趙壹〈非草書〉所謂「刪難省繁，損複爲單」，〔註10〕也就是減少文字的筆畫。

然而，減少文字筆畫也不能漫無準則，否則可能會破壞文字構成的義理，造成學習的阻力。例如：「蜼」字，「从虫、唯聲」，本義是一種「似蜥蜴而大」的爬蟲類動物；〔註11〕「雖然」的「雖」則是一種「假借」的用法。這本來是很有道理的字，中國之簡體字卻寫成「虽」，省去了右邊的「隹」，固然可以減少一些書寫的時間；卻也使得這個字變得無法理解，學習者只能死記它「虽」的形體和用法，學習效果勢必大打折扣。另如：「廠」字作「厂」，廣字作「广」，「產」字省作「产」……，也都是一些沒有道理的簡體字，雖然書寫便捷，卻不利於記憶和學習。

漢代隸書「減少筆畫」之軌跡，大致有九種，包括：一、刪減字中重複之部件，二、刪減文字中段繁複之筆畫，三、刪減上下重疊之橫向筆畫，四、刪減左右並排之縱向筆畫，五、刪減上下橫畫間之豎畫，六、連接左右相鄰之橫向筆畫，七、連接上下相頂之縱向筆畫，八、變左右搭黏之兩橫向斜畫爲一橫畫，以及九、連接兩筆以上不同方向之筆畫爲一長畫。分別舉例說明於下——

壹、刪減字中重複之部件

一、「阿」字

甲骨文缺。

金文作「阿」、「阿」、「阿」……等形，〔註12〕从阜、可聲。

〔註10〕張彥遠，《法書要錄》，卷一，頁 5。

〔註11〕丁福保，《說文解字詁林》，第十冊，頁 813。

〔註12〕第一形見：容庚，《金文編／續金文編》，《金文編》，第一四・一三，頁 762；末兩

秦隸作「阿」，〔註13〕「阜」省作兩疊。

《說文解字》云：

　　阿，大陵也，一曰：曲阜也；从阜、可聲。〔註14〕

漢代隸書作「阿」、「阿」、「𨸏」、「阿」、「阿」、「阿」……等形。

〔註15〕

按：漢隸「阿」字，第一形左阜作三疊，與金文同；第二、三形左阜三疊省作二疊；第四、五、六形左阜之二疊由方形縮短筆畫而呈三角形或圓弧形。

二、「雷」字

甲骨文作「𩂩」、「𤳳」、「𤴐」、「𤴐」、「𤴐」、「𤴐」、「𤴐」、「𤴐」、「𤴐」……等形，〔註16〕竊以爲：甲骨文「雷」字，倚申（閃電）而畫雷聲，乃「倚文畫物」之象形字；雷聲本無形可畫，聊以點、菱形或方形虛廓或「田」以表之。〔註17〕

金文作「𤴐」、「𤴐」、「𤴐」、「𤴐」、「𤴐」、「𤴐」、「𤴐」……等形，〔註18〕前六形皆倚申（閃電）而畫雷聲，雷聲或四響，或三響；第七形則加「雨」爲形符。

秦隸作「雷」或「雷」，〔註19〕从雨、畾聲，而第一形之「畾」作四響，第二形之「畾」作三響。

　　　　形見：古文字詁林編纂委員會，《古文字詁林》，第十冊，頁794引《金文編》。

〔註13〕北京大學出土文獻所，《北京大學藏秦代簡牘書迹選粹》，頁44。

〔註14〕丁福保，《說文解字詁林》，第十一冊，頁453。

〔註15〕第一形見：李靜，《隸書字典》，頁548引〈校官潘乾碑〉；第二、三、四形見：陳建貢、徐敏，《簡牘帛書字典》，頁873；第五形見：二玄社，《漢石門頌》，頁25；第六形見：二玄社，《漢西狹頌》，頁7。

〔註16〕李宗焜，《甲骨文字編》，中冊，頁436。

〔註17〕于省吾謂「栔文畾字从申者，申即電之初文」，是也；然謂「其从點者，象雨滴形」，又以甲骨文畾「本爲會意字」，則未當，見：古文字詁林編纂委員會，《古文字詁林》，第九冊，頁329。

〔註18〕容庚，《金文編／續金文編》，《金文編》，第一一‧九，頁702。

〔註19〕第一形見：睡虎地秦墓竹簡整理小組，《睡虎地秦墓竹簡》（北京：文物出版社，1990），圖版頁106；第二形見：袁仲一、劉鈺，《秦文字類編》，頁490。

《說文解字》云：

> ，陰陽薄動，靁雨生物者也，从雨、畾像回轉形。，古文靁。，古文靁。，籀文靁，閒有回回靁聲也。[註20]

「雷」字小篆與古文第一形，皆从雨、畾聲；古文第二形从畾、回聲；[註21] 籀文則从雷、回聲。

漢代隸書作「」、「」、「」、「」、「」、「」……等形。[註22]

按：漢隸「雷」字，前三形皆作三「田」，與秦隸及《說文》小篆同，唯第一、二形爲上一下二，第三形爲上二下一；第四、五、六形則雨下皆減作一「田」。

三、「繼」字

甲骨文缺。

金文作「」，[註23] 从二絲、从一。右下方兩短橫爲重文記號，即複寫左下方之「幺」，以表絲線之相續。[註24]

秦隸缺。

《說文解字》云：

> ，續也，从糸、𢇍。一曰：反𢇍爲𢇍。[註25]

按：「繼」字當是从糸、𢇍聲，此觀「攕」字亦讀爲ㄐㄧˋ可知。

漢代隸書作「」、「」、「」、「」、「」、「」、「」、「」、「」、「」、「」……等形。[註26]

〔註20〕 丁福保，《說文解字詁林》，第九冊，頁 742。首句，段注本作「露易薄動生物者也」。

〔註21〕 「雷」讀「力回切」，見：顧野王，《玉篇》，卷二十，頁 75。

〔註22〕 第一、五形見：北大出土文獻所，《北京大學藏西漢竹書墨迹選粹》，頁 21、31；第二、三、四形見：陳建貢、徐敏，《簡牘帛書字典》，頁 894；第六形見：二玄社，《漢禮器碑》，頁 12。

〔註23〕 容庚，《金文編／續金文編》，《金文編》，第一三‧一，頁 702。

〔註24〕 或將金文此字釋作「繼繼」，高田忠周非之。見：古文字詁林編纂委員會，《古文字詁林》，第九冊，頁 1152 引《古籀篇》六十八。

〔註25〕 丁福保，《說文解字詁林》，第十冊，頁 543。

〔註26〕 前六形見：陳建貢、徐敏，《簡牘帛書字典》，頁 649；第七形見：二玄社，《漢武氏祠畫像題字》，頁 29；第八形見：上海書畫出版社，《鮮于璜碑》，頁 16；第九

　　按：漢隸「繼」字，前兩形作「反 𤔲 」形；第三形从絲而於右下加重文記號，表以絲相續之意；其餘諸形皆从糸、𢇍聲，而第六形之「糸」反作且置於右旁；第八形「𢇍」中增一豎畫作若「十」；第九、十形省去「𢇍」中之橫畫；最末形將右旁上下重疊之二「絲」刪減作一「絲」。

貳、刪減文字中段繁複之筆畫

一、「晉」字

　　甲骨文作「 𝌆 」或「 𝌆 」，[註27] 第一形上作二倒矢，即「㮶」；[註28] 下作日。馬敘倫謂「晉从日、㮶聲也」，[註29] 竊以爲：「晉」字本義當爲日昇，其後引申爲晉升義。第二形上部之「㮶」有缺筆。

　　金文作「 𝌆 」、「 𝌆 」、「 𝌆 」、「 𝌆 」、「 𝌆 」、「 𝌆 」……等形，[註30] 與甲骨文同，而第一形之「日」但畫其匡廓。

　　秦隸作「 𝌆 」或「 𝌆 」，[註31] 亦从日、㮶聲。

《說文解字》云：

　　　　 𝌆 ，進也，日出萬物進，从日从㮶。《易》曰：「明出地上，晉。」

[註32]

「从日从㮶」當改作从日、㮶聲。

　　漢代隸書作「 𝌆 」、「 𝌆 」、「晉」、「晉」、「晉」、「晉」……等形。[註33]

　　　　形見：二玄社，《漢西狹頌》，頁 10；第十形見：二玄社，《漢曹全碑》，頁 13；第十一形見：二玄社，《漢石門頌》，頁 61。

〔註27〕第一形見：李宗焜，《甲骨文字編》，下冊，頁 967；第二形見：古文字詁林編纂委員會，《古文字詁林》，第六冊，頁 388 引《甲骨文編》。

〔註28〕甲骨文「至」字一作倒矢形，見：李宗焜，《甲骨文字編》，下冊，頁 961。

〔註29〕古文字詁林編纂委員會，《古文字詁林》，第六冊，頁 391 引《說文解字六書疏證》卷十三。按：段玉裁〈古十七部諧聲表〉，「晉」（進聲）與「㮶」（至聲）古音同在第十二部，見：丁福保，《說文解字詁林》，第十一冊，頁 1359。

〔註30〕前四形見：容庚，《金文編／續金文編》，《金文編》，第七‧一，頁 394；末二形見：古文字詁林編纂委員會，《古文字詁林》，第六冊，頁 388 引《金文編》。

〔註31〕袁仲一、劉鈺，《秦文字類編》，頁 499。

〔註32〕丁福保，《說文解字詁林》，第六冊，頁 32。

〔註33〕第一形見：二玄社，《漢武氏祠畫像題字》，頁 77；第二、四、五形見：陳建貢、

按：漢隸「晉」字，皆从日、瑧聲，第一形兩「至」猶分開書寫；第二形「瑧」下兩短橫連作一長橫；第三形以下「瑧」最上方與最下方兩組相鄰之小橫各連成一長橫，其中段並省作兩個四方形或三角形；最末形之兩三角形上方則又呈開口狀。

二、「善」字

甲骨文缺。

金文作「善」、「善」、「善」、「善」、「善」、「善」、「善」……等形，〔註34〕竊以爲：从羊、誩聲，本義爲「具食」；其後借爲「善惡」字，乃另造从肉、善聲之「膳」字。〔註35〕

秦隸作「善」、「善」、「善」、「善」……等形。〔註36〕

《說文解字》云：

善，吉也；从誩从羊，此與美同義。善，篆文善从言。〔註37〕

「美」字上段从「儀」之初文，〔註38〕「善」字从羊，二者固不得相提並論。許氏根據假借義來說解，故不得其實。

漢代隸書作「善」、「善」、「善」、「善」、「善」、「善」、「善」、「善」、「善」、「善」……等形。〔註39〕

〔註34〕容庚，《金文編／續金文編》，《金文編》，第三・九，頁149。

徐敏，《簡牘帛書字典》，頁 398；第三形見：二玄社，《漢張遷碑》，頁 31；第六形見：李靜，《隸書字典》，頁 268 引〈袁博碑〉。

〔註35〕《說文解字》：「膳，具食也，从肉、善聲。」見：丁福保，《說文解字詁林》，第四冊，頁 746。另，楊樹達：「或曰：善字从羊，乃膳之初文，从肉作膳者，乃後起加形旁字。」見：古文字詁林編纂委員會，《古文字詁林》，第三冊，頁 131 引《積微居金文餘說》卷一。

〔註36〕第一形見：北京大學出土文獻所，《北京大學藏秦代簡牘書迹選粹》，頁 39；第二形見：馬華，《河西簡牘》，頁 12；後兩形見：袁仲一、劉鈺，《秦文字類編》，頁 141。

〔註37〕丁福保，《說文解字詁林》，第三冊，頁 741。

〔註38〕參見：本書第三章第三節之三。

〔註39〕第一形見：二玄社，《漢韓仁銘／夏承碑》，頁 48；第二至六形見：陳建貢、徐敏，《簡牘帛書字典》，頁 162～163；第七形見：二玄社，《漢韓仁銘／夏承碑》，頁

按：漢隸「善」字，第一形从羊、誩聲，原自金文等大篆；其餘諸形都本於小篆，而刪減重疊的橫畫，或竟將「言」之上部完全省去，惟留一「口」。

三、「襄」字

甲骨文作「🔲」、「🔲」、「🔲」、「🔲」……等形，[註40] 于省吾「判定它是𤔔字的初文。它和从衣的襄字古通用，隸變作襄」。[註41]

金文作「🔲」、「🔲」、「🔲」、「🔲」……等形，[註42] 前兩形从又、壤聲，蓋為「攘」之初文；末兩形从衣、攘聲，蓋為「襄」之或體。

秦隸作「🔲」、「🔲」、「🔲」……等形，[註43] 从衣、𤔔聲。

《說文解字》云：

🔲，漢令：解衣耕謂之襄，从衣、𤔔聲。🔲，古文襄。[註44]

漢代隸書作「🔲」、「🔲」、「🔲」、「🔲」、「🔲」、「🔲」……等形。

[註45]

按：漢隸「襄」字，皆从衣、𤔔聲，第一形最為正確；第二、三形「衣」中之「𤔔」稍有訛變；若末三形「𤔔」簡化作三橫兩豎，與初形相去甚遠，則屬於訛變字。

參、刪減上下重疊之橫向筆畫

一、「彥」字

甲骨文缺。

12：第八形見：，《朝侯小子碑》，頁 7；第九形見：二玄社，《漢張遷碑》，頁 11；
第十形見：馬建華，《河西簡牘》，頁 38。

[註40] 李宗焜，《甲骨文字編》，上冊，頁 723。

[註41] 古文字詁林編纂委員會，《古文字詁林》，第七冊，頁 600 引《甲骨文字釋林》。

[註42] 前兩形見：古文字詁林編纂委員會，《古文字詁林》，第七冊，頁 596 引《金文編》；
末兩形：容庚，《金文編／續金文編》，《金文編》，第八‧一三，頁 498。

[註43] 第一形見：陳建貢、徐敏，《簡牘帛書字典》，頁 731；第二、三形見：古文字詁林
編纂委員會，《古文字詁林》，第七冊，頁 597 引《睡虎地秦簡文字編》。

[註44] 丁福保，《說文解字詁林》，第七冊，頁 509。

[註45] 第一形見：二玄社，《漢尹宙碑》，頁 11；其餘諸形見：陳建貢、徐敏，《簡牘帛書
字典》，頁 731～732。

金文作「⟨圖⟩」，〔註46〕「厂」下所从之部件，或謂「蓋象毛之屈曲」；或謂爲「弓」。〔註47〕

秦隸缺。

《說文解字》云：

⟨圖⟩，美士有文，人所言也，从彣、厂聲。〔註48〕

漢代隸書作「⟨圖⟩」、「⟨圖⟩」、「⟨圖⟩」……等形。〔註49〕

按：漢隸「彥」字，皆从彣、厂聲。而第一形之「彡」作若三橫；第二形減作兩橫；第三形則兩橫之間又相互牽帶。

二、「陽」字

甲骨文作「⟨圖⟩」、「⟨圖⟩」、「⟨圖⟩」、「⟨圖⟩」、「⟨圖⟩」、「⟨圖⟩」……等形，〔註50〕前三形爲「易」字，从日、下象「識日景、引陰陽」之碑形，〔註51〕日當碑之正上方，乃正午之景象，故「易」字本義爲「日中時也」；其後多作爲文字之聲符，乃另造从日、易聲之「晹」字；〔註52〕」。第四至六形从阜、易聲，即「陽」字，本義「高明也」。

〔註46〕 古文字詁林編纂委員會，《古文字詁林》，第八冊，頁63引吳大澂《說文古籀補》卷九。

〔註47〕 並見：古文字詁林編纂委員會，《古文字詁林》，第八冊，頁63。

〔註48〕 丁福保，《說文解字詁林》，第七冊，頁1021。「有文」，段注本作「有彣」。

〔註49〕 第一形見：二玄社，《漢曹全碑》，頁46；第二形見：李靜，《隸書字典》，頁768引〈武榮碑〉，第三形見：二玄社，《漢孟琁殘碑／張景造土牛碑》，頁7。

〔註50〕 前三形見：李宗焜，《甲骨文字編》，中冊，頁410；第四形見：《甲骨文字編》，中冊，頁469；第五、六形見：古文字詁林編纂委員會，《古文字詁林》，第十冊，頁784引《甲骨文編》、《續甲骨文編》。

〔註51〕 《儀禮‧聘禮》：「東面北上，上當碑南。」鄭注：「宮中必有碑，所以識日景、引陰陽也。」見：鄭玄注、賈公彥等疏《儀禮注疏》，卷二十一，頁255。

〔註52〕 《禮記‧祭義》：「郊之祭，大報天而主日，配以月。夏后氏祭其闇，殷人祭其陽，周人祭日以朝及闇。」鄭注：「闇，昏時也；陽讀爲『日雨日暘』之暘，謂日中時也。」見：鄭玄注、孔穎達《儀禮注疏》，卷四十七，頁312。《說文解字》：「暘，日出也，从日、易聲。」段注：「暘之義，當從鄭」見：段玉裁，《說文解字注》，七篇上，頁306。

金文作「ㄗ」、「ㄖ」、「ㄖ」、「ㄖ」、「ㄖ」、「ㄖ」、「ㄖ」、「ㄖ」、「ㄖ」、「ㄖ」、「ㄖ」、「ㄖ」、「ㄖ」……等形，〔註53〕前八形爲「易」字，而下方之部件漸訛若「一、勿」；其餘諸形爲「陽」字。

秦隸作「陽」、「陽」、「陽」、「陽」、「陽」、「陽」……等形，〔註54〕前兩形左阜作三疊；其餘諸形左阜則省作二疊。

《說文解字》云：

陽，高明也，从阜、易聲。〔註55〕

漢代隸書作「陽」、「陽」、「陽」、「陽」、「陽」、「陽」、「陽」、「陽」、「陽」、「陽」、「陽」、「陽」、「陽」、「陽」、「陽」、「陽」、「陽」……等形。〔註56〕

按：漢隸「陽」字，前五形左阜作三疊；其餘諸形左阜則省作二疊。右旁之「易」多將「日」之下橫省去；若第九、十一、十六形則省去「勿」上之橫畫，而訛若「易」；第十七形則从阜、昜聲。〔註57〕

三、「禮」字

〔註53〕前八形見：容庚，《金文編／續金文編》，《金文編》，第八・一八，頁 561～562；後六形見：《金文編》，第一四・一三，頁 761。

〔註54〕第一形見：北京大學出土文獻所，《北京大學藏秦代簡牘書迹選粹》，頁 34；第二、三形見：陳建貢、徐敏，《簡牘帛書字典》，頁 880；第四、五、六形見：袁仲一、劉鈺，《秦文字類編》，頁 465。

〔註55〕丁福保，《說文解字詁林》，第十一冊，頁 449。

〔註56〕第一形見：北京大學出土文獻所，《北京大學藏西漢竹書墨迹選粹》，頁 26；第二、三、四、六、七、八、九形見：陳建貢、徐敏，《簡牘帛書字典》，頁 880；第五形見：李靜，《隸書字典》，頁 552 引〈校官潘乾碑〉；第十形見：二玄社，《漢張遷碑》，頁 43；第十一形見：二玄社，《漢禮器碑》，頁 81；第十二形見：李靜，《隸書字典》，頁 552 引〈樊敏碑〉；第十三形見：二玄社，《漢西狹頌》，頁 8；第十四形見：二玄社，《漢孟琁殘碑／張景造土牛碑》，頁 19；第十五形見：二玄社，《漢張遷碑》，頁 31；第十六形見：二玄社，《漢禮器碑》，頁 21；第十七形見：二玄社，《漢武氏祠畫像題字》，頁 22。

〔註57〕字書無「昜」字，而傷、塲、惕、殤、觴……等字从之。唯《說文解字》：「餳，畫食也，从食、象聲。餳，餳或从易。」見：丁福保，《說文解字詁林》，第冊，頁。據此，則《說文解字》似當有「昜」字。

甲骨文作「豐」、「豐」、「豐」、「豐」、「豐」……等形，〔註58〕竊以爲：蓋皆倚「豆」而畫玉二串（珏），而「珏」與「豆」繁簡各有不同。本義爲「行禮之器也」。

金文作「豐」、「豐」、「豐」……等形，〔註59〕前兩形與甲骨文略同，而借爲「禮」；第三形「從口、豊聲，禮之異體」。〔註60〕

秦〈詛楚文〉作「禮」，〔註61〕加「示」爲形符。

秦隸缺。

《說文解字》云：

　　豊，行禮之器也，從豆、象形。凡豊之屬皆從豊，讀與禮同。

〔註62〕

《說文解字》又云：

　　禮，履也，所以事神致福也，從示、從豊，豊亦聲。禮，古

文禮。〔註63〕

按：「豊」乃「禮」字之初文，而「禮」實從示、豊聲。至「古文」禮則當是從示、乙聲。〔註64〕其聲符乃燕鳥之「乙」，而非水流之「乀」或艸木冤曲而出之「乙」。〔註65〕

漢代隸書作「禮」、「禮」、「禮」、「禮」、「禮」、「禮」、「禮」、「礼」

〔註58〕李宗焜，《甲骨文字編》，下冊，頁1103。

〔註59〕前兩形見：容庚，《金文編／續金文編》，《金文編》，第五·一七，頁297；第三形見：古文字詁林編纂委員會，《古文字詁林》，第一冊，頁87引《金文編》。

〔註60〕張政烺說，見：古文字詁林編纂委員會，《古文字詁林》，第一冊，頁89，戴家祥《金文大字典中》引。

〔註61〕馮雲鵬、馮雲鵷，《金石索》，頁981

〔註62〕丁福保，《說文解字詁林》，第四冊，頁1327。

〔註63〕丁福保，《說文解字詁林》，第二冊，頁65。

〔註64〕「乙」讀烏拔反，與「豊」古音同在第十五部。見：段玉裁，《說文解字注》，頁837、836，〈古十七部諧聲表〉。

〔註65〕參見：丁福保，《說文解字詁林》，第九冊，頁935；第十冊，頁272；第十一冊，頁676。

……等形。〔註66〕

　　按：漢隸「禮」字，第一形右上之「珏」尚保存甲骨文之寫法；第二至七形不但將右上方左右鄰近的兩橫畫加以相連，而重疊的橫畫也酌加省併。最末形則從示、乙聲，直接改換聲符，作更徹底之簡化。

肆、刪減左右並排之縱向筆畫

一、「典」字

　　甲骨文作「䒑」、「䒑」、「䒑」、「䒑」、「䒑」、「䒑」、「䒑」……等形，〔註67〕前三形從廾、從冊，而「冊」之上或下加兩小橫作重文記號，表冊數之多；第四形從又、從冊，而「冊」下加重文記號；第五、六形從廾、從冊；第七形從又、從冊，其本義皆為「大冊」。

　　金文作「䒑」、「䒑」、「䒑」、「䒑」、「䒑」、「䒑」、「䒑」、「䒑」、「䒑」、「䒑」……等形，〔註68〕第一至七形從廾、從冊，而「廾」訛為「丌」；第八形加「竹」為義符；第九形從冊，下加重文記號，以表冊數之多；最末一形則從又、從冊，而「冊」下加重文記號。

　　秦隸作「典」。〔註69〕

　　《說文解字》云：

　　　　典，五帝之書也，從冊在丌上，尊閣之也；莊都說：典，大冊也。䇨，古文典從竹。〔註70〕

與金文第二形最相似；而「尊閣之」云云，乃訛變形體的誤解。至於「古文典從竹」，則與金文第八形同。

　　漢代隸書作「典」、「典」、「典」、「典」、「典」、「典」、「典」……

〔註66〕第一形見：二玄社，《漢乙瑛碑》，頁19；第二形見：二玄社，《漢曹全碑》，頁13；第三形見：二玄社，《漢禮器碑》，頁15；第四至七形見：陳建貢、徐敏，《簡牘帛書字典》，頁595；第八形見：上海書畫出版社，《衡方碑》，頁34。

〔註67〕李宗焜，《甲骨文字編》，下冊，頁1176。

〔註68〕容庚，《金文編／續金文編》，《金文編》，第五・七，頁278。

〔註69〕陳建貢、徐敏，《簡牘帛書字典》，頁83。

〔註70〕丁福保，《說文解字詁林》，第四冊，頁1167。

等形。〔註71〕

　　按：漢隸「典」字，前四形源於小篆，第二形縮短「冊」之左右兩豎畫之下段；第三、四形將超出上橫之部分豎畫截去；末三形則是省去並排的三豎畫中一畫。

　　二、「羔」字

　　甲骨文作「（字形）」、「（字形）」、「（字形）」、「（字形）」、「（字形）」、「（字形）」、「（字形）」……等形，〔註72〕從羊、從火，本義當為「肉臛」；其後借為「羊子」，乃另造從羊、從美之「羹」等字。〔註73〕

　　金文作「（字形）」、「（字形）」、「（字形）」……等形，〔註74〕容庚謂「從羊在火上。《說文》『從羊、照省聲』，說非」。〔註75〕

　　秦隸作「（字形）」、「（字形）」、「（字形）」……等形，〔註76〕從羊、從火。

　　《說文解字》云：

　　　　（字形），羊子也，從羊、照省聲。〔註77〕

許氏蓋泥於「羊子」之訓，故不得不以「照省聲」說「羔」字。

　　漢代隸書作「（字形）」、「（字形）」、「（字形）」……等形。〔註78〕

〔註71〕第一形見：二玄社，《漢尹宙碑》，頁24；第二形見：中國書店，《朝侯小子碑》，頁12；第三形見：二玄社，《漢孔宙碑》，頁24；第四形見：二玄社，《漢乙瑛碑》，頁9；第五形見：二玄社，《漢韓仁銘／夏承碑》，頁1；第六形見：陳建貢、徐敏，《簡牘帛書字典》，頁83；第七形見：二玄社，《漢曹全碑》，頁16。

〔註72〕古文字詁林編纂委員會，《古文字詁林》，第四冊，頁170引《甲骨文編》。

〔註73〕《說文解字》：「羹，小篆從羔、從美。」見：丁福保，《說文解字詁林》，第三冊，頁941。按：《爾雅·釋器》：「肉謂之羹。」註：「肉臛也。」見：郭璞注、邢昺疏。《爾雅注疏》，卷五，頁78。

〔註74〕前兩形見：容庚，《金文編／續金文編》，《金文編》，第四·一三，頁239；第三形見：古文字詁林編纂委員會，《古文字詁林》，第四冊，頁171引《金文編》。

〔註75〕容庚，《金文編／續金文編》，《金文編》，第四·一三，頁239。

〔註76〕第一形見：北京大學出土文獻所，《北京大學藏秦代簡牘書迹選粹》，頁43；後兩形見：袁仲一、劉鈺，《秦文字類編》，頁213。此三字兩書皆釋「美」，恐非。如：北京大學所藏秦簡謂「敢擂羔蔬」、「敢擂羔稷」，蓋即擂種菜蔬與稷之幼苗。

〔註77〕丁福保，《說文解字詁林》，第四冊，頁316。

〔註78〕前兩形見：陳建貢、徐敏，《簡牘帛書字典》，頁654；原釋「美」。按：漢帛書「美」

按：漢隸「羔」字，第一形下方清楚从「火」；第二形下方所从之「火」縮短作四點；第三形下方所从之「火」省作三點，王煦謂「从小羊會意」，〔註79〕恐係穿鑿之說。

三、「為」字

甲骨文作「 」、「 」、「 」、「 」、「 」、「 」……等形，〔註80〕从又、从象，本義為「手指撝也」，即「撝」字初文。〔註81〕

金文作「 」、「 」、「 」、「 」、「 」、「 」、「 」、「 」、「 」、「 」……等形，〔註82〕前九形皆从爪、从象，而第三形大象之長鼻尤為明顯；第七至九形所从之「象」特為減省；最末形則不从爪。

秦〈泰山刻石〉作「 」，〔註83〕从爪、从象，而所从之「象」猶依稀可以看出長鼻等特徵。

秦隸作「 」、「 」、「 」、「 」、「 」、「 」、「 」……等形，〔註84〕皆从爪、从象，而「象」已多有訛變。

《說文解字》云：

> ，母猴也，其為禽好爪，下腹為母猴形。王育曰：「爪，象形也。」 ，古文為，象兩母猴相對形。〔註85〕

字多有从大者，此兩字下从火，當改釋「羔」。第三形見：二玄社，《漢韓仁銘／夏承碑》，頁46。

〔註79〕丁福保，《說文解字詁林》，第四冊，頁317引。

〔註80〕前三形見：李宗焜，《甲骨文字編》，中冊，頁585；末三形見：古文字詁林編纂委員會，《古文字詁林》，第三冊，頁335引《續甲骨文編》。

〔註81〕許慎《說文解字詁林》云：「撝，裂也，从手、為聲。一曰：手指也。」「手指」小徐本作「手指撝」。見：丁福保，《說文解字詁林》，第九冊，頁1326。

〔註82〕前六形見：容庚，《金文編／金文續編》，《金文編》，第三‧一七，頁166～168；末四形見：古文字詁林編纂委員會，《古文字詁林》，第三冊，頁336引《金文編》。

〔註83〕二玄社，《秦泰山刻石／瑯邪臺刻石》，頁25。

〔註84〕前三形見：陳建貢、徐敏，《簡牘帛書字典》，頁522；第四、五、六、七形見：北京大學出土文獻所，《北京大學藏秦代簡牘書迹選粹》，頁11、15、29、41。

〔註85〕丁福保，《說文解字詁林》，第三冊，頁961。

《說文解字》「爲」字小篆與〈泰山刻石〉近似；惟許慎將象誤認爲「母猴」，蓋因字形已訛，遂不得其解。

漢代隸書作「㿝」、「㕚」、「㔾」、「爲」、「爲」、「爲」、「㡱」、「㿟」、「㿟」、「㿟」、「爲」、「爲」、「㿟」、「㿟」、「男」……等形。〔註86〕

按：漢隸「爲」字，蓋本於小篆，第三形以下代表象腿和象尾巴的四畫，大多與象身分離開來，而第八形下方四點增爲五點；第九形下方四點增爲六點；末三形則並排之四點依次遞減至一點。

伍、刪減上下橫畫間之豎畫

一、「言」字

甲骨文作「㿝」、「㿝」、「㿝」、「㿝」、「㿝」……等形，〔註87〕從口、辛聲，〔註88〕而「辛」之筆畫繁簡稍有不同，尤其第五形，更於上橫之上加橫畫。本義爲「大簫」，郭沫若云：

> 爾雅云「大簫謂之言」。案此當爲言之本義。〔註89〕

孳乳爲「音」。後世以人類之話語爲「言」，而以樂器之聲響爲「音」。〔註90〕于省吾云：

> 言與音初本同名，後世以用各有當，遂分化爲二。周代古文字言與音之互作常見，先秦典籍亦有言音通用者，例如：墨子非樂上

〔註86〕 前六形及末三形見：陳建貢、徐敏，《簡牘帛書字典》，頁 522～525；第七形見：二玄社，《漢史晨前後碑》，頁 18；第八形見：二玄社，《漢西狹頌》，頁 37；第九形見：二玄社，《漢封龍山頌／張壽殘碑》，頁 11；第十至十二形見：北京大學出土文獻所，《北京大學藏西漢竹書墨迹選粹》，頁 6、12、16。

〔註87〕 前四形見：李宗焜，《甲骨文字編》，上冊，頁 237；第五形見：古文字詁林編纂委員會，《古文字詁林》，第二冊，頁 712 引《甲骨文編》。

〔註88〕 林義光：「辛與辛同字。」見：古文字詁林編纂委員會，《古文字詁林》，第二冊，頁 713 引《文源》卷七。

〔註89〕 古文字詁林編纂委員會，《古文字詁林》，第二冊，頁 715 引《甲骨文字研究》卷一。

〔註90〕 《說文解字》：「音，聲也，生於心，有節於外謂之音。宮、商、角、徵、羽，聲；絲、竹、金、石、匏、土、革、木，音也。」見：丁福保，《說文解字詁林》，第三冊，頁 745。

之「黃言孔章」，即「簧音孔章」。呂覽順說之「而言之與響」，即「如音之與響」。

金文作「🔲」或「🔲」，[註91] 與甲骨文第三形略同。

秦隸作「🔲」、「🔲」、「🔲」、「🔲」、「🔲」、「🔲」、「🔲」、「🔲」、「🔲」……等形。[註92]

《說文解字》云：

　　　🔲，直言曰言，論難曰語，從口、辛聲。[註93]

小篆「言」字於上方加短橫。

漢代隸書作「🔲」、「🔲」、「🔲」、「🔲」、「言」、「言」、「言」、「言」、「言」……等形。[註94]

按：漢隸「言」字，前四形「口」上猶存篆迹，明顯作「辛」；其餘諸形除將「辛」之兩斜曲筆畫連作一橫，且省去中豎；第九形則更省去一短橫。

二、「其」字

甲骨文作「🔲」、「🔲」、「🔲」、「🔲」、「🔲」、「🔲」、「🔲」、「🔲」、「🔲」、「🔲」、「🔲」、「🔲」、「🔲」……等形。[註95] 前六形爲畚箕「全畫物形」之象形；第七至十一形增加捧畚箕之雙手（廾），乃「倚文畫物」之象形；第十二、十三形則從匚、囟聲。

金文作「🔲」、「🔲」、「🔲」、「🔲」、「🔲」、「🔲」、「🔲」、「🔲」、「🔲」、「🔲」、「🔲」、「🔲」、「🔲」、「🔲」、「🔲」、「🔲」、「🔲」、「🔲」、「🔲」

[註91] 容庚，《金文編／金文續編》，《金文編》，第三·四，頁 140。

[註92] 前兩形見：陳建貢、徐敏，《簡牘帛書字典》，頁 740；第三、四、五、六、七形見：袁仲一、劉鈺，《秦文字類編》，頁 179；第八形見：北京大學出土文獻所，《北京大學藏秦代簡牘書迹選粹》，頁 56；第九形見：馬建華，《河西簡牘》，頁 11。

[註93] 丁福保，《說文解字詁林》，第三冊，頁 466。

[註94] 前五形及第九形見：陳建貢、徐敏，《簡牘帛書字典》，頁 740；第六形見：北京大學出土文獻所，《北京大學藏西漢竹書墨迹選粹》，頁 15；第七形見：二玄社，《漢禮器碑》，頁 19；第八形見：二玄社，《漢張遷碑》，頁 17。

[註95] 前六形及第十二、十三形見：李宗焜，《甲骨文字編》，下冊，頁 1108～1113；第七至十一形見：古文字詁林編纂委員會，《古文字詁林》，第四冊，頁 702 引《甲骨文編》。

……等形。〔註96〕前六形象簸箕形，而筆畫之繁簡有所不同；第七形於字下加一橫，表簸箕所置之地面；第八至十四形蓋為倚「廾」而畫畚箕，唯下段之「廾」訛作「丌」；第十五至十七三形增加捧簸箕者之「廾」，作為形符。第十八形則為从竹、丌聲之形聲字。

秦隸作「其」、「異」、「其」、「其」、「其」、「六」……等形，〔註97〕前五形倚「廾」而畫凶，而「廾」訛作「丌」；第六形則假「丌」為「其」，而上方加一短橫。

《說文解字》云：

箕，簸也；从竹，甘，象形，下其丌也。，古文箕省。，亦古文箕。，籀文箕。，籀文箕。〔註98〕

應該是「其」被借為代名詞。才另造从竹、其聲的「箕」字。

漢代隸書作「其」、「井」、「艽」、「其」、「其」、「其」、「某」、「叟」、「冥」、「異」、「其」、「異」、「其」、「其」、「其」、「箕」……等形。

〔註99〕

按：漢隸「其」字，前十五形皆倚「廾」而畫凶，而「廾」訛作「丌」；蓋自秦隸前五形演變而來，只是各字筆畫簡化情形或深或淺而已。其中，第一至三形上段但畫簸箕之外框；第四至十三形並畫簸箕編竹之形；第十四、十五形省去上下間之豎畫，而為楷書所本。至於最末一形，則从竹、其聲，源自《說

〔註96〕容庚，《金文編／金文續編》，《金文編》，第五‧五，頁 274～277：第十八形見：古文字詁林編纂委員會，《古文字詁林》，第四冊，頁 704 引《金文編》。

〔註97〕前兩形見：陳建貢、徐敏，《簡牘帛書字典》，頁 81：第三、四形見：袁仲一、劉鈺，《秦文字類編》，頁 179：第五、六形見：北京大學出土文獻所，《北京大學藏秦代簡牘書迹選粹》，頁 1、39。

〔註98〕丁福保，《說文解字詁林》，第四冊，頁 1155。

〔註99〕前六形及最末一形見：陳建貢、徐敏，《簡牘帛書字典》，頁 81：第七、八形見：北京大學出土文獻所，《北京大學藏西漢竹書墨迹選粹》，頁 15、27：第九形見：二玄社，《漢韓仁銘／夏承碑》，頁 56：第十形見：李靜，《隸書字典》，頁 58 引〈郭有道碑〉：第十一形見：，《漢衡方碑》，頁；第十二形見：二玄社，《漢石門頌》，頁 20：第十三形見：二玄社，《漢尹宙碑》，頁 12：第十四形見：二玄社，《漢孔宙碑》，頁 48：第十五形見：二玄社，《漢曹全碑》，頁 35。

文解字》小篆，而爲「其」之後起字。

三、「憲」字

甲骨文缺。

金文作「龘」、「龘」、「龘」、「龘」……等形，〔註100〕前三形从目、宔（象器蓋形，讀「蓋」）聲；〔註101〕其本義爲「目無明」，即「瞎之本字」；〔註102〕第四形「从心、害聲」。其本義則爲「忻也」，「即開朗之義」。〔註103〕

秦隸作「憲」或「憲」。〔註104〕

《說文解字》云：

憲，敏也，从心、从目、害省聲。〔註105〕

按：「憲」字當是「从心、害聲」；〔註106〕其本義則爲「忻」。

漢代隸書作「憲」、「憲」、「憲」、「憲」、「憲」……等形。〔註107〕

按：漢隸「憲」字，皆从心、害聲，而「宔」之下段皆僅兩橫。若最末形則上作若「宀」，源自金文第三、四形；而刪減「宔」下上下橫畫間之短豎畫。

〔註100〕前三形見：容庚，《金文編／金文續編》，《金文編》，第一○・一六，頁597。第四形見：古文字詁林編纂委員會，《古文字詁林》，第八冊，頁961引《金文編》。

〔註101〕周法高謂「害」字本「象下器上蓋中有器實之形」，見：周法高等。《金文詁林》，卷十，頁6184。而金文「憲」字前三形上段與「害」字上段同，故云从宔（器蓋本字）聲。

〔註102〕馬敍倫說，見：古文字詁林編纂委員會，《古文字詁林》，第六冊，頁848引《讀金器刻詞》卷上。

〔註103〕于省吾說，見：古文字詁林編纂委員會，《古文字詁林》，第八冊，頁962引〈牆盤銘文十二解〉。

〔註104〕第一形見：陳建貢、徐敏，《簡牘帛書字典》，頁336；第二形見：袁仲一、劉鈺，《秦文字類編》，頁177。

〔註105〕丁福保，《說文解字詁林》，第八冊，頁1126。

〔註106〕馬敍倫說，見：古文字詁林編纂委員會，《古文字詁林》，第八冊，頁962引《說文解字六書疏證》卷二十。

〔註107〕前兩形見：陳建貢、徐敏，《簡牘帛書字典》，頁336；第三形見：冀亞平編，《孔彪碑》，頁15；第四形見：二玄社，《漢禮器碑》，頁60；第五形見：二玄社，《漢韓仁銘／夏承碑》，頁41。

陸、連接左右相鄰之橫向筆畫

一、「谷」字

甲骨文作「⿱𠑹口」、「⿱𠑹口」、「⿱𠑹口」……等形，〔註108〕馬敍倫謂此字從「巜之異文、口聲」。〔註109〕本義當爲「兩山間流水之道也」。〔註110〕

金文作「⿱𠑹口」、「⿱𠑹口」、「⿱𠑹口」……等形。〔註111〕

秦隸作「⿱𠑹口」、「⿱𠑹口」、「⿱𠑹口」、「⿱𠑹口」、「⿱𠑹口」……等形。〔註112〕

《說文解字》云：

⿱𠑹口，泉出通川爲谷，从水半見出於口。凡谷之屬皆从谷。〔註113〕

漢代隸書作「谷」、「谷」、「谷」、「谷」、「谷」、「谷」……等形。〔註114〕

按：漢隸「谷」字，蓋皆从巜、口聲；唯末兩形則將第二組相鄰之左右兩橫向斜畫連作一長橫。

二、「並」字

甲骨文作「林」、「竝」、「竝」、「竝」……等形，〔註115〕第一形从二大（二人），第二形从二立，第三、四形从二大从一（地面），會意；本義皆爲「二人并立」。〔註116〕

〔註108〕 李宗焜，《甲骨文字編》，下冊，頁1331。

〔註109〕 古文字詁林編纂委員會，《古文字詁林》，第九冊，頁302引《說文解字六書疏證》。

〔註110〕 《韻會》：「谷，兩山間流水之道也。」見：熊中，《古今韻會舉要》（臺北：臺灣商務印書館，1986），卷25，頁3。

〔註111〕 第一形見：容庚，《金文編／金文續編》，《金文編》，第一一‧八，頁618；第二、三形見：古文字詁林編纂委員會，《古文字詁林》，第九冊，頁301引《金文編》。

〔註112〕 第一形見：陳建貢、徐敏，《簡牘帛書字典》，頁766；第二、三、五形見：袁仲一、劉鈺，《秦文字類編》，頁144；第四形見：古文字詁林編纂委員會，《古文字詁林》，第九冊，頁301引《睡虎地秦簡文字編》。

〔註113〕 丁福保，《說文解字詁林》，第九冊，頁710。

〔註114〕 前三形見：陳建貢、徐敏，《簡牘帛書字典》，頁766；第四形見：伏見冲敬，《書法大字典》，頁2094引〈熹平石經〉；第五形見：二玄社，《漢石門頌》，頁17；第六形見：二玄社，《漢西狹頌》，頁35。

〔註115〕 李宗焜，《甲骨文字編》，上冊，頁86～87。

〔註116〕 丁山云：「竝象二人并立。」見：古文字詁林編纂委員會，《古文字詁林》，第八冊，

金文作「🔲」、「🔲」、「🔲」、「🔲」……等形，[註117] 從二大並立於地，與甲骨文第三、四形略同。

秦隸作「🔲」、「🔲」、「🔲」、「🔲」……等形。[註118]

《說文解字》：

　　🔲，併也，從二立。[註119]

完全正確。

漢代隸書作「🔲」、「🔲」、「🔲」、「🔲」……等形。[註120]

按：漢隸「並」字，第一形與秦隸第一形近似；第二形兩人雙手變爲兩短橫；第三、四形則將代表兩人雙手之兩短橫畫連接爲一長橫。

三、「叔」字

甲骨文作「🔲」、「🔲」、「🔲」……等形。[註121]

金文作「🔲」、「🔲」、「🔲」、「🔲」……等形，[註122] 第一形從丑（象手並指爪形）、尗聲，第二、三形從又、尗聲，本義爲「拾也」，如《詩經》「九月叔苴」是。其後借爲叔伯字，乃另造從手、叔聲之「掓」字。[註123]

頁 920 引《甲骨文所見氏族及其制度》。

[註117] 前兩形見：容庚，《金文編／金文續編》，《金文編》，第一○‧一五，頁 595；後兩形見：古文字詁林編纂委員會，《古文字詁林》，第八冊，頁 919 引《金文編》。

[註118] 第一形見：北京大學出土文獻所，《北京大學藏秦代簡牘書迹選粹》，頁 25；第二形見：袁仲一、劉鈺，《秦文字類編》，頁 50；第三、四形見：古文字詁林編纂委員會，《古文字詁林》，第八冊，頁 919 引《睡虎地秦簡文字編》。

[註119] 丁福保，《說文解字詁林》，第八冊，頁 1079。

[註120] 第一形見：二玄社，《漢嵩山三闕銘》，〈太室石闕銘〉，頁 6；第二形見：二玄社，《漢西狹頌》，頁 50；第三形見：二玄社，《漢曹全碑》，頁 22；第四形見：二玄社，《漢韓仁銘／夏承碑》，頁 60。

[註121] 古文字詁林編纂委員會，《古文字詁林》，第二冊，頁 435 引《甲骨文編》及《續甲骨文編》。

[註122] 前三形見：容庚，《金文編／金文續編》，《金文編》，第三‧二四，頁 180～181；第四形見：古文字詁林編纂委員會，《古文字詁林》，第三冊，頁 435 引《金文編》。

[註123] 《廣韻》：「掓，拾也。」見：陳彭年等重修，余迺永校著，《互註校註宋本廣韻》，卷五，頁 456。

第四形从金、尗聲，本義爲「皵舌」，借爲叔伯字，乃另造从金、叔聲之「鉂」字。〔註124〕

　　詛楚文作「枩」，〔註125〕从又、尗聲。

　　秦隸作「叔」、「叔」、「叔」、「叔」……等形，〔註126〕第一形從又、尗聲；其餘則皆从寸、尗聲。

　　《說文解字》云：

　　　　　　枩，拾也，从又、尗聲；汝南名收芌爲叔。枩，叔或从寸。

　　〔註127〕

漢代隸書作「叔」、「叔」、「叔」、「叔」、「叔」、「叔」、「叔」、「叔」、「叔」……等形。〔註128〕

　　按：漢隸「叔」字，前兩形从又、尗聲；第三形以下則皆从寸、尗聲。而末兩形「尗」之第二橫與「寸」之上橫鄰近，乃連作一筆，成爲一長橫。

柒、連接上下相頂之縱向筆畫

一、「臣」字

　　甲骨文作「臣」、「臣」、「臣」、「臣」、「臣」、「臣」、「臣」、「臣」……等形，〔註129〕前五形「象一豎目之形」，〔註130〕第一、二形且畫出瞳仁；本義

〔註124〕《玉篇》：「鉂，皵舌也。」見：顧野王，《玉篇》（北京：中華書局，1998），《小學名著六種》第一種，卷中，頁67～68。

〔註125〕袁仲一、劉鈺，《秦文字類編》，頁73引。

〔註126〕前三形見：古文字詁林編纂委員會，《古文字詁林》，第三冊，頁435引《睡虎地秦簡文字編》；第四形見：陳建貢、徐敏，《簡牘帛書字典》，頁133。

〔註127〕丁福保，《說文解字詁林》，第三冊，頁1041。

〔註128〕第一形見：李靜，《隸書字典》，頁91引〈趙寬碑〉；第二形見：二玄社，《漢曹全碑》，頁5；第三至六形見：陳建貢、徐敏，《簡牘帛書字典》，頁133；第七形見：李靜，《隸書字典》，頁91引〈郭有道碑〉；第八形見：二玄社，《漢禮器碑》，頁66；第九形見：二玄社，《漢禮器碑》，頁29。

〔註129〕前五形見：李宗焜，《甲骨文字編》，上冊，頁207～208；末三形見：古文字詁林編纂委員會，《古文字詁林》，第三冊，頁521引《甲骨文編》。

〔註130〕郭沫若說，見：古文字詁林編纂委員會，《古文字詁林》，第三冊，頁523引《甲骨文字研究》。

為「張目也」。〔註131〕高鴻縉云：

> 董作賓氏曰：「臣象瞋目之形，石刻人體上有此花紋。」是也。
>
> ……後借為君臣之臣，乃另造瞋。瞋行而臣之本義亡。〔註132〕

第六形畫倒目之形；第七、八形則但畫橫目之形，而與「目」字混同。

金文作「🦯」、「🦯」、「🦯」、「🦯」、「🦯」……等形，〔註133〕皆象瞋目之形，前二形畫出眼珠之瞳仁。

〈泰山刻石〉作「臣」。〔註134〕

秦隸作「匝」或「匝」，〔註135〕中央上下兩短豎皆連作一長豎。

《說文解字》云：

> 臣，牽也，事君也，象屈服之形。凡臣之屬皆从臣。〔註136〕

許慎蓋未見甲骨文或金文「臣」字之畫出眼珠之瞳仁者，故不解「臣」字本義。

漢代隸書作「臣」、「臣」、「臣」、「匝」、「匝」、「匝」……等形。〔註137〕

按：漢隸「臣」字，前三形中央作兩短豎，源自小篆；末三形則如秦隸一般，將中央上下兩短豎皆連作一長豎。

二、「更」字

甲骨文作「🦯」、「🦯」、「🦯」、「🦯」……等形，〔註138〕从攴、丙聲，本義

〔註131〕《說文解字》：「瞋，張目也，从目、眞聲。」見：丁福保，《說文解字詁林》，第四冊，頁75。

〔註132〕高鴻縉，《中國字例》，頁232。

〔註133〕前五形見：容庚，《金文編／金文續編》，《金文編》，第三‧三〇，頁191～192。

〔註134〕二玄社，《秦泰山刻石／瑯邪臺刻石》，頁7。

〔註135〕第一形見：陳建貢、徐敏，《簡牘帛書字典》，頁680；第二形見：袁仲一、劉鈺，《秦文字類編》，頁208。

〔註136〕丁福保，《說文解字詁林》，第三冊，頁1108。

〔註137〕第一、四形見：陳建貢、徐敏，《簡牘帛書字典》，頁680；第二形見：二玄社，《漢韓仁銘／夏承碑》，頁52；第三形見：二玄社，《漢曹全碑》，頁37；第五形見：二玄社，《漢乙瑛碑》，頁4；第六形見：北京大學出土文獻所，《北京大學藏西漢竹書墨迹選粹》，頁15。

〔註138〕李宗焜，《甲骨文字編》，中冊，頁793。

爲「驅也」；〔註139〕其後借爲三更等字，乃另造从革、便聲之「鞭」字。〔註140〕

　　金文作「⿰」、「⿰」、「⿰」、「⿰」……等形，〔註141〕第四形加「辵」，當係更迭之正字。

　　秦隸作「⿰」或「⿰」。〔註142〕

　　《說文解字》云：

　　　　　⿰，改也，从攴、丙聲。〔註143〕

漢代隸書作「⿰」、「更」、「⿰」、「更」、「更」、「更」、「更」……等形。〔註144〕

　　按：漢隸「更」字，第一形清楚从攴、丙聲；第二、三形「丙」之中央與「攴」之上段連成一豎兩橫，其下作若「又」；第四形以下則再將中豎與「又」之首畫兩縱向相頂之筆畫連成一長撇。

三、「表」字

　　甲骨文、金文缺。

　　秦隸作「⿰」或「⿱」，〔註145〕从衣、毛聲。〔註146〕

　　《說文解字》云：

　　　　　⿱，上衣也，从衣、从毛：古者衣裘，以毛爲表。⿰，古文表从麃。〔註147〕

〔註139〕丁福保，《說文解字詁林》，第三冊，頁911。

〔註140〕林義光等人皆謂「更」爲「鞭」之「古文」或「本字」。見：古文字詁林編纂委員會，《古文字詁林》，第三冊，頁650～652引諸家之說。

〔註141〕容庚，《金文編／續金文編》，《金文編》，第三‧三四，頁199。

〔註142〕陳建貢、徐敏，《簡牘帛書字典》，頁403。

〔註143〕丁福保，《說文解字詁林》，第三冊，頁1214。

〔註144〕第一、三、四、五形見：陳建貢、徐敏，《簡牘帛書字典》，頁403；第二、六形見：北京大學出土文獻所，《北京大學藏西漢竹書墨迹選粹》，頁10、11；第七形見：二玄社，《漢韓仁銘／夏承碑》，頁37。

〔註145〕第一形見：陳建貢、徐敏，《簡牘帛書字典》，頁727；第二形見：袁仲一、劉鈺，《秦文字類編》，頁267。

〔註146〕馬敍倫云：「表蓋起于衣裘，故即得毛聲。」見：古文字詁林編纂委員會，《古文字詁林》，第七冊，頁570引《說文解字六書疏證》卷十五。

〔註147〕丁福保，《說文解字詁林》，第七冊，頁441。

段注：

　　　　毛亦聲也。〔註148〕

「以毛為表」或「毛亦聲」云云，皆過於迂曲；「表」字當如「裏」字例，從
衣、毛聲。

　　漢代隸書作「表」、「表」、「表」、「表」、「表」、「表」……等形。
〔註149〕

　　按：漢隸「表」字，第一形之「毛」縮其尾，而置於「衣」上，；第二形
將「毛」中央之斜曲筆畫縮短為平直筆畫作若「土」，而置於「衣」中；第三、
五形「衣」上方之短豎與「毛」之中豎連接成一較長之豎畫。第四、六形則將
「衣」上方之短豎、與「毛」之中豎與「衣」之左撇連作一書寫筆。

捌、變左右搭黏之兩橫向斜畫為一橫畫

一、「因」字

　　甲骨文作「因」、「因」、「因」、「因」、「因」、「因」、「因」、「因」、
「因」……等形，〔註150〕前三形；江永謂「因」字「象茵褥之形，中象縫線
文理」，朱駿聲謂「即『茵』之古文」，〔註151〕其說並皆可從。第四至六形中
央「象縫線文理」之筆畫訛若「大」；第七、八形蓋倚「大」而畫被褥之形；
最後一形則從衣裏大。

　　金文作「因」、「因」、「因」……等形，〔註152〕前兩形「象縫線文理」之筆

〔註148〕丁福保，《說文解字詁林》，第七冊，頁442。

〔註149〕第一、二、三、五形見：陳建貢、徐敏，《簡牘帛書字典》，頁 727；第四形見：
　　　　二玄社，《漢韓仁銘／夏承碑》，頁21；第六形見：李靜，《隸書字典》，頁447引
　　　　〈校官潘乾碑〉。

〔註150〕前三形見：古文字詁林編纂委員會，《古文字詁林》，第六冊，頁146引《甲骨文
　　　　編》；末六形見：李宗焜，《甲骨文字編》，上冊，頁72。甲骨文「因」和「因」，
　　　　李孝定釋為「百」字；朱駿聲謂：「百」乃「因字之誤文」。見：丁福保，《說文
　　　　解字詁林》，第五冊，頁1117。故「因」與「因」宜並釋為「因」。

〔註151〕並見：丁福保，《說文解字詁林》，第五冊，頁1117。

〔註152〕第一形見：容庚，《金文編／金文續編》，《金文編》，第六‧一六，頁371；第二、
　　　　三形見：古文字詁林編纂委員會，《古文字詁林》，第六冊，頁146引《金文編》。

畫訛若「大」；第三形與甲骨文第七形同。

秦泰山刻石作「囚」。〔註153〕

秦隸作「因」、「因」、「因」……等形。〔註154〕

《說文解字》云：

因，就也，从口、大。〔註155〕

字形既已訛誤，又以假借義作本義，故說解不當。

漢代隸書作「因」、「因」、「因」、「因」、「因」、「因」……等形。

〔註156〕

按：漢隸「因」字，兩形皆源自金文和小篆，且都將「口」中兩組相搭黏的橫向斜畫都變作橫畫。只是兩橫中間的豎畫長短不同而已。

二、「此」字

甲骨文作「北」、「北」、「北」、「北」、「北」……等形，〔註157〕「或曰：从匕、止聲」；〔註158〕，竊以爲：「此」字本義爲「牝也」。〔註159〕其後借爲彼此字，乃另造从隹、止聲之「唯」字與从隹、此聲之「雌」字。

金文作「北」、「北」、「北」、「北」、「北」……等形，〔註160〕皆从匕、

〔註153〕二玄社，《秦泰山刻石／瑯邪臺刻石》，頁 30。

〔註154〕第一形見：陳建貢、徐敏，《簡牘帛書字典》，頁 170；第二形見：袁仲一、劉鈺，《秦文字類編》，頁 431；第三形見：古文字詁林編纂委員會，《古文字詁林》，第六冊，頁 146 引《睡虎地秦簡文字編》。

〔註155〕丁福保，《說文解字詁林》，第五冊，頁 1117。

〔註156〕前三形見：陳建貢、徐敏，《簡牘帛書字典》，頁 170；第四形見：李靜，《隸書字典》，頁 115 引〈白石神君碑〉；第五形見：二玄社，《漢西狹頌》，頁 39；第六形見：二玄社，《漢史晨前後碑》，頁 63。

〔註157〕李宗焜，《甲骨文字編》，上冊，頁 11。

〔註158〕馬敍倫《說文解字六書疏證》卷十五引，見：古文字詁林編纂委員會，《古文字詁林》，第二冊，頁 570。

〔註159〕《廣韻》：「雌，牝也。」見：陳彭年等重修、余迺永校著，《互註校正宋本廣韻》，卷　，頁 48。《康熙字典》，下冊，頁 3098，「雌」字「古文」作「唯」。

〔註160〕前四形見：容庚，《金文編／金文續編》，《金文編》，第二・一九，頁 103；第五形見：古文字詁林編纂委員會，《古文字詁林》，第二冊，頁 284 引《金文編》。

止聲。

秦隸作「㠯」、「㠯」、「㠯」、「㠯」、「㠯」、「㠯」、「㠯」、「㠯」、「㠯」……等形。〔註161〕

《說文解字》云：

㠯，止也，從止、匕；匕，相比次也。凡此之屬皆從此。〔註162〕

漢代隸書作「㠯」、「㠯」、「㠯」、「㠯」、「㠯」、「㠯」、「㠯」、「㠯」、「㠯」、「㠯」……等形。〔註163〕

按：漢隸「此」字，前六形清楚作從匕、止聲；末四形則將「止」之下橫與「匕」之上橫連作一筆書寫，第八形省去「止」之第三縱向筆畫；末兩形則將第三縱向筆畫移往「匕」之右側。

三、「送」字

甲骨文、金文缺。

秦隸作「遂」、「遂」、「遂」……等形，〔註164〕從辵、灷聲。〔註165〕

《說文解字》云：

遂，遣也，從辵、倴省。遂，籀文不省。〔註166〕

〔註161〕前四形見：古文字詁林編纂委員會，《古文字詁林》，第二冊，頁 284 引《睡虎地秦簡文字編》；第五、六形見：陳建貢、徐敏，《簡牘帛書字典》，頁 459；第七形見：北京大學出土文獻所，《北京大學藏秦代簡牘書迹選粹》，頁 4；末二形見：袁仲一、劉鈺，《秦文字類編》，頁 106。

〔註162〕丁福保，《說文解字詁林》，第二冊，頁 1431。

〔註163〕第一形見：馬建華，《河西簡牘》，頁 37；第二形見：北京大學出土文獻所，《北京大學藏西漢竹書墨迹選粹》，頁 32；第三形見：冀亞平編，《漢孔彪碑》，頁 17；第四形見：二玄社，《漢封龍山頌／張壽殘碑》，頁 36；第五形見：李靜，《隸書字典》，頁 356 引〈郭有道碑〉；第六至九形見：陳建貢、徐敏，《簡牘帛書字典》，頁 459；第十形見：李靜，《隸書字典》，頁 357 引〈王舍人碑〉。

〔註164〕第一形見：陳建貢、徐敏，《簡牘帛書字典》，頁 811；第二形見：北京大學出土文獻所，《北京大學藏秦代簡牘書迹選粹》，頁 7；第三形見：袁仲一、劉鈺，《秦文字類編》，頁 116。

〔註165〕《說文解字》「倴」下段玉裁注：「『灷』，許書無此字；而送、倴、朕皆用爲聲，此亦許書奪屬之一也。」見：丁福保，《說文解字詁林》，第七冊，頁 213。

漢代隸書作「送」、「送」、「送」、「送」、「送」、「送」、「送」、「走」、「送」……等形。〔註167〕

按：漢隸「送」字，皆从辵、灷聲，而將右下「廾」之左右搭連之兩橫向斜曲筆畫連作一橫。末兩形則將右上「火」之中畫與「廾」之左畫連作一筆，並截去超出首橫上方之筆畫，而爲楷書所本。

玖、連接兩筆以上不同方向之筆畫爲一長畫

一、「近」字

甲骨文、金文缺。

秦〈泰山刻石〉作「近」，〔註168〕「从辵、斤聲」，本義爲「附也」。

秦隸作「近」、「近」、「近」、「近」……等形。〔註169〕

《說文解字》云：

> 近，附也，从辵、斤聲。岸，古文近。〔註170〕

桂馥謂「附當爲駙」。〔註171〕

漢代隸書作「近」、「近」、「近」、「近」、「近」、「近」、「近」、「近」……等形。〔註172〕

〔註166〕丁福保，《說文解字詁林》，第三冊，頁79。

〔註167〕第一形見：北京大學出土文獻所，《北京大學藏西漢竹書墨迹選粹》，頁18；第二形見：中國書店，《朝侯小子碑》，頁4；第三形見：二玄社，《漢張遷碑》，頁33；第四至八形見：陳建貢、徐敏，《簡牘帛書字典》，頁811；第九形見：李靜，《隸書字典》，頁489引〈楊震碑〉。

〔註168〕二玄社，《秦泰山刻石／瑯邪臺刻石》，頁15。

〔註169〕第一形見：陳建貢、徐敏，《簡牘帛書字典》，頁808；第二形見：袁仲一、劉鈺，《秦文字類編》，頁114；末兩形見：古文字詁林編纂委員會，《古文字詁林》，第二冊，頁435引《睡虎地秦簡文字編》。

〔註170〕丁福保，《說文解字詁林》，第三冊，頁130。

〔註171〕丁福保，《說文解字詁林》，第三冊，頁131引《說文句讀》。

〔註172〕前四形及第八形見：陳建貢、徐敏，《簡牘帛書字典》，頁808；第五形見：二玄社，《漢禮器碑》，頁6；第六形見：李靜，《隸書字典》，頁487引〈樊敏碑〉；第七形見：二玄社，《漢曹全碑》，頁16。

按：漢隸「近」字，第一形左旁「辵」明顯从彳、从止；第二形「止」牽帶作一筆；第三形「彳」之末二筆與「止」牽帶作一長畫；第四至六形「辵」上方之「彳」縮短作三斜畫，下段之「止」三筆牽帶作一長畫；末兩形則將由「彳」所縮短之三斜畫減爲兩斜畫。

二、「哉」字

甲骨文缺。

金文作「![金文字形]」、「![金文字形]」、「![金文字形]」、「![金文字形]」……等形，〔註173〕第一形从戈、才聲，本義當爲「傷也」，〔註174〕借爲語辭。第二、三、四形从口、𢦏聲，本義爲「言之閒也」；而第二形「才」之末筆作點，第三形左上「才」作若「十」，第四形則「才」訛若半竹。

楚帛書作「![楚帛書字形]」，〔註175〕从口、𢦏聲。

秦隸缺。

《說文解字》云：

> ![說文字形]，言之閒也，从口、𢦏聲。〔註176〕

漢代隸書作「![隸書字形]」、「![隸書字形]」、「![隸書字形]」、「![隸書字形]」、「![隸書字形]」、「![隸書字形]」、「![隸書字形]」……等形。〔註177〕

按：漢隸「哉」字，第一形从戈、才聲，與金文第一形相同；其餘諸形皆从口、𢦏聲。而「口」先艸化作左右兩筆，再自「戈」之橫畫牽帶「口」艸化後之兩筆以及「戈」之撇畫，而成爲一長折曲筆畫。

三、「春」字

甲骨文作「![甲骨字形]」、「![甲骨字形]」、「![甲骨字形]」、「![甲骨字形]」、「![甲骨字形]」、「![甲骨字形]」、「![甲骨字形]」、「![甲骨字形]」、

〔註173〕容庚，《金文編》，《金文編》，第二・九，頁84。

〔註174〕丁福保，《說文解字詁林》，第十冊，頁324。

〔註175〕陳建貢、徐敏，《簡牘帛書字典》，頁159。

〔註176〕丁福保，《說文解字詁林》，第二冊，頁1183。

〔註177〕前兩形見：陳建貢、徐敏，《簡牘帛書字典》，頁159；第三形見：馬建華，《河西簡牘》，頁28；第四形見：二玄社，《漢韓仁銘／夏承碑》，頁52；第五形見：二玄社，《漢孟琁殘碑／張景造土牛碑》，頁12；第六形見：二玄社，《漢石門頌》，頁68；第七形見：李靜，《隸書字典》，頁107引〈樊敏碑〉。

「✳」、「✳」、「✳」、「✳」、「✳」、「✳」、「✳」、「✳」、「✳」……等形，

〔註178〕前三形借「屯」為「春」；〔註179〕第四至八形从林、屯聲；第九、十、

十一形从雙林、屯聲；第十二形从日、从林、屯聲；第十三形从日、从森、屯

聲，本義為「歲之始也」；〔註180〕第十四至十七形葉玉森釋「春」，董作賓謂从

灸、从日；而于省吾非之。〔註181〕

金文作「✳」、「✳」、「✳」……等形，〔註182〕第一形从月、从艸、屯聲；

第二形从日、从艸、屯聲；第三形从日、屯聲。

秦隸作「春」、「春」、「春」、「春」、「春」、「旹」……等形，〔註183〕前五

形當係从日、从艸、屯聲，而上方之「屯」多有訛變；最末形則从日、屯聲。

《說文解字》云：

春，推也，从艸、从日，艸，春時生也，屯聲。〔註184〕

漢代隸書作「旹」、「春」、「春」、「春」、「春」、「春」、「春」、「春」、「春」

……等形。〔註185〕

〔註178〕前三形見：李宗焜，《甲骨文字編》，下冊，頁 1308～1309，釋「屯」；第四至十
三形見：李宗焜，《甲骨文字編》，中冊，頁505～506；第十四至十七形見：李宗
焜，《甲骨文字編》，中冊，頁497～498，釋「早」。

〔註179〕于省吾：「甲骨文今屯、來屯屢見，是有時亦以屯為春。」見：古文字詁林編纂委
員會，《古文字詁林》，第一冊，頁585引《甲骨文字釋林》卷上。

〔註180〕《公羊傳・隱公元年》：「春者何？歲之始也。」見：公羊壽傳、何休解詁、徐彥
疏，《春秋公羊傳注疏》，《十三經注疏》（臺北：藝文印書館，1976），第七冊之一，
卷一，頁8。

〔註181〕古文字詁林編纂委員會，《古文字詁林》，第一冊，頁355引《雙劍誃殷契駢枝》。

〔註182〕容庚，《金文編／金文續編》，《金文編》，第一・一六，頁64。

〔註183〕第一形見：陳建貢、徐敏，《簡牘帛書字典》，頁 395；第二形見：北京大學出土
文獻所，《北京大學藏秦代簡牘書迹選粹》，頁33；末四形見：袁仲一、劉鈺，《秦
文字類編》，頁316。

〔註184〕丁福保，《說文解字詁林》，第二冊，頁948。

〔註185〕第一、四形見：北京大學出土文獻所，《北京大學藏西漢竹書墨迹選粹》，頁30、
31；第二、三、五、八形見：陳建貢、徐敏，《簡牘帛書字典》，頁 395；第六形
見：二玄社，《漢尹宙碑》，頁29；第七形見：李靜，《隸書字典》，頁264引〈楊
震碑〉；第九形見：二玄社，《漢乙瑛碑》，頁5、9、36。

　　按：漢隸「春」字，皆从日、从艸、屯聲，而第一形「艸」在上，「屯」中，「日」下；第二形上方之「屯」變作三橫一豎；第三、四形上方之「屯」變作兩橫一豎；第五至七形將「屯」之中豎與「艸」之左撇連成一長畫；末兩形則再將此一長畫分為一豎一撇。

第二節　六種縮短筆畫的軌跡

　　縮短筆畫固然也可以加快文字書寫的速度；但所能節省的時間並不很多。所以要縮短筆畫，其主要的功能恐怕還在於使字形更為疏朗。尤其是一些組成元素繁複的文字，縮短其中某些筆畫的長度，將可以騰出較大的空間，以便於安置其他的筆畫，這便是間架結構法所強調的「避就」和「相讓」。〔註186〕

　　北宋米芾云：

　　　　篆籀各隨字形大小，故知百物之狀，活動圓滿，各各自足：隸乃始有展促之勢。〔註187〕

所謂「展」，就是「延長筆畫」（參見本章第四節），而「促」則是「縮短筆畫」。漢碑隸書為了講求行款的整齊，大概都是先打好方格再寫（參見本書所採用的各種碑刻冊首的全份拓本影印頁）；而為了能將多寡不同的筆畫都安置在大小相同的格子裡，便不能不有所「展促」。

　　漢代隸書「縮短筆畫」之軌跡，大致有六種，包括：一、截去超出於橫畫之上的豎畫，二、截去貫穿於橫畫之下的豎畫，三、變橫向斜曲筆畫為橫畫，四、變縱向斜曲筆畫為豎畫，五、分開搭黏的筆畫，以及六、變折曲筆畫為斜畫。分別舉例說明於下——

壹、截去超出於橫畫之上的豎畫

　　一、「等」字

　　甲骨文、金文缺。

〔註186〕佚名《歐陽率更三十六法》談文字的間架結構，歸納出三十六種法則；其中頗有與漢隸筆畫演變之軌跡相符者。參見《佩文齋書畫譜》卷三。

〔註187〕米芾，《海岳名言》（臺北：世界書局，1972），《宋元人書學論著》第三種，頁3。

秦隸作「茅」、「夢」、「茅」、「芽」……等形，〔註188〕「从竹、寺聲」，〔註189〕本義爲「齊簡也」。

《說文解字》云：

　　　　等，齊簡也，从竹、寺；寺，官曹之等平也。〔註190〕

漢代隸書作「芋」、「等」、「等」、「等」、「等」、「等」、「等」、「等」、「等」、「等」……等形。〔註191〕

　　按：漢隸「等」字，皆从竹、寺聲，而第四形以下之「竹」與艸頭無別。若第八至第十形，「寺」之中豎皆截去超出第一橫畫之上之部分。

二、「嗇」字

　　甲骨文作「嗇」、「嗇」、「嗇」、「嗇」、「嗇」、「嗇」、「嗇」、「嗇」、「嗇」、「嗇」、「嗇」、「嗇」……等形，〔註192〕前兩形从來、从亩；第四至九形从秝、从亩；第十形从秝、从田；第十一形从三禾、从田；第十二形从秝、从亩、爿聲，當釋「牆」，羅振玉謂「嗇、穡乃一字」。〔註193〕竊以爲：「嗇」字本義當爲「穀可收」，从來或禾，表其爲麥禾之屬；从田謂其未收之前，从亩則謂其已登之後。郭店楚簡《老子乙本》「絢人事天莫若嗇」，即謂糧食爲糾聚民眾與饗祀神衹首要之物。〔註194〕其後借爲愛濇字，乃另造从禾、嗇聲之「穡」

〔註188〕前兩形見：陳建貢、徐敏，《簡牘帛書字典》，頁617；末兩形見：袁仲一、劉鈺，《秦文字類編》，頁328。

〔註189〕林義光云：「等，从竹、寺聲，寺、等雙聲對轉。」見：古文字詁林編纂委員會，《古文字詁林》，第四冊，頁641引《文源》卷十二。

〔註190〕丁福保，《說文解字詁林》，第四冊，頁1009。

〔註191〕前五形見：陳建貢、徐敏，《簡牘帛書字典》，頁617～618；第六形見：二玄社，《漢封龍山頌／張壽殘碑》，頁23；第七形見：二玄社，《漢張遷碑》，頁44；第八形見：李靜，《隸書字典》，頁427引〈王舍人碑〉；第九形見：二玄社，《漢史晨前後碑》，頁57；第十形見：中國書店，《孔彪碑》，頁13。

〔註192〕前三形及末三形見：古文字詁林編纂委員會，《古文字詁林》，第五冊，頁598～599引《甲骨文編》；第四至九形見：李宗焜，《甲骨文字編》，中冊，頁756。

〔註193〕古文字詁林編纂委員會，《古文字詁林》，第五冊，頁602引《增訂殷虛書契考釋》。

〔註194〕簡帛書法選編輯組，《郭店楚簡・老子乙、丙本》（北京：文物出版社，2002），頁1。「絢」字原釋「紿」，非。

字。〔註195〕至於以「牆」爲「嗇」，則二字同屬「舌尖後音」，固可通，非爲別誤。〔註196〕

金文作「![字形]」、「![字形]」、「![字形]」、「![字形]」、「![字形]」、「![字形]」……等形，〔註197〕蓋皆从來、从㐭；而末兩形之「㐭」訛若「目」。

秦隸作「![字形]」、「![字形]」、「![字形]」、「![字形]」、「![字形]」、「![字形]」、「![字形]」……等形，〔註198〕第一至五形从來、从㐭；末兩形則从來、从田。

《說文解字》云：

　　　　![字形]，愛濇也，从來、从㐭，來者㐭而藏之，故田夫謂之嗇夫。

　　凡嗇之屬皆从嗇。![字形]，古文嗇从田。〔註199〕

漢代隸書作「![字形]」、「![字形]」、「![字形]」、「![字形]」、「![字形]」、「![字形]」、「![字形]」、「![字形]」、「![字形]」……等形。〔註200〕

按：漢隸「嗇」字，皆从來、从㐭，而「來」多簡化作三橫一豎；第三橫甚至與「㐭」上方之橫畫併筆。若第七形則截去超出首橫之上之部分中豎。

三、「肅」字

甲骨文缺。

〔註195〕《說文解字詁林》：「穡，穀可收曰穡。」見：丁福保，《說文解字詁林》，第六冊，頁373。

〔註196〕王國維謂「師袁敦……誤以牆爲嗇也」，見：古文字詁林編纂委員會，《古文字詁林》，第五冊，頁608引〈史籀篇疏證〉。馬敘倫則云：「嗇音審紐二等，牆……音在牀紐二等，同爲舌尖後音。然則敦之牆事即嗇字，非別誤也。」見：古文字詁林編纂委員會，《古文字詁林》，第五冊，頁608引《說文解字六書疏證》卷十。

〔註197〕第一形見：容庚，《金文編／金文續編》，《金文編》，第五·三六，頁336；第二至六形見：古文字詁林編纂委員會，《古文字詁林》，第五冊，頁599引《金文編》。

〔註198〕前兩形見：陳建貢、徐敏，《簡牘帛書字典》，頁164；第三至五形見：古文字詁林編纂委員會，《古文字詁林》，第五冊，頁599引《睡虎地秦簡文字編》；末兩形見：袁仲一、劉玨，《秦文字類編》，頁142。

〔註199〕丁福保，《說文解字詁林》，第五冊，頁285。

〔註200〕前四形見：陳建貢、徐敏，《簡牘帛書字典》，頁164；第五形見：二玄社，《漢封龍山頌／張壽殘碑》，頁52；第六形見：二玄社，《漢曹全碑》，頁42；第七形見：上海書畫出版社，《鮮于璜碑》，頁25；第八形見：李靜，《隸書字典》，頁111引〈陽泉使者舍熏爐銘〉；第九形見：二玄社，《漢張遷碑》，頁14。

金文作「🔣」、「🔣」、「🔣」……等形，〔註201〕前兩形「从𣶒、聿聲」，本義爲「急流也」；〔註202〕第三形當爲从𣶒、竹聲。

秦隸缺。

《說文解字》云：

🔣，持事振敬也，从聿在𣶒上，戰戰兢兢也。🔣，古文肅从心、卪。〔註203〕

漢代隸書作「🔣」、「🔣」、「🔣」、「🔣」、「🔣」、「🔣」、「🔣」……等形。〔註204〕

按：漢隸「肅」字，皆从𣶒、聿聲，而前四形「聿」之中豎皆超出第一橫畫之上；末三形則截去超出於第一橫畫之上之豎畫。

貳、截去貫穿於橫畫之下的豎畫

一、「告」字

甲骨文作「🔣」、「🔣」、「🔣」、「🔣」、「🔣」、「🔣」、「🔣」……等形，〔註205〕當是从口、牛聲，〔註206〕本義爲「報也」。〔註207〕甲骨文「告」字作「祭告」

〔註201〕第一形見：容庚，《金文編／金文續編》，《金文編》，第三·二九，頁189；第二、三形見：古文字詁林編纂委員會，《古文字詁林》，第三冊，頁497引《金文編》。

〔註202〕馬敍倫：「肅从𣶒、聿聲，……其意當爲急流也。」見：古文字詁林編纂委員會，《古文字詁林》，第五冊，頁498引《說文解字六書疏證》卷六。

〔註203〕丁福保，《說文解字詁林》，第三冊，頁1080。馬敍倫疑古文「肅」「乃訓敬也之肅本字」。見：古文字詁林編纂委員會，《古文字詁林》，第五冊，頁498引《說文解字六書疏證》卷六。

〔註204〕第一形見：陳建貢、徐敏，《簡牘帛書字典》，頁666；第二、三形見：北京大學出土文獻所，《北京大學藏西漢竹書墨迹選粹》，頁6、30；第四形見：浙江古籍出版社，《孔彪碑》，頁11；第五形見：二玄社，《漢韓仁銘／夏承碑》，頁42；第六形見：李靜，《隸書字典》，頁472引〈校官潘乾碑〉；第七形見：二玄社，《漢西狹頌》，頁17。

〔註205〕李宗焜，《甲骨文字編》，上冊，頁233～236。

〔註206〕段玉裁云：「从口、牛聲，『牛』可入聲讀「玉」也。」見：丁福保，《說文解字詁林》，第二冊，頁1095。

〔註207〕《廣韻》：「告，報也。」見：陳彭年等重修、余迺永校著，《互註校正宋本廣韻》，

或「臣屬之報告」兩種用法，〔註208〕皆屬「告上」之義。〔註209〕第五、六、七形上段作若「屮」，蓋爲「牛」之訛。

　　金文作「告」、「告」、「告」、「告」、「告」……等形。〔註210〕

　　秦隸作「告」、「告」、「告」……等形。〔註211〕

　　《說文解字》云：

　　　　告，牛觸人，角箸橫木，所以告人也，从口、从牛。《易》曰：

　　「僮牛之告。」凡告之屬皆从告。〔註212〕

漢代隸書作「告」、「告」、「告」、「告」、「告」、「告」……等形。〔註213〕

　　按：漢隸「告」字，第一形明顯从口、牛聲；第二至第五形，截去「牛」穿過第二橫以下之豎畫末段；若最末形，則並「牛」上段左側之短豎畫亦省去。

　　二、「乾」字

　　甲骨文缺。

　　金文缺。

　　秦隸作「乾」、「乾」、「乾」、「乾」……等形，〔註214〕竊以爲；从乀、𠃊聲，乀爲「甽」字初文，乃「水小流」；〔註215〕小流之水淺而易涸，故「乾」

卷四，頁 417；卷五，頁 462。

〔註208〕姚孝遂說，見：古文字詁林編纂委員會，《古文字詁林》，第一冊，頁 759 引《小屯南地甲骨考釋》。

〔註209〕《廣韻》：「告，又音誥：告上曰告，發下曰誥。」見：陳彭年等重修、余迺永校著，《互註校正宋本廣韻》，卷五，頁 462。

〔註210〕容庚，《金文編／金文續編》，《金文編》，第二・六，頁 77。

〔註211〕前兩形見：陳建貢、徐敏，《簡牘帛書字典》，頁 154；第三形見：袁仲一、劉玨，《秦文字類編》，頁 210。

〔註212〕丁福保，《說文解字詁林》，第二冊，頁 1094。

〔註213〕前三形及第六形見：陳建貢、徐敏，《簡牘帛書字典》，頁 154～155；第四形見：伏見冲敬，《書法大字典》，頁 344 引〈鄭固碑〉；第五形見：二玄社，《漢孟琁殘碑／張景造土牛碑》，頁 34。

〔註214〕第一形見：陳建貢、徐敏，《簡牘帛書字典》，頁 23；後三形見：袁仲一、劉玨，《秦文字類編》，頁 13。

〔註215〕《說文解字》：「乀，水小流。……甽，古文乀从田、从川。」見：丁福保，《說文解字詁林》，第九冊，頁 652。

字从之，本義當爲「涸也」；其後借爲乾坤字，乃另造从水、乾聲之「澗」字。
〔註216〕

《說文解字》云：

〔圖〕，上出也，从乙，乙，物之達也，倝聲。〔圖〕，籒文乾。
〔註217〕

漢代隸書作「乾」、「乾」、「乾」、「乾」、「乾」、「乾」、「乾」、「乾」、「乾」
……等形。〔註218〕

　　按：漢隸「乾」字，前兩形右旁作若「气」，書者蓋誤認「乾」字右旁爲
「乞」，而「乞」乃「气」之省，故誤增一橫；其餘諸形則皆从乙、倝聲無誤。
其中末四形左上方之短豎皆截去穿過第一橫以下之豎畫末段。

三、「德」字

　　甲骨文作「〔圖〕」、「〔圖〕」、「〔圖〕」……等形，〔註219〕葉玉森釋「循」；
〔註220〕惟第一形从行、直聲；第二、三形雖左右書不同，而皆从彳、直聲。
當依徐中舒之說釋作「値」，〔註221〕本義爲「升也」，《集韻》以爲「陟」字
之或體。〔註222〕

　　金文作「〔圖〕」、「〔圖〕」、「〔圖〕」、「〔圖〕」、「〔圖〕」、「〔圖〕」……等形，〔註223〕

〔註216〕《玉篇》：「澗，古乾字，猶燥也。」見：顧野王，《玉篇》，卷中，頁73；中華書
　　　　局，《小學名著六種》第一種。

〔註217〕丁福保，《說文解字詁林》，第十一冊，頁622。

〔註218〕前六形見：陳建貢、徐敏，《簡牘帛書字典》，頁23；第七形見：二玄社，《漢張
　　　　遷碑》，頁40；第八形見：二玄社，《漢曹全碑》，頁4；第九形見：二玄社，《漢
　　　　史晨前後碑》，頁14。

〔註219〕藝文印書館，《校正甲骨文編》，卷二・二四，頁74。李宗焜，《甲骨文字編》，中
　　　　冊，頁872～873釋作「循」。

〔註220〕古文字詁林編纂委員會，《古文字詁林》，第二冊，頁484。

〔註221〕古文字詁林編纂委員會，《古文字詁林》，第二冊，頁474。

〔註222〕《集韻》：「陟，《說文》：『登也。』或作……値。」見：丁度等撰，《集韻》，卷十，
　　　　頁173。

〔註223〕第二形見：伏見沖敬，《書法大字典》，上冊，頁802引〈命瓜君壺〉；其餘諸形見：
　　　　容庚，《金文編／續金文編》，《金文編》，第二・二六，頁118～119。

第一、二形从心、直聲，當釋「悳」，而第二形「直」下增「乚」。或謂「悳」之本義當爲「心意」，〔註224〕如《詩經》所謂「二三其德」，即謂三心二意；〔註225〕第三形从彳、直聲，與甲骨文第二、三形同；第四形从彳、悳聲，第五形从辵、悳聲，兩者當係「值」之後起字；第五形左旁从言、悳聲，或係《詩經》「德音孔膠」之本字。〔註226〕

侯馬盟書作「𢛳」、「𢛳」、「𢛳」、「𢛳」……等形，〔註227〕从心或彳、直聲，而「直」下皆加「乚」。

秦代〈泰山刻石〉作「德」，〔註228〕「心」上無「乚」，與金文第四形同。

秦隸缺。

《說文解字》云：

悳，外得於人，内得於己也，从直、从心。恵，古文。〔註229〕

以「悳」爲「道德」之本字，恐有待商榷；且「悳」字當如商承祚所謂：「以直爲聲母。」〔註230〕

《說文解字》又云：

德，升也，从彳、悳聲。〔註231〕

其說可從。

漢代隸書作「悳」、「悳」、「㣇」、「㣇」、「德」、「德」、「德」、「㣇」、「㣇」、「德」、「德」、「德」、「德」、「德」、「德」、「德」……

〔註224〕伍壽民，2019、1、4 於高雄旗山。

〔註225〕《詩‧衛風‧氓》：「士也罔極，二三其德。」正義：「責復關有二意也。」見：毛亨傳、鄭玄箋、孔穎達疏，《詩經正義》，卷三之三，頁135。

〔註226〕《詩經》中「德音」凡三見，其一，〈邶風‧谷風〉之「德音莫違，及爾同死」；其二，〈秦風‧小戎〉之「厭厭良人，秩秩德音」；其三，〈小雅‧隰桑〉之「既見君子，德音孔膠」。見：毛亨傳、鄭玄箋、孔穎達疏，《詩經正義》，卷二之二，頁89；卷六之三，頁238；卷十五之二，頁515。

〔註227〕陳建貢、徐敏，《簡牘帛書字典》，頁318，

〔註228〕二玄社，《秦泰山刻石／琅邪臺刻石》（東京，1979），頁8。

〔註229〕丁福保，《說文解字詁林》，第八冊，頁1113。

〔註230〕李孝定，《甲骨文字集釋》，第二，頁0564引《佚存考釋》。

〔註231〕丁福保，《說文解字詁林》，第三冊，頁174。

等形。〔註232〕

　　按：漢隸「德」字，前兩形从心、直聲；第三至十五形从彳、悳聲，而第十一至十三形將右方「直」字穿過第一橫畫之上的豎畫截去；最後一形，从彳、悳聲，「目」下「心」上添一橫畫，源自《說文解字》小篆，而將右方「直」字超出於第一橫畫之上的豎畫截去。

參、變橫向折曲筆畫爲橫畫

一、「左」字

　　甲骨文作「𠂇」、「𠂇」、「𠂇」……等形，〔註233〕象左手之形，本義爲「左手也」。〔註234〕

　　金文作「𠂇」、「𠂇」、「𠂇」、「𠂇」、「𠂇」……等形，〔註235〕前三形「从工、屮聲」，〔註236〕本義爲「助也」，其後借爲左右字，乃另造从人、左聲之「佐」字；〔註237〕第四形从言、屮聲；第五形从口、屮聲；竊以爲：後二形之本義當爲「讚也」。〔註238〕

〔註232〕第一形見：二玄社，《漢北海相景君碑》，頁 22；第二形見：伏見冲敬，《書法大字典》，上冊，頁 801 引〈鄭固碑〉；第三至八形及第十一形見：陳建貢、徐敏，《簡牘帛書字典》，頁 319；第九形見：二玄社，《漢史晨前後碑》，頁 18；第十形見：二玄社，《漢西狹頌》，頁 16；第十二形見：上海書畫出版社，《鮮于璜碑》，頁 33；第十三形見：李靜，《隸書字典》，頁 209 引〈王舍人碑〉；第十四形見：二玄社，《漢尹宙碑》，頁 38；第十五形見：二玄社，《漢韓仁銘／夏承碑》，頁 31；第十六形見：二玄社，《漢張遷碑》，頁 20。

〔註233〕李宗焜，《甲骨文字編》，上冊，頁 312。

〔註234〕丁福保，《說文解字詁林》，第三冊，頁 1059，段注本。

〔註235〕前四形見：容庚，《金文編／金文續編》，《金文編》，第五‧八，頁 279～280；第五形見：古文字詁林編纂委員會，《古文字詁林》，第四冊，頁 732 引《金文編》。

〔註236〕馬敍倫說，見：古文字詁林編纂委員會，《古文字詁林》，第四冊，頁 735 引《說文解字六書疏證》。

〔註237〕《周禮‧春官‧肆師》：「掌立國祀之禮，以佐大宗伯。」注：「佐，助也。」見：鄭玄注、賈公彥疏，《周禮注疏》，卷十九，頁 295。

〔註238〕《荀子‧勸學》：「問一而告二謂之囋。」注：「囋即讚字，謂以言彊讚助之。」見：荀卿著、楊倞注、王先謙集解、久保愛增注、豬飼彥博補遺，《增補荀子集解》，卷一，頁 15。

石鼓文作「⿰」。〔註239〕

秦隸作「⿰」或「⿰」。〔註240〕

《說文解字》云：

⿰，手相左助也，从ナ、工。凡左之屬皆從左。〔註241〕

漢代隸書作「⿰」、「⿰」、「⿰」、「左」、「⿱」、「⿱」、「左」、「左」、「⿱」、「左」……等形。〔註242〕

按：漢隸「左」字，前三形及第七形上方之「ナ」猶存篆迹，其餘諸形則已隸化；第四、七、八、十形下方之「工」作三筆書寫，第一、二形「工」之第二畫牽帶第三畫，第五形「工」之第二、三畫連作一筆書寫，第三、六、九形則更將「工」之三畫連作一筆書寫。

二、「君」字

甲骨文作「⿱」、「⿱」、「⿱」……等形，〔註243〕从口、「尹聲」，〔註244〕本義蓋「為元首之通稱」，〔註245〕亦即《說文解字》所謂之「尊也」。

金文作「⿱」、「⿱」、「⿱」、「⿱」、「⿱」、「⿱」、「⿱」、「⿱」……等形，〔註246〕亦皆从口、尹聲，而最末形蓋為《說文解字》「古文」所本。

石鼓文作「君」，〔註247〕與金文第三形近似。

秦隸作「⿱」、「君」、「⿱」、「君」、「君」……等形。〔註248〕

〔註239〕二玄社，《周石鼓文》，頁 22。

〔註240〕陳建貢、徐敏，《簡牘帛書字典》，頁 265。

〔註241〕丁福保，《說文解字詁林》，第四冊，頁 1181。

〔註242〕前六形見：陳建貢、徐敏，《簡牘帛書字典》，頁 265；第七、八、九形見：北京大學出土文獻所，《北京大學藏西漢竹書墨迹選粹》，頁 3、14、27；第十形見：二玄社，《漢韓仁銘／夏承碑》，頁 53。

〔註243〕李宗焜，《甲骨文字編》，下冊，頁 1207。

〔註244〕丁福保，《說文解字詁林》，第二冊，頁 1162，引陳詩庭《讀說文證疑》。

〔註245〕唐蘭說，見：古文字詁林編纂委員會，《古文字詁林》，第二冊，頁 32 引〈智君子鑑考〉。

〔註246〕前八形見：容庚，《金文編》，《金文編》，第二·七，頁 79～80；末一形見：古文字詁林編纂委員會，《古文字詁林》，第二冊，頁 29 引《金文編》。

〔註247〕二玄社，《周石鼓文》，頁 11。

《說文解字》云：

　　　　【君】，尊也，從尹發號，故從口。【君】，古文象君坐形。〔註249〕

古文「君」字上段實為「尹」之訛變。

　　漢代隸書作「君」、「君」、「君」、「君」、「君」、「君」、「君」、「君」……等形。〔註250〕

　　按：漢隸「君」字，皆從口、尹聲，而第一形「尹」之第二橫向筆畫右端往下折，與金文以下之篆書相同；其餘諸形則皆將此橫向折曲筆畫變作一長橫。

　　三、「既」字

　　甲骨文作「既」、「既」、「既」、「既」、「既」、「既」……等形，〔註251〕蓋皆「從皀、旡聲」，唯第六形之「口」朝上致皀旁若「兄」；本義為「饋客之芻米」。例如：〈中庸〉「既廩稱事」，〔註252〕即謂百工所領受之糧餉，應與其工作績效相當。其後「既」借為既然字，乃另造從米、气聲之「氣」字與從米、既聲之「槩」字；〔註253〕其後「氣」借為氣體字，乃再造從食、氣聲之「餼」字。

　　金文作「既」、「既」、「既」、「既」、「既」……等形，〔註254〕前四形與甲骨文近似；第五形從皀、從邑，「邑」蓋為「旡」之訛變。

〔註248〕前兩形見：袁仲一、劉玨，《秦文字類編》，頁76；第三、四、五形見：古文字詁林編纂委員會，《古文字詁林》，第二冊，頁30引《睡虎地秦簡文字編》。

〔註249〕丁福保，《說文解字詁林》，第二冊，頁1160。

〔註250〕前三形及六、七形見：陳建貢、徐敏，《簡牘帛書字典》，頁151；第四形見：上海書畫出版社，《鮮于璜碑》，頁31；第五形見：二玄社，《漢西狹頌》，頁33；第八形見：李靜，《隸書字典》，頁101引〈校官潘乾碑〉。

〔註251〕前五形見：李宗焜，《甲骨文字編》，下冊，頁1083；第六形見：古文字詁林編纂委員會，《古文字詁林》，第五冊，頁288引《甲骨文編》。

〔註252〕《禮記・中庸》：「日省月試，既廩稱事，所以勸百工也。」注：「廩人職曰：乘其事，考其弓弩，以下上其食。」見：鄭玄注、孔穎達疏，《禮記正義》，卷五十二，頁689。

〔註253〕《說文解字》：「氣，饋客之芻米也。……槩，氣或從既。」見：丁福保，《說文解字詁林》，第六冊，頁551。

〔註254〕容庚，《金文編》，《金文編》，第五・二五，頁313～314。

石鼓文作「⿰⿰」。〔註255〕

秦〈泰山刻石〉作「⿰」。〔註256〕

秦隸作「既」、「既」、「既」、「既」……等形。〔註257〕

《說文解字》云：

> ⿰，小食也，从皀、旡聲。《論語》曰：「不使勝食既。」〔註258〕

漢代隸書作「既」、「既」、「既」、「既」、「既」、「既」、「既」、「既」、「既」……等形。〔註259〕

按：漢隸「既」字，皆从皀、旡聲，而前兩形之「旡」左邊縱向筆畫未超出第一橫畫，與石鼓文同；第三形左邊縱向筆畫超出第一橫畫，與〈泰山刻石〉同；第四至七形「旡」左上之折曲筆畫變作橫畫，其中之第四形右下有點，源自秦隸；末兩形則「旡」訛變若「冬」。

肆、變縱向斜曲筆畫爲豎畫

一、「千」字

甲骨文作「⿰」、「⿰」、「⿰」、「⿰」……等形，〔註260〕戴家祥云：

> 始則叚人爲千，嗣乃以一爲千之係數。〔註261〕

竊以爲：「千」乃「一」與「人」之合文；〔註262〕蓋因「人」與「千」二字疊

〔註255〕二玄社，《周石鼓文》，頁10。

〔註256〕二玄社，《秦泰山刻石／石》，頁12。

〔註257〕第一形見：陳建貢、徐敏，《簡牘帛書字典》，頁388；第二、三、四形見：古文字詁林編纂委員會，《古文字詁林》，第五冊，頁289引《睡虎地秦簡文字編》。

〔註258〕丁福保，《說文解字詁林》，第五冊，頁30。

〔註259〕第一形見：二玄社，《漢孔宙碑》，頁14；第二形見：李靜，《隸書字典》，頁256引〈校官潘乾碑〉；第三至五形及末兩形見：陳建貢、徐敏，《簡牘帛書字典》，頁388；第六形見：二玄社，《漢曹全碑》，頁5；第七形見：二玄社，《漢張遷碑》，頁37。

〔註260〕前三形見：李宗焜，《甲骨文字編》，上冊，頁10～11；第四形見：古文字詁林編纂委員會，《古文字詁林》，第二冊，頁696引《甲骨文編》。

〔註261〕古文字詁林編纂委員會，《古文字詁林》，第二冊，頁698引〈釋千〉。

〔註262〕此自甲骨文二千、三千、四千、五千作「二人」、「三人」、「四人」、「五人」之合

韻，〔註263〕故借「人」爲十百之ㄑ一ㄢ。惟前兩形「人」之頭部與手臂作一筆，壓於表上身與下肢之筆畫上；第三形則頭部與上身及下肢作一筆，壓於表手臂之筆畫上。

　　金文作「禾」、「禾」、「禾」、「ナ」……等形，〔註264〕亦皆爲「一、人」之合文；惟前兩形「人」之頭部與手臂作一筆，壓於表上身與下肢之筆畫上，而後兩形則頭部與上身及下肢作一筆，壓於表手臂之筆畫上。

　　秦隸作「𠁁」、「千」、「千」、「千」……等形。〔註265〕

　　《說文解字》云：

　　　　𠦄，十百也，从十、从人。〔註266〕

漢代隸書作「千」、「千」、「千」、「千」、「千」、「千」……等形。〔註267〕

　　按：漢隸「千」字，皆爲「一、人」之合文。而第一、二形「人」之縱向筆畫仍存篆書與秦隸前四形斜曲之意；第三形以下，則此縱向之斜曲筆畫皆變作豎畫，其中之最末形且將此豎畫刻意向下延長，並作成肥筆。

二、「介」字

　　甲骨文作「𠘧」、「𠘧」、「𠘧」、「𠘧」……等形，〔註268〕倚人而畫胸背之「聯革」，〔註269〕本義爲「甲也」；其後假借爲介畫等字，乃另造从人、介聲

　　　　文可證。見：李宗焜，《甲骨文字編》，下冊，頁1387～1388。

〔註263〕段玉裁〈古十七部諧聲表〉，將「人」與「千」同置於古音第十二部。見：許愼撰、段玉裁注，《說文解字注》（臺北：洪葉文化事業公司，1999），頁833。

〔註264〕容庚，《金文編／金文續編》，《金文編》，第三·三，頁138。

〔註265〕前兩形見：陳建貢、徐敏，《簡牘帛書字典》，頁111；第三、四形見：袁仲一、劉珏，《秦文字類編》，頁382；第五、六形見：古文字詁林編纂委員會，《古文字詁林》，第二冊，頁697引《睡虎地秦簡文字編》。

〔註266〕「从十、从人」，徐鍇《說文繫傳》作「从十、人聲」。並見：丁福保，《說文解字詁林》，第三冊，頁453。

〔註267〕第一、三、六形見：陳建貢、徐敏，《簡牘帛書字典》，頁111；第二形見：李靜，《隸書字典》，頁85引〈楊震碑〉；第四形見：二玄社，《漢禮器碑》，頁41；第五形見：二玄社，《漢西狹頌》，頁23。

〔註268〕李宗焜，《甲骨文字編》，上冊，頁8。

〔註269〕羅振玉謂甲骨文「介」字「象人著介形，介聯革爲之」。見：古文字詁林編纂委員會，《古文字詁林》，第一冊，頁644引《增訂殷虛書契考釋》。高鴻縉將「介」字

之「价」字。〔註270〕

　　金文缺。

　　秦隸作「不」、「禾」、「不」、「仆」……等形，〔註271〕

　　《說文解字》云：

　　　　介，畫也，从人、从八。〔註272〕

　　漢代隸書作「介」、「禾」、「刁」、「禾」、「禾」、「禾」、「仒」、「介」……等形。〔註273〕

　　按：漢隸「介」字，第一形「人」之縱向筆畫仍存篆書與秦隸前三形斜曲之意；第二至五形，則此縱向之斜曲筆畫皆變作豎畫；至於末兩形，則將「聯革」置於「人」下，而為今世楷書所本。

　　三、「承」字

　　甲骨文作「承」、「承」、「承」……等形，〔註274〕徐中舒謂「從廾，從卪」。〔註275〕竊以為：甲骨文「承」字从廾、从卪，意即攙扶跪坐之人起身，本義當為「佐也」。〔註276〕

　　　　歸入「倚文畫物」之象形，而謂「字倚人畫衣聯革之形」。見：高鴻縉，《中國字例》，第二篇，頁276。既為「倚文畫物」之象形，則當刪去「衣」字，而云「字倚人畫聯革之形」。

〔註270〕《詩‧鄭風‧清人》：「駟介旁旁。」傳：「介，甲也。」又，《詩‧大雅‧板》：「价人維藩。」箋云：「价，甲也。」見：毛亨傳、鄭玄箋、孔穎達疏，《毛詩正義》，卷四之二，頁165；卷十七之四，頁635。

〔註271〕前兩形見：陳建貢、徐敏，《簡牘帛書字典》，頁39；第三、四形見：古文字詁林編纂委員會，《古文字詁林》，第一冊，頁644引《睡虎地秦簡文字編》。

〔註272〕丁福保，《說文解字詁林》，第二冊，頁994。

〔註273〕前兩形及末兩形見：陳建貢、徐敏，《簡牘帛書字典》，頁39；第三形見：中國書店，《漢朝侯小子碑》，頁2；第四形見：李靜，《隸書字典》，頁28引〈校官潘乾碑〉；第五形見：伏見冲敬，《書法字典》，上冊，頁67引〈熹平石經〉；第六形見：李靜，《隸書字典》，頁28引〈三公之碑〉。

〔註274〕李宗焜，《甲骨文字編》，上冊，頁128。

〔註275〕古文字詁林編纂委員會，《古文字詁林》，第九冊，頁651引《歷史語言研究所集刊》三冊二分。

〔註276〕《左傳‧哀公十八年》：「寧如志，何卜焉？使帥師而行，請承。」注：「承，佐。」

金文作「 」、「 」、「 」……等形，〔註277〕亦皆从廾，从卩。

秦隸缺。

《說文解字》云：

　　 ，奉也，受也，从手、从卩、从廾。〔註278〕

「手」蓋後加之形符。

漢代隸書作「 」、「 」、「 」、「 」、「 」、「 」、「 」、「 」、「 」、「 」……等形。〔註279〕

按：漢隸「承」字，皆从手、从卩、从廾，源自小篆。前兩形「卩」與「手」尚分開書寫；第三、四形「卩」之末畫與「手」之中畫連成一縱向斜曲筆畫；第五至九形原縱向斜曲筆畫變作豎畫，而布於中豎上之短橫，則從四畫至二畫不等。至於最末形，中豎未穿過第三橫，屬於訛變字。

伍、分開搭黏的筆畫

一、「六」字

甲骨文作「 」、「 」、「 」、「 」、「 」、「 」、「 」、「 」、「 」……等形，〔註280〕張日昇「疑六為鏃之本字」，〔註281〕然則「六」字蓋象矢鋒之形，本義為「箭鏑」，其後借為數字，乃另造从金、族聲之「鏃」字。〔註282〕

　　　　見：杜預注、孔穎達疏，《春秋左傳正義》，卷六十，頁1047。

〔註277〕第一形見：容庚，《金文編／金文續編》，《金文編》，第十二・七，頁640；第二、三形見：古文字詁林編纂委員會，《古文字詁林》，第九冊，頁651引《金文編》。

〔註278〕丁福保，《說文解字詁林》，第九冊，頁1217。

〔註279〕前六形及第十形見：陳建貢、徐敏，《簡牘帛書字典》，頁350；第七形見：二玄社，《漢西嶽華山廟碑》，頁19；第八形見：二玄社，《漢曹全碑》，頁31；第九形見：二玄社，《漢史晨前後碑》，頁46。

〔註280〕李宗焜，《甲骨文字編》，中冊，頁725～726。

〔註281〕周法高等，《金文詁林》，卷五，頁3425。

〔註282〕《字林》：「鏃，箭鏑也。」見：釋元應，《一切經音義》（臺北：臺灣商務印書館，1968），卷二，頁93引。按：《說文解字》以「族」為「矢鋒」字，而釋「鏃」為「利也」，見：丁福保，《說文解字詁林》，第六冊頁184及第十一冊，頁186。唯經籍中「族」字未見作「矢鋒」之義者，故不從其說。

・269・

或謂數字「六」實假「入」字爲之，然「六、入兩字只是形同而音義俱遠」，〔註283〕故非是。

金文作「介」、「介」、「介」、「穴」、「穴」……等形，〔註284〕象矢鋒之形。

石鼓文作「穴」。〔註285〕

秦隸作「穴」、「穴」、「介」、「穴」、「穴」、「穴」、「穴」、「穴」……等形。〔註286〕

《說文解字》云：

穴，《易》之數，陰變於六，正於八，从入、八。〔註287〕

漢代隸書作「六」、「穴」、「六」、「六」、「六」、「六」、「六」……等形。〔註288〕

按：漢隸「六」字，第一、二形下方兩筆猶與上方筆畫搭黏，與篆書及秦隸同；其餘諸形則縮短下方兩筆而與上方橫畫分離。

二、「東」字

甲骨文作「東」、「東」、「東」、「東」、「東」、「東」、「東」……等形。

〔註289〕徐中舒云：

象橐中實物以繩約括兩端之形，爲橐之初文。甲骨文金文俱借

〔註283〕張日昇說，見：周法高等，《金文詁林》，卷五，頁 3425。

〔註284〕容庚，《金文編／金文續編》，《金文編》，第一四・一六，頁 768～769。

〔註285〕二玄社，《周石鼓文》，頁 28。

〔註286〕前兩形見：陳建貢、徐敏，《簡牘帛書字典》，頁 78；第三、四、五形見：北京大學出土文獻所，《北京大學藏秦代簡牘書迹選粹》，頁 33；第六、七、八形見：袁仲一、劉玨，《秦文字類編》，頁 421。

〔註287〕丁福保，《說文解字詁林》，第十一冊，頁 569。

〔註288〕第一、三、四形見：陳建貢、徐敏，《簡牘帛書字典》，頁 78；第二形見：北京大學出土文獻所，《北京大學藏西漢竹書墨迹選粹》，頁 2、23；第五形見：二玄社，《漢曹全碑》，頁 21；第六形見：二玄社，《漢乙瑛碑》，頁 29；第七形見：李靜，《隸書字典》，頁 56 引〈安陽正直殘石〉。

〔註289〕前四形見：李宗焜，《甲骨文字編》，下冊，頁 1267～1268；末三形見：古文字詁林編纂委員會，《古文字詁林》，第六冊，頁 1 引《甲骨文編》。

為東方之東，後世更作橐以為囊橐之專字。〔註290〕

金文作「⊕」、「東」、「東」、「東」……等形，〔註291〕亦象橐形。

秦隸作「東」、「東」、「東」、「東」、「東」……等形，〔註292〕前四形上方猶作兩斜畫；最末一形則上方省作一橫。

《說文解字》云：

　　東，動也，从木。官溥說：从日在木中。〔註293〕

漢代隸書作「東」、「東」、「東」、「東」、「東」、「東」、「東」、「東」、「東」……等形。〔註294〕

按：漢隸「東」字，前六形下方兩斜畫猶與中豎搭黏；末三形則下方兩斜畫與中豎分離，甚至縮短為左右兩點。

三、「馬」字

甲骨文作「𩡧」、「𩡧」、「𩡧」、「𩡧」、「𩡧」、「𩡧」、「𩡧」、「𩡧」……等形，〔註295〕前五形「象頭、嘴、耳、目、鬣、足、身、尾之形」；〔註296〕其餘諸形或縮其肚，或減其鬃，各有簡省。

金文作「𩢾」、「𩢾」、「𩢾」、「𩢾」、「𩢾」、「𩢾」、「𩢾」、「𩢾」、「𩢾」、「𩢾」、「𩢾」、「𠁁」……等形，〔註297〕較諸甲骨文已稍失馬形；最後一形，馬之身、足、尾省作二橫，尤難辨析。

〔註290〕古文字詁林編纂委員會，《古文字詁林》，第六冊，頁8引《甲骨文字典》卷六。

〔註291〕容庚，《金文編／金文續編》，《金文編》，第六・七，頁353。

〔註292〕前三形見：古文字詁林編纂委員會，《古文字詁林》，第六冊，頁2引《睡虎地秦簡文字編》；第四形見：陳建貢、徐敏，《簡牘帛書字典》，頁427；最末一形見：袁仲一、劉玨，《秦文字類編》，頁298。

〔註293〕丁福保，《說文解字詁林》，第五冊，頁964。

〔註294〕前三形及第七形見：陳建貢、徐敏，《簡牘帛書字典》，頁427；第四形見：上海書畫出版社，《鮮于璜碑》，頁1；第五形見：浙江古籍出版社《孔彪碑》，頁12；第六形見：二玄社，《漢韓仁銘／夏承碑》，頁27；第八形見：二玄社，《漢曹全碑》，頁50；第九形見：二玄社，《漢禮器碑》，頁40。

〔註295〕李宗焜，《甲骨文字編》，中冊，頁573～577。

〔註296〕高鴻縉，《中國字例》，頁96～97。

〔註297〕容庚，《金文編／金文續編》，《金文編》，第一〇・一，頁567～568。

石鼓文作「［馬］」。〔註298〕

秦隸作「［馬］」、「［馬］」、「［馬］」、「［馬］」……等形，〔註299〕前兩形馬之頭、耳、鬃、雙足與尾尚依稀可辨；第三形馬之雙足與馬尾之左右兩斜畫變作四斜畫；第四形則將上述四斜畫省作三筆。

《說文解字》云：

> ［馬］，怒也，武也，象馬頭髦尾四足之形。……［馬］，古文。［馬］，籀文馬，與影同有髦。〔註300〕

漢代隸書作「［馬］」、「［馬］」、「［馬］」、「［馬］」、「［馬］」、「［馬］」……等形。〔註301〕

按：漢隸「馬」字，第一形四足猶與上方橫向筆畫搭黏；其餘諸形皆分離。其中，第二、三形作四點；以下則依次減至一點。

陸、變折曲筆畫爲斜畫

一、「或」字

甲骨文作「［或］」、「［或］」、「［或］」、「［或］」、「［或］」……等字，〔註302〕舊釋「或」。李孝定引孫海波「『口』象城形，从戈以守之，國之義也。古國皆訓城」之說，且云：

> 契文多从「口」，或亦从「囗」；此二形於偏旁中每混用無別。
> 「囗」象城形，孫說是也。〔註303〕

竊以爲：甲骨文此字前四形，當依李宗焜釋「或」，〔註304〕从口、戈聲，本義

〔註298〕二玄社，《周石鼓文》，頁10。

〔註299〕第一形見：陳建貢、徐敏，《簡牘帛書字典》，頁920：第二形見：北京大學出土文獻所，《北京大學藏秦代簡牘書迹選粹》，頁3：第三、四形見：袁仲一、劉玨，《秦文字類編》，頁215。

〔註300〕丁福保，《說文解字詁林》，第八冊，頁383。

〔註301〕第一、二、四、五、六形見：陳建貢、徐敏，《簡牘帛書字典》，頁920：第三形見：二玄社，《漢曹全碑》，頁17。

〔註302〕前四形見：藝文印書館，《校正甲骨文編》，卷一二・一五，頁489：第五形見：李孝定，《甲骨文字集釋》，第十二，頁3773。

〔註303〕李孝定，《甲骨文字集釋》，第十二，頁3773。

〔註304〕李宗焜，《甲骨文字編》，中冊，頁905。

爲「詠也」；其後借爲地名，〔註305〕乃另造从欠、哥聲之「歌」字與从言、哥聲之「調」字。〔註306〕第五形从「口」，然作爲人名，故無法判定是否與从「口」者爲一字。

金文作「」、「」、「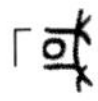」、「」、「」……等形，〔註307〕第一形从口、从戈；第二、三形於「口」下增一橫；第四形於「口」加點；第五形則加「邑」爲形符。竊以爲：金文「或」字當是从口、戈聲，本義爲「邦也」；至於「口」下增橫，「口」中加點，皆無義。若从邑、或聲者，則益明其爲「國也」。〔註308〕其後借爲或許字，乃另造从囗、或聲之「國」字。〔註309〕「或」與「國」本義皆爲「邦也」，故段玉裁謂「或、國在周時爲古今字」。〔註310〕

石鼓文作「」，〔註311〕从「口」而非从「囗」，與甲骨文同。

秦隸作「」、「」、「」……等形，〔註312〕

《說文解字》云：

，邦也，从口、从戈、又从一；一，地也。，或又从土。〔註313〕

〔註305〕《佩觿集》：「各何切，音歌，地名。」見：張玉書等撰、渡部溫訂正、嚴一萍校正，《校正康熙字典》，上冊，頁938「戓」字下引。

〔註306〕丁福保，《說文解字詁林》，第七冊，頁802。

〔註307〕第一形見：古文字詁林編纂委員會，《古文字詁林》，第九冊，頁957引《金文編》；第二至五形見：容庚，《金文編／金文續編》，《金文編》，第一二·二七，頁679。

〔註308〕《說文解字》：「邑，國也，从囗，先王之制尊卑有大小，从卪。」見：丁福保，《說文解字詁林》，第五冊，頁1228。

〔註309〕小徐本《說文解字》：「國，邦也，從囗、或聲」，見：丁福保，《說文解字詁林》，第五冊，頁1107。

〔註310〕丁福保，《說文解字詁林》，第十冊，頁317。按：西漢竹簡《老子》作「或中有四大」，見：北京大學出土文獻所，《北京大學藏西漢竹書墨迹選粹》，頁8；馬王堆帛書小篆本《老子》以及隸書本《老子》皆作「國中有四大」，見：河洛圖書出版社，《帛書老子》（臺北，1975），頁25、65。可知西漢時代「或」與「國」仍爲古今字。至於今本《老子》作「域中有四大」，蓋爲《說文解字》前後時代之產物。

〔註311〕二玄社，《周石鼓文》，頁35。

〔註312〕前兩形見：陳建貢、徐敏，《簡牘帛書字典》，頁343；第三形見：古文字詁林編纂委員會，《古文字詁林》，第九冊，頁957引《睡虎地秦簡文字編》。

〔註313〕丁福保，《說文解字詁林》，第十冊，頁316。

「或」字當是从囗、戈聲，乃「國」字之初文。「囗」下一橫蓋爲後來所增，無義。又「域」从土、或聲，本義當爲「疆界」，如《周禮・地官・大司徒》「周知九州之地域」是。〔註314〕

漢代隸書作「域」、「或」、「或」、「或」、「或」、「或」、「或」……等形。〔註315〕

按：漢隸「或」字，皆从囗或囗、从戈、又从一，源自金文、石鼓文和小篆。而前三形之「囗」作四方形，與秦隸前兩形同；第四、五形將「囗」上橫帶右折之筆畫縮短爲一斜畫，與秦隸第三形同；末兩形則再將此斜畫縮短而與左方筆畫分離。

二、「降」字

甲骨文作「降」、「降」、「降」、「降」、「降」、「降」、「降」、「降」、「降」……等形，〔註316〕皆从阜、夅聲。

金文作「降」、「降」、「降」、「降」、「降」……等形，〔註317〕皆从阜、夅聲，唯第四、五形之「夅」各爲同腳。

秦〈繹山刻石〉作「降」，〔註318〕从阜、夅聲。

秦隸作「降」、「降」、「降」……等形，〔註319〕皆从阜、夅聲，唯前兩形「阜」作三疊，第三形已省作二疊。

《說文解字》云：

降，下也，从阜、夅聲。〔註320〕

〔註314〕《周禮・地官・大司徒》：「以天下土地之圖，周知九州之地域，廣輪之數。」見：鄭玄注、賈公彥疏，《周禮注疏》，卷十，頁149。

〔註315〕第一形見：北京大學出土文獻所，《北京大學藏西漢竹書墨迹選粹》，頁8；第二形見：二玄社，《漢尹宙碑》，頁16；第三、四、七形見：陳建貢、徐敏，《簡牘帛書字典》，頁343；第五形見：二玄社，《漢石門頌》，頁82；第六形見：李靜，《隸書字典》，頁296引〈白石神君碑〉。

〔註316〕李宗焜，《甲骨文字編》，中冊，頁463～465。

〔註317〕容庚，《金文編／金文續編》，《金文編》，第一四・一四，頁763。

〔註318〕杜浩主編，《嶧山碑》，頁9。

〔註319〕古文字詁林編纂委員會，《古文字詁林》，第十冊，頁810引《睡虎地秦簡文字編》。

〔註320〕丁福保，《說文解字詁林》，第十一冊，頁474。

漢代隸書作「降」、「降」、「降」、「降」、「降」、「降」、「降」、「降」……等形。〔註321〕

按：漢隸「降」字，蓋皆从阜、夅聲，唯前兩形「阜」作三疊，其餘六形則作二疊，且「阜」右方與上橫相連之折曲筆畫各變爲斜畫；第八形「夅」中豎左右各增一短斜畫，遂使其下方訛若「木」。

三、「都」字

甲骨文缺。

金文作「都」、「都」、「都」、「都」、「都」……等形，〔註322〕蓋皆从邑、者聲，本義爲「民所聚」〔註323〕。

秦隸作「都」、「都」、「都」、「都」……等形，〔註324〕皆从邑、者聲，而「邑」之上下兩部分均分開書寫。

《說文解字》云：

都，有先君之舊宗廟曰都，从邑、者聲。《周禮》：距國五百里爲都。〔註325〕

漢代隸書作「都」、「都」、「都」、「都」、「都」、「都」、「都」、「都」、「都」……等形。〔註326〕

〔註321〕第一、三、四、八形見：陳建貢、徐敏，《簡牘帛書字典》，頁 874；第二形見：李靜，《隸書字典》，頁549引〈楊震碑〉；第五形見：浙江古籍出版社，《孔彪碑》，頁29；第六形見：二玄社，《漢西狹頌》，頁49；第七形見：李靜，《隸書字典》，頁549引〈郭有道碑〉。

〔註322〕前四形見：容庚，《金文編／金文續編》，《金文編》，第六·二三，頁 386；第五形見：古文字詁林編纂委員會，《古文字詁林》，第六冊，頁252引《金文編》。

〔註323〕《穀梁傳》：「民所聚曰都。」見：穀梁俶傳、范甯集解，楊士勛疏，《穀梁傳注疏》（臺北：藝文印書館，1976），《十三經注疏》，第七冊，卷八，頁85。

〔註324〕第一形見：陳建貢、徐敏，《簡牘帛書字典》，頁 834；其餘三形見：古文字詁林編纂委員會，《古文字詁林》，第六冊，頁255引《睡虎地秦簡文字編》。

〔註325〕丁福保，《說文解字詁林》，第五冊，頁1237。

〔註326〕第一形見：二玄社，《漢西狹頌》，頁7；第二至六形見：陳建貢、徐敏，《簡牘帛書字典》，頁834～835；第七形見：二玄社，《漢石門頌》，頁78；第八形見：二玄社，《漢曹全碑》，頁9；第九形見：二玄社，《漢西嶽華山廟碑》，頁38。

　　按：漢隸「都」字，前兩形右旁清楚从邑；第三形以下，則「邑」右側上下兩方折筆畫皆變爲斜畫，且左側上下之兩短豎連成一長畫。

第三節　五種增多筆畫的軌跡

　　根據實驗的結果：中國文字中，十二畫至十九畫之間的，較之三至七畫之間的容易學習；筆畫太少的文字不僅比較不易認識，也較不易記憶。〔註327〕古人或許沒有做過此項實驗，不過，他們顯然深諳這個道理；因此，對於筆畫過少的文字每每會增加其筆畫的數量。

　　適度地增加文字的筆畫，不但使得文字更容易學習，也可以增進字形的茂美；對於形體近似的兩個文字，增加其中一個的筆畫，還有助於彼此的區別。〔註328〕因此，增加文字的筆畫雖然書寫起來更爲費時，卻仍成爲中國文字演變的一條重要途徑。

　　林罕〈字源偏旁小說自序〉云：「隸書……有減篆者，有添篆者。」〔註329〕所謂「減篆」，即指隸書之減少筆畫，而「添篆」則是指隸書的增添筆畫。

　　漢代隸書「增多筆畫」之軌跡，大致有五種，包括：一、在橫畫之上或下添加橫畫，二、在豎畫之一旁或兩旁添加筆畫；三、在字中空曠處添加筆畫；四、分割與縱向筆畫相交的橫畫，以及五、分割與橫畫相交的縱向筆畫。分別舉例說明於下——

壹、在橫畫之上或下添加橫畫

一、「宰」字

〔註327〕蔡樂生發現：十二畫的字比三到六畫的字容易認識，也容易記憶。周學章發現：筆畫平均十二畫的字，比平均七畫的字容易認識，也容易記憶。劉廷芳發現：以十四到十九畫一組的字最爲容易學習。參見：《中國文字論集》，頁203。

〔註328〕黃文傑云：「文字形體繁化的原因，或爲了增加文字的區別度，或爲了突出表意或表音，或爲了形體豐滿美觀，或是音類化，或是因筆誤形訛。」見：黃文傑，《秦漢文字的整理與研究》，頁248。其中，「爲了增加文字的區別度」即本書所謂「有助於彼此的區別」；而「爲了形體豐滿美觀」即本書所謂「增進字形的茂美」。

〔註329〕丁福保，《說文解字詁林》，第一冊，頁513。

甲骨文作「▽」、「⟁」、「平」、「平」、「束」……等形，〔註330〕前兩形蓋象「鑿具」之形，當釋作「辛」，即「鐫」字與「鑱」字初文。〔註331〕第三、第四兩形各於橫畫之上加一橫畫；第五形則畫出鑿具所以插入地中之足。或謂「辛」象「刻鏤之曲刀，……引申而爲辠愆，引申而爲辛酸，引申而爲辛辣殘刻」。〔註332〕

金文作「辛」、「平」、「辛」、「平」、「平」、「平」、「平」、「束」……等形，〔註333〕前三形爲初期之象形文字，第四形將上方之肥筆改作空心；第五六形於上橫之上增一橫；第七形於第二組斜曲筆畫之下增一短橫，而爲小篆「辛」字所本；最末一形則下方作若「木」，源自甲骨文最末形。

秦隸作「辛」、「辛」、「辛」、「辛」、「辛」、「束」……等形，〔註334〕第一形字中兩組斜曲筆畫尚存篆意；第二至四形下方一組斜曲筆畫變爲一橫，而爲漢隸所本；第四、五形則兩組斜曲筆畫皆變爲橫畫；最末形下方作若「木」，源自甲骨文最末形與金文最末形。

《說文解字》云：

　　辛，辠也，从干、二，二，古文上字。……辛讀若愆，張林說。

〔註335〕

又云：

　　辛，秋時萬物成而孰，金剛味辛，辛痛即泣出，从一、从辛。

　　辛，辠也，辛承庚，象人股。〔註336〕

《說文解字》誤分「辛」與「辛」爲二字。

〔註330〕李宗焜，《甲骨文字編》，下冊，頁982～985。

〔註331〕詹鄞鑫說，見：古文字詁林編纂委員會，《古文字詁林》，第十冊，頁1030引〈釋辛及與辛有關的幾個字〉。

〔註332〕郭沫若說，見：李孝定，《甲骨文字集釋》，第十四，頁4280、4282引。

〔註333〕容庚，《金文編／金文續編》，《金文編》，第一四·二七，頁789～791。

〔註334〕第一形見：北京大學出土文獻所，《北京大學藏秦代簡牘書迹選粹》，頁54；第二、三、四形見：袁仲一、劉珏，《秦文字類編》，頁279～280；末二形見：古文字詁林編纂委員會，《古文字詁林》，第十冊，頁1019引《睡虎地秦簡文字編》。

〔註335〕丁福保，《說文解字詁林》，第三冊，頁758。

〔註336〕丁福保，《說文解字詁林》，第十一冊，頁661。

漢代隸書作「辛」、「辛」、「辛」、「辛」、「辛」、「辛」、「辛」、「辛」、「辛」、「東」……等形。〔註337〕

按：漢隸「辛」字，前兩形蓋將金文原本之肥筆豎畫省作細豎，而第一形既將中央之左右斜曲筆畫省作一橫，第二形且在第四橫之下增添一橫；第三形源自秦隸第四形；第四至九形源自秦隸第二、三形，而四至八形在最下橫之下增加一橫，第九形則在最下橫之下添加兩橫，皆所以增進字形茂美；至於最末一形中豎下方作左右兩小斜畫，則源自甲骨文第五形，而中段訛若「口」。

二、「拜」字

甲骨文缺。

金文作「拜」、「拜」、「拜」、「拜」、「拜」、「拜」、「拜」、「拜」、「拜」、「拜」、「拜」、「拜」、「拜」、「拜」……等形，〔註338〕前十二形，吳大澂謂「从手、从羍」，本義爲「以手折羍」，引申爲「拜手稽首」。〔註339〕；第十三形从手、从頁，蓋爲「首至手也」之正字；第十四形从頁、未聲，應係前形之後起形聲字。〔註340〕

秦隸作「拜」、「拜」、「拜」、「拜」、「拜」……等形。〔註341〕

《說文解字》云：

拜，首至手也，从手、桼。拜，古文拜从二手。�，揚雄說拜从兩手下。〔註342〕

〔註337〕前五形及末二形見：陳建貢、徐敏，《簡牘帛書字典》，頁 801～802；第六形見：二玄社，《漢刻石八種》，頁 39；第七形見：李靜，《隸書字典》，頁 520 引〈安陽歲在辛酉殘石〉；第八形見：二玄社，《漢曹全碑》，頁 41。

〔註338〕容庚，《金文編／金文續編》，《金文編》，第一二・六，頁 637～639。

〔註339〕吳大澂云：「从手、从羍，……詩甘棠『勿剪勿拜』。……大澂謂勿拜之拜當訓以手折羍。……『勿剪勿拜』爲拜字正義，拜手稽首爲拜字引申義。」見：古文字詁林編纂委員會，《古文字詁林》，第九冊，頁 610 引《字說》。

〔註340〕「拜」與「未」古音同在第十五部，見：丁福保，《說文解字詁林》，第十一冊，頁 1361 引段玉裁〈古十七部諧聲表〉。

〔註341〕前三形見：古文字詁林編纂委員會，《古文字詁林》，第九冊，頁 610 引《睡虎地秦簡文字編》；後兩形見：袁仲一、劉珏，《秦文字類編》，頁 82。

〔註342〕丁福保，《說文解字詁林》，第九冊，頁 1140。

漢代隸書作「𥫱」、「拜」、「拜」、「拜」、「𥫱」、「拜」、「拜」、「拜」
……等形。〔註343〕

按：漢隸「拜」字，蓋皆源自《說文解字》中之「古文」，而左右之各組斜曲筆畫皆省作一橫；若第四、五形左方之「手」則作若「扌」，而第五形且在右半部第四橫之下增添一橫。

三、「粟」字

甲骨文作「𥝢」、「𥝢」、「𥝢」、「𥝢」、「𥝢」、「𥝢」、「𥝢」、「𥝢」……等形，〔註344〕從禾而畫穗粒累累之形，本義為「嘉穀實也」。

金文缺。

秦隸作「𥡥」、「𥡥」、「粟」……等形，〔註345〕下「米」上「西」。

《說文解字》云：

　　　𥡥，嘉穀實也，從卤、從米。孔子曰：「粟之為言續也。」𥡥，

籀文粟。〔註346〕

按：「粟」字不從「卤」。馬敘倫云：

　　　粟當從米、西聲。西……形與卤近，故訛為卤。……西粟音同

　心紐，是其確證。〔註347〕

漢代隸書作「粟」、「粟」、「粟」、「粟」、「粟」、「粟」、「粟」、「粟」……

等形。〔註348〕

〔註343〕前五形見：陳建貢、徐敏，《簡牘帛書字典》，頁353～354；第六形見：二玄社，
　　　　《漢魯峻碑》，頁33；第七形見：中國書店，《朝侯小子碑》，頁8；第八形見：二
　　　　玄社，《漢張遷碑》，頁24。

〔註344〕古文字詁林編纂委員會，《古文字詁林》，第六冊，頁558引《甲骨文編》、《續甲
　　　　骨文編》。

〔註345〕第一形見：陳建貢、徐敏，《簡牘帛書字典》，頁626；第二、三形見：袁仲一、
　　　　劉珏，《秦文字類編》，頁281。

〔註346〕丁福保，《說文解字詁林》，第六冊，頁308。

〔註347〕古文字詁林編纂委員會，《古文字詁林》，第六冊，頁559引《說文解字六書疏證》
　　　　卷十三。

〔註348〕前五形見：陳建貢、徐敏，《簡牘帛書字典》，頁626～627；第六形見：二玄社，

　　按：漢隸「粟」字，前三形从禾、西聲；其餘五形从米、西聲。而最末形於「西」第一橫畫之上添加一點一橫。

貳、在豎畫之一旁或兩旁添加筆畫

一、「土」字

　　甲骨文作「Ω」、「Ω」、「Ω」、「Ω」、「Δ」、「⊥」……等形，〔註349〕竊以爲：倚一（象製陶轉盤之形）而畫已揉練之陶土團；第一形之陶土團刻畫其外廓，其餘三形則並加水滴於土團之上。「垚」字从三土，蓋爲窯中土器堆疊之象。

　　金文作「⊥」、「♠」、「⊥」、「土」、「土」……等形，〔註350〕與甲骨文第一形構造相同；唯土團先作實心，且幾經演變，最後成爲一豎一短橫。

　　秦代〈嶧山刻石〉作「土」，〔註351〕

　　秦隸作「土」、「士」、「土」、「土」、「土」……等形。〔註352〕

　　《說文解字》云：

> 土，地之土生物者也，二象地之下、地之中，丨，物出形也。

〔註353〕

小篆「土」字陶土團演化爲若「十」之形，已不易辨識其所象之物形。

　　漢代隸書作「土」、「士」、「土」、「圡」、「士」、「圡」、「士」……等形。〔註354〕

《漢西狹頌》，頁 25：第七形見：二玄社，《漢封龍山頌／張壽殘碑》，頁 28：第八形見：二玄社，《漢曹全碑》，頁 26。

〔註349〕前四形見：李宗焜，《甲骨文字編》，中冊，頁 439〜440：末二形見：古文字詁林編纂委員會，《古文字詁林》，第十冊，頁 181 引《甲骨文編》。

〔註350〕前三形見：容庚，《金文編／金文續編》，《金文編》，第一三‧一〇，頁 720：末二形見：古文字詁林編纂委員會，《古文字詁林》，第十冊，頁 182 引《金文編》。

〔註351〕杜浩主編，《嶧山碑》，頁 13。

〔註352〕第一形見：陳建貢、徐敏，《簡牘帛書字典》，頁 173：第二、三形見：袁仲一、劉玨，《秦文字類編》，頁 433：末二形見：古文字詁林編纂委員會，《古文字詁林》，第十冊，頁 183 引《睡虎地秦簡文字編》。

〔註353〕丁福保，《說文解字詁林》，十冊，頁 1086。

〔註354〕第一、二、四形見：陳建貢、徐敏，《簡牘帛書字典》，頁 173：第三形見：二玄

　　按：漢隸「土」字，前三形作兩橫一豎，與金文末形、秦隸與《說文解字》小篆同；其餘諸形則於上下橫間之空處添加一點，以利於與「士」字區別。

二、「士」字

　　甲骨文作「⊥」〔註355〕或「士」，〔註356〕第一形郭沫若謂「爲牡器之象形」，〔註357〕第二形加一橫畫，以增進字形的茂美。本義爲雄性生殖器，引申爲「男士」、「士大夫」之義。後人乃借「勢」字作爲雄性生殖器的意思，故「去勢」本當作「去士」；而「壯」、「壻」以「士」爲形符，其取義皆與雄性或男人有關。第二形則於上方加一橫。

　　金文作「士」、「士」、「土」、「士」……等形，〔註358〕前兩形下方皆作肥筆；第三形則上橫短、下橫長，與小篆之「土」字相若；第四形則上橫長、下橫短，與甲骨文第二形同——上橫較長或下橫較長，固無關乎字義。

　　秦隸作「士」、「士」、「士」、「士」……等形。〔註359〕

　　《說文解字》云：

　　　　士，事也，數始於一，終於十，从一、十。孔子曰：「推十合

　　一爲士。」〔註360〕

全爲附會之辭，引「孔子曰」云云，尤其不經。

　　漢代隸書作「土」、「士」、「士」、「士」、「圭」、「士」……等形。〔註361〕

　　　　社，《漢孟琁殘碑／張景造土牛碑》，頁28；第五形見：二玄社，《漢西狹頌》，頁42；第六形見：二玄社，《漢史晨前後碑》，頁21；第七形見：歷史博物館，《漢熹平石經》，頁8。

〔註355〕李孝定，《甲骨文字集釋》，第一，頁159。

〔註356〕古文字詁林編纂委員會，《古文字詁林》，第一冊，頁312。

〔註357〕古文字詁林編纂委員會，《古文字詁林》，第一冊，頁313引《甲骨文字研究》。

〔註358〕容庚，《金文編／金文續編》，《金文編》，第一・一二，頁55。

〔註359〕前兩形見：陳建貢、徐敏，《簡牘帛書字典》，頁187；第三、四形見：北京大學出土文獻研究所，《北京大學藏秦代簡牘書迹選粹》，頁2。

〔註360〕丁福保，《說文解字詁林》，第二冊，頁417。

〔註361〕前三形見：陳建貢、徐敏，《簡牘帛書字典》，頁187；第四形見：伏見冲敬，《書法大字典》，頁453引〈熹平石經〉；第五形見：上海書畫出版社，《鮮于璜碑》，

按：漢隸「士」字，前兩形本於金文；後兩形則是在豎畫兩旁各加一斜畫，以利於和「土」字分別。〔註362〕

三、「玉」字

甲骨文作「丰」、「羊」、「丯」、「王」……等形，〔註363〕「象貫玉之形」；〔註364〕其玉，或三，或四，或五不等；其貫則或露其兩端或否。竊以爲：「玉」字本義當爲「上幣」。〔註365〕「玉」字既「象貫玉之形」，則玉最初蓋作爲貨幣使用，〔註366〕而後用爲禮器，〔註367〕最後才當作佩飾。〔註368〕

金文作「王」，〔註369〕爲小篆所承襲。

秦隸作「王」或「王」，〔註370〕第一形與金文同；第二形則於上兩橫間之

頁 20：第六形見：二玄社，《漢魯峻碑》，頁 19。

〔註362〕漢代隸書碑刻中，〈武氏祠畫像題字〉和〈史晨碑〉「土」字作「圡」，「士」字則作「土」；〈鮮于璜碑〉「土」字作「圡」，「士」字則作「圭」；〈曹全碑〉「土」字作「土」，「士」字則作「士」。在同一碑中，「土」和「士」兩字分明有別：至於〈張景作土牛碑〉「土」字作「土」，則與〈武氏祠畫像題字〉或〈史晨碑〉「士」字之作「土」混同。〈鮮于璜碑〉「士」字作「圭」、〈魯峻碑〉作「士」，固可與「土」字之作「土」或「圡」分別清楚。惟「在」字〈鮮于璜碑〉作「𡉫」，〈夏承碑〉作「𡉫」，其下所从之「土」則又與〈鮮于璜碑〉及〈魯峻碑〉之「士」字無異。

〔註363〕李宗焜，《甲骨文字編》，下冊，頁 928。

〔註364〕古文字詁林編纂委員會，《古文字詁林》，第一冊，頁 237 引《甲骨文編》。

〔註365〕《管子・國蓄篇》：「以珠玉爲上幣，黃金爲中幣，刀布爲下幣。」見：安井衡纂詁，《管子纂詁》，卷二十二，頁 14。

〔註366〕戴家祥云：「从人類社會發展看，玉當首先運用於經濟領域，作爲貨幣流通手段。」見：古文字詁林編纂委員會，《古文字詁林》，第一冊，頁 243 引《金文大字典中》。

〔註367〕《論語・陽貨》：「禮云禮云，玉帛云乎哉！」見：何晏注、邢昺疏，《論語正義》，卷十七，頁 156。

〔註368〕《禮記・曲禮・下》：「君子無故，玉不去身。」正義：「玉謂佩也。」見：鄭玄注、孔穎達疏，《禮記正義》，卷四，頁 77。

〔註369〕容庚，《金文編／金文續編》，《金文編》，第一・一〇，頁 52。

〔註370〕第一形見：陳建貢、徐敏，《簡牘帛書字典》，頁 540；第二形見：袁仲一、劉珏，《秦文字類編》，頁 493。

左側加一短斜畫，蓋所以與「王」字容易區別。

《說文解字》云：

　　　　玉，石之美有五德，潤澤以溫，仁之方也；觀理自外可以知中，

　　義之方也；其聲舒揚，專以遠聞，智之方也；不撓而折，勇之方也；

　　銳廉而不忮，絜之方也。象三玉之連，丨，其貫也。〔註371〕

漢代隸書作「玉」、「玉」、「玉」、「玉」、「玉」、「玉」……等形。〔註372〕

　　按：漢隸「玉」字，第一形作三橫一豎；第二形以下則皆加點一別於「王」。
而所增添之點，或置於第二橫之右上方，或置於第三橫之右上方。

參、在字中空曠處添加筆畫

一、「克」字

甲骨文作「克」、「克」、「克」、「克」、「克」、「克」、「克」、「克」、「克」、
「克」、「克」、「克」、「克」、「克」……等形，〔註373〕或曰：前六形「从人、
古聲」；第七、八形「从人、口聲」；〔註374〕唯「古」或「口」下之部件，與
甲骨文或金文之「人」實不相同。至於其餘六形，當如商承祚所云「象人戴
冑持兵」，〔註375〕本義為「殺也」；其後為便於書寫，乃另造从刀、克聲之「剋」
字。〔註376〕

金文作「克」、「克」、「克」、「克」、「克」、「克」、「克」、「克」、「克」，
〔註377〕其構造與甲骨文前六形同，唯「口」上或作肥筆，或作若「十」，或

〔註371〕丁福保，《說文解字詁林》，第二冊，頁227。

〔註372〕前兩形及第四、五形見：陳建貢、徐敏，《簡牘帛書字典》，頁540；第三形見：二
　　　　玄社，《漢石門頌》，頁84；第六形見：二玄社，《漢封龍山頌／張壽殘碑》，頁29。

〔註373〕前八形見：李宗焜，《甲骨文字編》，上冊，頁249～250；末六形見：古文字詁林
　　　　編纂委員會，《古文字詁林》，第六冊，頁586引《甲骨文編》。

〔註374〕馬敘倫說，見：古文字詁林編纂委員會，《古文字詁林》，第六冊，頁589引《說
　　　　文解字六書疏證》卷十三。

〔註375〕古文字詁林編纂委員會，《古文字詁林》，第六冊，頁589引《說文中之古文考》。

〔註376〕《廣韻》：「剋，殺也。」見：陳彭年等重修、余迺永校正，《互註校正宋本廣韻》，
　　　　卷五，頁529。

〔註377〕容庚，《金文編／金文續編》，《金文編》，第七·一八，頁395。

省作一豎。

秦隸缺。

《說文解字》云：

〔克〕，肩也，象屋下刻木之形。凡克之屬皆从克。〔克〕，古文克。

〔㐆〕，亦古文克。〔註378〕

漢代隸書作「克」、「克」、「克」、「克」、「克」、「克」、「克」「克」

……等形。〔註379〕

按：漢隸「克」字，前四形蓋源自金文第三形；第五至七形於右下方空處添加一點；至於最末形則从刀、克聲。

二、「亞」字

甲骨文作「亞」、「亞」、「亞」、「亞」、「亞」……等形，〔註380〕何金松謂「應該是房屋的象形。……是整套住宅的平面圖或俯視圖的象形」。〔註381〕竊以為：「亞」字本義應為「小障也」，其後借為亞次字，乃另造从阜、烏聲之「隝」字，〔註382〕或从土、亞聲之「堊」字。〔註383〕

金文作「亞」、「亞」、「亞」、「亞」、「亞」、「亞」……等形。〔註384〕

〔註378〕丁福保，《說文解字詁林》，第六冊，頁348。

〔註379〕前兩形及末兩形見：陳建貢、徐敏，《簡牘帛書字典》，頁71；第三形見：李靜，《隸書字典》，頁64引〈校官潘乾碑〉；第四形見：二玄社，《漢史晨前後碑》，頁54；第五形見：二玄社，《漢韓仁銘／夏承碑》，頁43；第六形見：二玄社，《漢尹宙碑》，頁22。

〔註380〕李宗焜，《甲骨文字編》，下冊，頁1144～1145。

〔註381〕何氏並引傅熹年〈陝西岐山鳳雛西周建築遺址初探〉云：「這座建築的整體佈置是以堂為中心，前建門塾，後建室、房，左右有廡，用房屋圍成方整的外輪廓，內部形成兩進的庭院；堂室門廡各建築相對獨立，用廊連接。」以證其說。見：古文字詁林編纂委員會，《古文字詁林》，第十冊，頁872～874。

〔註382〕《說文解字》：「隝，小障也，一曰庳城也，从阜、烏聲。」見：丁福保，《說文解字詁林》，第十一冊，頁535。

〔註383〕《康熙字典》：「塢，本作隝，別作隖、堊。」見：張玉書等撰、渡部溫訂正、嚴一萍校正，《校正康熙字典》，上冊，頁546。

〔註384〕容庚，《金文編／金文續編》，《金文編》，第一四・一六，頁767。

石鼓文作「亞」，〔註385〕字中加一短橫。

秦隸缺。

《說文解字》云：

　　亞，醜也，象人局背之形。賈侍中説，以爲次弟也。凡亞之屬

　皆从亞。〔註386〕

漢代隸書作「亞」、「亞」、「亞」、「亞」……等形。〔註387〕

按：漢隸「亞」字，第一形源自《說文解字》小篆；第二形於第一橫之上增一短橫；末兩形則於字中空處添加短橫。

三、「麥」字

甲骨文作「麥」、「麥」、「麥」、「麥」、「麥」、「麥」、「麥」……等形，〔註388〕前六形「从來、夂聲」；〔註389〕第七形則从禾、夂聲。

金文作「麥」、「來」、「利」，〔註390〕前兩形「从來、夂聲」；第三形則李孝定疑其非「麥」字。〔註391〕

秦隸作「麥」、「麥」、「麥」……等形。〔註392〕

《說文解字》云：

　　麥，芒穀，秋種厚薶，故謂之麥。麥，金也，金王而生，火王

　而死；从來，有穗者也，从夂。凡麥之屬皆从麥。〔註393〕

〔註385〕二玄社，《周石鼓文》，頁26。

〔註386〕丁福保，《說文解字詁林》，第十一冊，頁560。

〔註387〕前三形見：陳建貢、徐敏，《簡牘帛書字典》，頁30；第四形見：二玄社，《漢尹宙碑》，頁22。

〔註388〕李宗焜，《甲骨文字編》，中冊，頁532。

〔註389〕馬敍倫說，見：古文字詁林編纂委員會，《古文字詁林》，第五冊，頁631引《說文解字六書疏證》卷十。或謂夂象麥根，「麥根奇長，鬚根可達丈餘」，見：《古文字詁林》，第五冊，頁632引張哲，〈釋來麥耋〉。

〔註390〕容庚，《金文編／金文續編》，《金文編》，第五·三七，頁337。

〔註391〕李孝定，《金文詁林讀俊記》，卷五，頁219。

〔註392〕前兩形見：袁仲一、劉玨，《秦文字類編》，頁109；第三形見：陳建貢、徐敏，《簡牘帛書字典》，頁942。

〔註393〕丁福保，《說文解字詁林》，第五冊，頁305。

　　漢代隸書作「麥」、「麦」、「麦」、「麥」、「麥」、「麦」……等形。〔註394〕
按：漢隸「麥」字，第一形从來、夊聲；第二形以下「來」中段之左右兩斜畫連
作一橫；而第三、四形於右下空處加一斜畫；最末形則於右下空處添加兩點。

肆、分割與縱向筆畫相交的橫畫

一、「中」字

　　甲骨文作「㫃」、「㫃」、「㫃」、「㫃」、「㫃」、「㫃」、「中」、「中」、「中」、
「中」、「中」……等形，〔註395〕前七形象旗之長杆，中有斗，上下飄斿之形。
〔註396〕唐蘭謂「中者最初爲氏族社會之徽幟」，其說可從。至於作爲「中央」
之義，恐係假借的用法，而非如唐氏所謂「其所立之地恆爲中央，遂引申爲
中央之義」。〔註397〕第八、九形則省去表旗斿之筆畫；甲骨文中作爲伯仲字；
末兩形則與「史」字上段同，王國維謂爲「盛箅之器也。……蓋亦用以盛簡」。
〔註398〕「中」既爲盛簡之器，故引申爲典章，《老子》「不如守中」，即《詩經》
所謂「率由舊章」之意。〔註399〕

〔註394〕前兩形及第五形見：陳建貢、徐敏，《簡牘帛書字典》，頁 942；第三形見：二玄
　　　　社，《漢史晨碑》，頁 60；第四形見：二玄社，《漢西狹頌》，頁 25；第六形見：馬
　　　　建華，《河西簡牘》，頁 54。

〔註395〕前七形見：李宗焜，《甲骨文字編》，下冊，頁 1164～1166；第八、九形見：同書，
　　　　下冊，頁 1164；末兩形見：同書，下冊，頁 1171。

〔註396〕戴家祥：「象斿桿之同長處，設一圓環，爲射者之墩的，即所謂正鵠也。」見：古
　　　　文字詁林編纂委員會，《古文字詁林》，第一冊，頁 328～329 引《金文大字典》中，
　　　　恐非。

〔註397〕古文字詁林編纂委員會，《古文字詁林》，第一冊，頁 328～329 引《殷虛文字記》。

〔註398〕王國維〈釋史〉，《觀堂集林》（北京：中華書局，1991），第一冊，卷六，頁 264、
　　　　266。

〔註399〕《老子》第五章：「多言數窮，不如守中。」或謂「『中』是『冲虛』，如同『橐籥』
　　　　一般」，見：王邦雄，《老子道德經的現代解讀》（臺北：遠流出版公司，2011），
　　　　頁 37。竊以爲：《老子》之意當係告誡主政者恪遵既有之典章，而勿再多言。《詩·
　　　　大雅·假樂》：「不愆不忘，率由舊章。」箋：「率，循也；……循由舊典之文章，
　　　　謂周公之禮法。」見：毛亨傳、鄭玄箋、孔穎達疏，《毛詩正義》（臺北，藝文印
　　　　書館，1976），《十三經注疏》第二冊，卷十七，頁 615。

金文作「𤱿」、「𤱿」、「𤱿」、「𤱿」、「𤱿」、「𤱿」、「𤱿」、「𤱿」、「𤱿」、「𤱿」、「𤱿」、「𤱿」、「𤱿」、「中」、「中」……等形，〔註400〕前十形象旗之長杆，中有斗，上下飄斿之形，唯第七形之斿作上右下左，爲《說文解字》籀文所本；第十一至十三形省去表旗斗之筆畫；末兩形則省去表旗斿之筆畫。

侯馬盟書作「𤱿」、「𤱿」、「中」……等形。〔註401〕

秦隸作「中」、「中」、「中」、「中」……等形。〔註402〕

《說文解字》云：

中，和也，从口、｜，上下通也。𤱿，古文中；𤱿，籀文中。

〔註403〕

其字形既已訛變，說解亦不當。

漢代隸書作「𤱿」、「中」、「中」、「中」、「中」、「中」、「中」……等形。〔註404〕

按：漢隸「中」字，第一形爲正寫字，而將上下飄動的旗斿變爲四小橫；第二形與甲骨文末兩形及小篆同；第三至六形源自金文末兩形，唯第六形左短豎帶右折之首畫縮短作一橫；第七形則與第二形同源，只是將下方的橫畫分爲兩段而已。

二、「史」字

甲骨文作「𤱿」、「𤱿」、「𤱿」、「𤱿」、「𤱿」、「𤱿」、「𤱿」、「𤱿」……等形。〔註405〕王國維云：

〔註400〕容庚，《金文編／金文續編》，《金文編》，第一・一二，頁55～57。

〔註401〕陳建貢、徐敏，《簡牘帛書字典》，頁12。

〔註402〕第一形見：陳建貢、徐敏，《簡牘帛書字典》，頁12；第二、三、四形見：袁仲一、劉珏，《秦文字類編》，頁132。

〔註403〕丁福保，《說文解字詁林》，第二冊，頁443。

〔註404〕第一形見：二玄社，《漢韓仁銘／夏承碑》，頁64；第二形見：二玄社，《漢曹全碑》，頁15；第三形見：二玄社，《漢魯峻碑》，頁34；第四至六形見：陳建貢、徐敏，《簡牘帛書字典》，頁12；第七形見：二玄社，《漢禮器碑》，頁9。

〔註405〕前四形見：李宗焜，《甲骨文字編》，下冊，頁1166～1171；末四形見：古文字詁林編纂委員會，《古文字詁林》，第三冊，頁463引《續甲骨文編》。

中者，盛算之器也。……亦用以盛簡。……然則史字从右持中，

義爲持書之人。……史之本義爲持書之人，引申爲大官及庶觀之稱，

又引申爲職事之稱。其後三者各需專字，於是史、吏、事三字於小

篆中截然有別：持書者謂之「史」，治人者謂之「吏」，職事謂之「事」。

此蓋出於秦漢之際，而詩書之文尚不甚分別。〔註406〕

金文作「𠁾」、「𠁾」、「𠁾」、「𠁾」、「𠁾」、「𠁾」、「𠁾」、「𠁾」、「𠁾」、「𠁾」

……等形，〔註407〕亦皆从又持中；唯第六形「中」訛若「古」；第七形「中」

訛若「屮」；第八、九形爲左書；最末形則爲小篆「吏」字所本。

秦隸作「史」、「史」、「史」、「史」……等形，〔註408〕皆从又持中；唯最

末形缺上左短豎，而訛若「夬」。

《說文解字》云：

　　𠁾，記事者也，从又持中；中，正也。〔註409〕

「史」所持之「中」當爲盛簡之器。

漢代隸書作「史」、「史」、「史」、「史」、「史」、「文」……等形。

〔註410〕

按：漢隸「史」字，第一形猶近於篆；第二、三形上段作扁方形；第四、

五形扁方形之下橫分作兩小橫；最末形則將此扁方形草化作左右兩帶挑筆畫，

再將左右兩帶挑筆畫連作一橫，遂使此形與「丈」字疑似。

三、「索」字

甲骨文作「𤕨」、「𤕨」、「𤕨」……等形，〔註411〕前兩形从廾、从幺；第

〔註406〕王國維〈釋史〉，《觀堂集林》，第一冊，卷六，頁 264～270。

〔註407〕容庚，《金文編／金文續編》，《金文編》，第三·二六，頁 184～187。

〔註408〕第一形見：陳建貢、徐敏，《簡牘帛書字典》，頁 141；第二、三、四形見：袁仲
一、劉玨，《秦文字類編》，頁 71。

〔註409〕丁福保，《說文解字詁林》，第三冊，頁 1063。

〔註410〕第一、二、六形見：陳建貢、徐敏，《簡牘帛書字典》，頁 141；第三形見：二玄
社，《漢曹全碑》，頁 8；第四形見：二玄社，《漢乙瑛碑》，頁 32；第五形見：二
玄社，《漢史晨前後碑》，頁 5。

〔註411〕李宗焜，《甲骨文字編》，下冊，頁 1255。

三形从丌、从糸。林義光謂「象兩手繀索形」，是也。本義爲「搓繩」。《詩・豳風・七月》云：

　　　　　晝爾于茅，宵爾索綯。〔註412〕

「上句言白天取茅，下句言晚間用之搓繩」。〔註413〕

　　金文作「圙」，〔註414〕加宀於搓繩字上，蓋爲搜索本字。〔註415〕

　　秦隸作「索」、「索」、「索」……等形，〔註416〕皆从丌、从糸，上段若「屮」者，實爲線頭。

　　《說文解字》云：

　　　　　索，艸有莖葉可作繩索，从米、糸。杜林說：米亦朱市字。〔註417〕

　　漢代隸書作「索」、「索」、「索」、「索」、「索」、「索」、「索」、「索」……等形。〔註418〕

　　按：漢隸「索」字，皆从丌、从糸。唯上段線頭逐漸演化作若「十」，兩旁之左右手漸演化作若「冖」。至於最末形則將「十」之橫畫分作兩小畫。

伍、分割與橫畫相交的縱向筆畫

一、「夷」字

　　甲骨文作「夷」，〔註419〕「乃一矢形，象有繳韋之屬縛束之也」，〔註420〕本義

〔註412〕毛亨傳、鄭玄箋、孔穎達疏，《毛詩正義》，卷八之一，頁285。

〔註413〕古文字詁林編纂委員會，《古文字詁林》，第六冊，頁84引郭克煜，〈索氏器的發現及其重要義義〉。

〔註414〕容庚，《金文編／金文續編》，《金文編》，第七・三一，頁454。

〔註415〕「搜」之初文爲「叟」，从宀、从又持火。亦以「宀」爲形符之一。見：古文字詁林編纂委員會，《古文字詁林》，第三冊，頁392引《甲骨文編》。

〔註416〕前兩形見：陳建貢、徐敏，《簡牘帛書字典》，頁632；第三形見：袁仲一、劉珏，《秦文字類編》，頁256。

〔註417〕丁福保，《說文解字詁林》，第五冊，頁1025。

〔註418〕前六形見：陳建貢、徐敏，《簡牘帛書字典》，頁632；第七形見：北京大學出土文獻所，《北京大學藏西漢竹書墨迹選粹》，頁33；第八形見：李靜，《隸書字典》，頁452引〈千金人碑〉。

〔註419〕李宗焜，《甲骨文字編》，下冊，頁1366。

〔註420〕吳其昌說，見：古文字詁林編纂委員會，《古文字詁林》，第八冊，頁796引《金

爲「繳射飛鳥也」；其後借爲夷狄字，乃另造从隹、弋聲之「雉」字。〔註421〕

　　金文作「𢓊」、「夷」、「夷」……等形，〔註422〕第一形當釋爲「尸」，「象人曲躬蹲居形」，〔註423〕以其音近於「夷」字，「後世遂以夷爲尸矣」，〔註424〕例如：「原壤夷俟」，〔註425〕即謂原壤蹲踞以等候孔子。第二、三形則象結繳於矢之形，即「雉」字初文。

　　秦隸作「夷」、「夷」、「夷」、「夷」……等形，〔註426〕皆象結繳於矢之形。

　　《說文解字》云：

　　　　　　夷，平也，从大、从弓；東方之人也。〔註427〕

「从大、从弓」無所取義，當爲「結繳於矢」之誤。

　　漢代隸書作「夷」、「夷」、「夷」、「夷」、「夷」、「夷」……等形。〔註428〕

　　按：漢隸「夷」字，皆象結繳於矢之形；而最末形則將與下橫相交之中央縱向斜畫分割作一短豎及一小撇。

　　　　文名象疏證》。

〔註421〕馬敘倫：「夷爲雉之初文。」見：古文字詁林編纂委員會，《古文字詁林》，第八冊，頁797引《讀金器刻詞》卷上。按：《說文解字》：「雉，繳射飛鳥也。」見：丁福保，《說文解字詁林》，第四冊，頁278。

〔註422〕容庚，《金文編／金文續編》，《金文編》，第一〇‧九，頁583。

〔註423〕吳大澂說，見：古文字詁林編纂委員會，《古文字詁林》，第八冊，頁795引《字說》。

〔註424〕李孝定，《金文詁林讀後記》，卷十，頁370。

〔註425〕《論語‧憲問》：「原壤夷俟。」注：「夷，踞；俟，待。」見：何晏注、邢昺疏，《論語正義》，卷十四，頁131。

〔註426〕第一形見：陳建貢、徐敏，《簡牘帛書字典》，頁199；第二形見：袁仲一、劉玨，《秦文字類編》，頁37；第三、四形見：古文字詁林編纂委員會，《古文字詁林》，第八冊，頁794引《睡虎地秦簡文字編》。

〔註427〕丁福保，《說文解字詁林》，第八冊，頁940。

〔註428〕前三形見：陳建貢、徐敏，《簡牘帛書字典》，頁199；第四形見：二玄社，《漢曹全碑》，頁14；第五形見：二玄社，《漢石門頌》，頁22；第六形見：上海書畫出版社，《衡方碑》，頁5。

二、「侯」字

甲骨文作「」、「」、「」、「」、「」、「」、「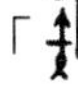」、「」、「」……等形，〔註 429〕竊以為：甲骨文「侯」字倚矢而畫射侯，當釋「矦」，本義即「射布」。〔註 430〕

金文作「」、「」、「」、「」、「」、「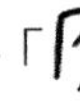」、「」、「」、「」、「」、「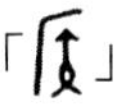」、「」、「」、「」、「」、「」……等形，〔註 431〕皆倚矢而畫射侯，與甲骨文同。

秦權量銘作「」、「」、「」……等形，〔註 432〕从人、矦聲，本義為「斥候」，引申為諸侯義。〔註 433〕

秦隸作「」，〔註 434〕从人、矦聲。

《說文解字》云：

> ，春饗所射侯也，从人、从厂象張布、矢在其下。天子射熊、虎、豹，服猛也；諸侯射熊、豕、虎，大夫射麋，麋，惑也；士射鹿、豕，為田除害也。其祝曰：「毋若不寧侯，不朝于王所，故伉而射汝也。」，古文侯。〔註 435〕

《說文解字》「侯」字小篆為諸侯字，若「古文」則為射矦字。

漢代隸書作「」、「」、「」、「」、「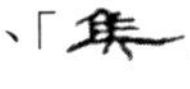」、「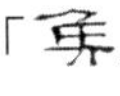」、「」、「」、「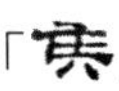」……等形。〔註 436〕

〔註 429〕古文字詁林編纂委員會，《古文字詁林》，第五冊，頁 479 引《甲骨文編》。

〔註 430〕《康熙字典》：「侯，射布也。」見：張玉書等撰、渡部溫訂正、嚴一萍校正，《校正康熙字典》，上冊，頁 247。

〔註 431〕前十一形見：容庚，《金文編／金文續編》，《金文編》，第五‧二，頁 326～328；末五形見：古文字詁林編纂委員會，《古文字詁林》，第五冊，頁 480《金文編》。

〔註 432〕二玄社，《秦權量銘》，頁 11、19、45。

〔註 433〕《書‧禹貢》：「五百里侯服。」傳：「侯，候也；斥候而服事。」見：孔安國傳、孔穎達等疏，《尚書正義》，卷六，頁 92。

〔註 434〕陳建貢、徐敏，《簡牘帛書字典》，頁 54。

〔註 435〕丁福保，《說文解字詁林》，第五冊，頁 204。

〔註 436〕前三形見：陳建貢、徐敏，《簡牘帛書字典》，頁 54；第四形見：二玄社，《漢禮器碑》，頁 73；第五形見：二玄社，《漢乙瑛碑》，頁 7；第六形見：二玄社，《漢

按：漢隸「侯」字，皆从人、厌聲。第三形以下，象「矢鏑」之左右兩斜畫連成一橫；末三形則以下橫爲界，將中央縱向斜畫分作一短豎及一小撇。

三、「奪」字

甲骨文缺。

金文作「⿱」、「⿱」、「⿱」……等形，﹝註437﹞竊以爲：从又、从雀、从衣，蓋取鳥而納諸懷中，本義爲「彊取也」；後世爲方便書寫，乃另造从攴、兌聲之「敓」字。﹝註438﹞

秦隸作「⿱」、「⿱」、「⿱」、「⿱」……等形，﹝註439﹞前三形从寸、从雀、从衣，其中第三形之「衣」失其下段；最末形則从寸、从佳、从衣，而「衣」失其下段。

《說文解字》云：

⿱，手持佳失之也，从又、奞。﹝註440﹞

當是从又、从雀、从衣，而「衣」失其下段。

漢代隸書作「⿱」、「⿱」、「⿱」、「⿱」、「⿱」……等形。﹝註441﹞

按：漢隸「奪」字，从寸、从雀、从衣，而「衣」失其下段，蓋源自秦隸

刻石八種》，頁 33；第七形見：李靜，《隸書字典》，頁 42 引〈校官潘碑〉；第八形見：二玄社，《漢西嶽華山廟碑》，頁 15；第九形見：二玄社，《漢西嶽華山廟碑武氏祠畫像題字》，頁 106 引〈熹平石經〉。

﹝註437﹞前兩形見：容庚，《金文編／金文續編》，《金文編》，第四・一一，頁 236；第三形見：古文字詁林編纂委員會，《古文字詁林》，第四冊，頁 130 引《金文編》。

﹝註438﹞《說文解字》：「敓，彊取也，《周書》曰：『敓攘矯虔。』从攴、兌聲。」見：丁福保，《說文解字詁林》，第三冊，頁 1226。

﹝註439﹞第一形見：陳建貢、徐敏，《簡牘帛書字典》，頁 199；第二形見：袁仲一、劉玨，《秦文字類編》，頁 39；第三形見：北京大學出土文獻所，《北京大學藏秦代簡牘書迹選粹》，頁 10；第四形見：古文字詁林編纂委員會，《古文字詁林》，第四冊，頁 130 引《睡虎地秦簡文字編》。

﹝註440﹞丁福保，《說文解字詁林》，第四冊，頁 285。

﹝註441﹞第一形見：北京大學出土文獻所，《北京大學藏西漢竹書墨迹選粹》，頁 4；第二至四形見：陳建貢、徐敏，《簡牘帛書字典》，頁 199；第五形見：二玄社，《漢北海相景君碑》，頁 26。

第三形；而前兩形上方訛作「大」，其餘三形上方訛作「亦」。其中第四形將「亦」上方代表手臂之兩斜畫連作一橫，橫畫之下搭黏四小豎；最末形則將四小豎縮短並減爲三小點，而與上橫分離。

第四節　五種延長筆畫的軌跡

延長筆畫主要是爲了增進字形的茂美；有時則是書寫過程中原本是虛運的「帶筆」。被有意無意地發展成爲實畫。例如：「木」字，漢隸作「木」，而楷筆或作「木」，中豎末端的「鉤」便是草書中的帶筆的遺跡。〔註442〕帶筆除了利於揮運，也可以增進字形之茂美。

佚名的《歐陽率更三十六法》云：「大字促令小，小字放令大，自然寬猛得宜。」〔註443〕本來，組成元素較多的文字，其形體自然較大；組成元素較少的文字，其形體自然較小。如要把形體大的字縮小，則必須縮短筆畫的長度和筆畫之間的距離；反之，如要把形體小的字放大，則必須延長筆畫的長度和筆畫之間的距離。

漢代隸書「延長筆畫」之軌跡，大致有五種，包括：一、變橫畫爲橫向斜曲筆畫，二、變豎畫爲縱向斜曲筆畫，三、延長字中主要的橫畫作隼尾波，四、延長字中最後一筆豎畫，以及五、延長字中之縱向筆畫。分別舉例說明於下——

壹、變橫畫爲橫向斜曲筆畫

一、「卜」字

甲骨文作「卜」、「卜」、「卜」、「卜」……等形，〔註444〕「象卜之兆，卜兆

〔註442〕虞世南認爲楷書的筆勢與章草相同（參見本書第一章註11），最直接的證據，乃是楷書承襲章草的「帶筆」。除了「木」字外，另如「之」字，漢隸作「之」見：二玄社，《漢封龍山頌／張壽殘碑》，頁4。章草作「之」見：陳建貢、徐敏，《簡牘帛書字典》，頁 15。章草將漢隸第一筆與第三筆之間原本空虛的地方帶連一起而成爲實畫。楷書「之」字的寫法便是直接從章草而來的。

〔註443〕孫岳頒等，《佩文齋書畫譜》，卷三，頁96引《書法鉤玄》。

〔註444〕前三形見：李宗焜，《甲骨文字編》，下冊，頁1357；第四形見：古文字詁林編纂委員會，《古文字詁林》，第三冊，頁720引《續甲骨文編》。

皆先有直坼而後出歧理」。〔註445〕

　　金文作「🖐」或「🖐」，〔註446〕與甲骨文之第一形略同。

　　秦隸作「🖐」或「🖐」。〔註447〕

　　《說文解字》云：

　　　　🖐，灼剝龜也，象灸龜之形；一曰象龜兆之從橫也。〔註448〕

「卜」字小篆承襲甲骨文第三形與金文第二形之寫法。

　　漢代隸書作「🖐」、「🖐」、「🖐」、「🖐」、「🖐」……等形。〔註449〕

　　按：漢隸「卜」字，第一形豎畫右旁作短橫，與秦隸與小篆同；第二形之橫畫向右下垂；第三形之橫畫加長，且作隼尾狀；第四形將橫畫增加兩折曲，末端且作隼尾狀。

　　二、「子」字

　　甲骨文作「🖐」、「🖐」、「🖐」、「🖐」、「🖐」、「🖐」、「🖐」、「🖐」、「🖐」、「🖐」、「🖐」、「🖐」、「🖐」、「🖐」、「🖐」、「🖐」、「🖐」、「🖐」、「🖐」……等形，〔註450〕前八形「象頭身臂及足幷之形，兒在襁褓中故足幷」，〔註451〕本義當為「人初生也」。〔註452〕甲骨文用為辰巳字。第九、十形嬰兒頭上有髮，與古文同。其餘諸形甲骨文用為子丑字。

　　金文作「🖐」、「🖐」、「🖐」、「🖐」、「🖐」、「🖐」、「🖐」、「🖐」、「🖐」、

〔註445〕羅振玉說，見：古文字詁林編纂委員會，《古文字詁林》，第三冊，頁 711 引《增訂殷虛書契考釋》卷中。

〔註446〕容庚，《金文編／金文續編》，《金文編》，第三・三八，頁 207。

〔註447〕陳建貢、徐敏，《簡牘帛書字典》，頁 123。

〔註448〕丁福保，《說文解字詁林》，第三冊，頁 1293。

〔註449〕前三形見：陳建貢、徐敏，《簡牘帛書字典》，頁 123；第四形見：中國書店，《朝侯小子碑》（金壇，2001），頁 10；第五形見：北京大學出土文獻所，《北京大學藏西漢竹書墨迹選粹》，頁 26。

〔註450〕李宗焜，《甲骨文字編》，上冊，頁 167～170；172～176。

〔註451〕林義光說，見：古文字詁林編纂委員會，《古文字詁林》，第十冊，頁 1070 引《文源》卷一。

〔註452〕陳啓彤說，見：古文字詁林編纂委員會，《古文字詁林》，第十冊，頁 1072 引〈釋干支〉。

「𤔌」、「𡊂」、「𡨄」、「𤕟」、「𤕠」……等形。〔註453〕

石鼓文作「𤕜」，〔註454〕源自甲骨文前三形及金文四至七形。

秦隸作「𤕝」、「𤕞」、「𤕟」、「𤕠」、「𤕡」、「𤕢」、「子」……等形，〔註455〕源自石鼓文。

《說文解字》云：

　　𤕜，十一月易气動，萬物滋，人以爲偁，象形。凡子之屬皆从子。𤕞，古文子从𡿧，象髮也。𤕠，籀文子囟有髮，臂脛在几上也。

〔註456〕

漢代隸書作「𤕝」、「𤕞」、「𤕟」、「𤕠」、「𤕡」、「𤕢」、「𤕣」、「子」、「𤕤」、「𤕥」……等形。〔註457〕

按：漢隸「子」字，第一形幼兒之雙手向上舉起，猶存篆意；第二至八形幼兒舉起之雙手簡化作一橫；至於最末形則將此橫畫之右端向下曲折。

三、「之」字

甲骨文作「𤴓」、「𤴔」、「𤴕」、「𤴖」、「𤴗」、「𤴘」、「𤴙」……等形，〔註458〕前六型皆从止（象左腳形）、从一（象地面形）會意，本義應爲「往也」，如：《詩經》「王姬之車」是。〔註459〕最後一形省下方之「一」，與「止」混同。

〔註453〕容庚，《金文編╱金文續編》，《金文編》，第一四‧二九～一四‧三一，頁 794～797。

〔註454〕二玄社，《周石鼓文》，頁 33。

〔註455〕前兩形見：陳建貢、徐敏，《簡牘帛書字典》，頁 213；第三至六形見：袁仲一、劉珏，《秦文字類編》，頁 56；第七形見：古文字詁林編纂委員會，《古文字詁林》，第十冊，頁 1069 引《睡虎地秦簡文字編》。

〔註456〕丁福保，《說文解字詁林》，第十一冊，頁 689。

〔註457〕前五形見：陳建貢、徐敏，《簡牘帛書字典》，頁 213～216；第六形見：伏見冲敬，《書法大字典》，上冊，頁 534 引〈鄭固碑〉；第七形見：二玄社，《漢北海相景君碑》，頁 28；第八形見：二玄社，《漢石門頌》，頁 40；第九形見：二玄社，《漢禮器碑》，頁 64；第十形見：二玄社，《漢刻石八種》，頁 39。

〔註458〕前四形見：李宗焜，《甲骨文字編》，上冊，頁 265～266；末三形見：古文字詁林編纂委員會，《古文字詁林》，第六冊，頁 49～50 引《甲骨文編》、《續甲骨文編》。

〔註459〕《詩‧召南‧何彼襛矣》：「曷不肅雝，王姬之車。」注：「之，往也。」見：毛亨

金文作「屮」、「屮」、「屮」、「屮」、「乂」、「𡳿」、「𣥶」、「𣥂」……等形，〔註460〕皆从止、从一，而上方之「止」或稍有訛變。

秦隸作「𡳿」、「𡳿」、「𡳿」、「屮」、「屮」、「𡳿」、「屮」、「之」、「之」……等形，〔註461〕皆从止、从一，而末兩形已明顯隸變。

《說文解字》云：

　　屮，出也，象艸過中，枝莖益大有所之，一者，地也。〔註462〕

除了「一者，地也」之外，其他均誤。

漢代隸書作「屮」、「屮」、「出」、「之」、「之」、「之」、「之」、「之」、「之」……等形。〔註463〕

按：漢隸「之」字第一至三形近於小篆，其餘諸形則隸化漸深；唯所共同者，則各形下方代表地面之橫畫皆變作一橫向斜曲「隼尾波」。

貳、變豎畫爲縱向斜曲筆畫

一、「工」字

甲骨文作「𢀛」、「𢀛」、「𢀛」、「𢀛」、「工」、「工」……等形，〔註464〕何金松云：

傳、鄭玄箋、孔穎達疏，《毛詩正義》，卷一之五，頁 67。

〔註460〕前六形見：容庚，《金文編／金文續編》，《金文編》，第六‧一一，頁 361～363；第七、八形見：古文字詁林編纂委員會，《古文字詁林》，第六冊，頁 51～52 引《金文編》。

〔註461〕前五形見：陳建貢、徐敏，《簡牘帛書字典》，頁 15；第六、七、八形見：袁仲一、劉玨，《秦文字類編》，頁 104；第九形見：北京大學出土文獻所，《北京大學藏秦代簡牘書迹選粹》，頁 1。

〔註462〕丁福保，《說文解字詁林》，第五冊，頁 999。

〔註463〕第一形見：二玄社，《漢張遷碑》，頁 8；第二至五形見：陳建貢、徐敏，《簡牘帛書字典》，頁 15；第六形見：北京大學出土文獻所，《北京大學藏西漢竹書墨迹選粹》，頁 10、11；第七形見：二玄社，《漢西嶽華山廟碑》，頁 10；第八形見：二玄社，《漢封龍山頌／張壽殘碑》，頁 4；第九形見：馬建華，《河西簡牘》，頁 37。

〔註464〕第一、二、五形見：李宗焜，《甲骨文字編》，下冊，頁 1146；第三、四、六形見：古文字詁林編纂委員會，《古文字詁林》，第六冊，頁 742～743 引《甲骨文編》。

　　　　甲骨文工字，有兩種形體：武丁時期，上面一短橫畫，中間一

　　　豎畫，下面是一方框形；祖庚祖甲以後，與現在的形體相同……武

　　　丁時期的甲骨文工字便是築牆杵的象形，方框象杵頭，豎畫象杵身，

　　　短橫象杵柄。〔註465〕

劉恆則謂「象夯築之夯，囗爲夯所爲之石形，上端丁則象連石夯之把」。〔註466〕
要之，「工」字本義爲築土之「夯杵」；〔註467〕故與土功有關之「巩」、「式」等
字皆从之。〔註468〕其後引申爲工作義，乃借擔夯之「夯」字爲之。〔註469〕

　　　金文作「⼯」、「⼯」、「⼯」……等形，〔註470〕前兩形下端猶存杵頭之象；
第三形則杵頭簡化爲一橫，與甲骨文末形相同。

　　　石鼓文作「⼯」。〔註471〕

　　　秦隸作「⼯」、「⼯」、「⼯」、「⼄」、「⼯」……等形。〔註472〕

　　　《說文解字》云：

　　　　　⼯，巧飾也，象人有規矩。與巫同意。凡工之屬皆从工。𢒇，

　　　古文工从彡。〔註473〕

　　　漢代隸書作「⼯」、「⼯」、「⼯」、「⼄」、「⼯」、「⼯」、「⼯」……

〔註465〕古文字詁林編纂委員會，《古文字詁林》，第四冊，頁 752～753 引〈漢字形義考
　　　　源〉。

〔註466〕古文字詁林編纂委員會，《古文字詁林》，第四冊，頁 754 引〈殷契偶札〉。

〔註467〕《六部成語・工部・夯杵三遍注解》：「以夯杵築地三次也。」見：林尹等，《中文
　　　　大辭典》，第一冊，頁 1625（總 3442）「夯杵」條引。

〔註468〕何金松說，見：古文字詁林編纂委員會，《古文字詁林》，第四冊，頁 753 引〈漢
　　　　字形義考源〉。

〔註469〕《六部成語・工部・夯硪注解》：「以木築地曰夯，以石碌壓地曰硪，築地時，層
　　　　層夯硪，取其堅寔也。」見：林尹等，《中文大辭典》，第一冊，頁 1625（總 3442）
　　　　「夯硪」條引。

〔註470〕容庚，《金文編／金文續編》，《金文編》，第五・八，頁 280～281。

〔註471〕二玄社，《周石鼓文》，頁 10。

〔註472〕前三形見：陳建貢、徐敏，《簡牘帛書字典》，頁 264；第四形見：北京大學出土
　　　　文獻所，《北京大學藏秦代簡牘書迹選粹》，頁 46；第五形見：袁仲一、劉玨，《秦
　　　　文字類編》，頁 3。

〔註473〕丁福保，《說文解字詁林》，第四冊，頁 1188。

等形。〔註474〕

　　按：漢隸「工」字，源自甲骨文末形、金文第三形、石鼓文等寫法，前五形兩橫間作豎畫，第六形豎畫簡化爲帶挑之點，第七形則中央豎畫繁化爲斜曲筆畫。

　　二、「乎」字

　　甲骨文作「乎」、「乎」、「乎」、「乎」……等形，〔註475〕前兩形上方作兩畫；後兩形上方作三畫；下方皆從「丂」，而中豎或稍彎曲。按：「丂」爲敲擊鐘鼓之器，甲骨文「乎」字上方之兩畫或三畫，或如高鴻縉所謂「象气越於形」。〔註476〕竊以爲：「乎」字本義當爲「發聲也」，蓋爲敲擊鐘鼓而發出聲音；其後借爲語助詞，乃另造從口、乎聲之「呼」字。〔註477〕

　　金文作「乎」、「乎」、「乎」……等形，〔註478〕第一形從小、從丂；第二形於「小」上加一短橫；第三形則若從一、從兮；而下方中豎或稍彎曲。

　　秦隸缺。

　　《說文解字》云：

　　　　乎，語之餘也，從兮、象聲上越揚之形也。〔註479〕

恐怕不可信。

　　漢代隸書作「乎」、「乎」、「乎」、「乎」、「乎」、「乎」……等形。

〔註480〕

〔註474〕前四形見：陳建貢、徐敏，《簡牘帛書字典》，頁264～265；第五形見：李靜，《隸書字典》，頁197引《樊敏碑》；第六形見：二玄社，《漢禮器碑》，頁25；第七形見：二玄社，《漢曹全碑》，頁29。

〔註475〕李宗焜，《甲骨文字編》，下冊，頁1355～1357。

〔註476〕高鴻縉，《中國字例》（臺北：呂青士，1969），五篇，頁577。

〔註477〕《左氏‧文公‧元年》：「江芈怒曰：『呼！役夫。』」注：「呼，發聲也。」見：杜預注、孔穎達疏，《春秋左傳正義》，卷十八，頁299。

〔註478〕容庚，《金文編／金文續編》，《金文編》，第五‧一三，頁289～290。

〔註479〕丁福保，《說文解字詁林》，第四冊，頁1260。

〔註480〕前三形見：陳建貢、徐敏，《簡牘帛書字典》，頁17；第四形見：浙江古籍出版社，《孔彪碑》，頁9；第五形見：上海書畫出版社，《鮮于璜碑》，頁14；第六形見：二玄社，《漢孔宙碑》，頁27。

按：漢隸「乎」字，前三形上方的中豎與下方的豎畫連接成一畫；第四、五形中畫尾部向左彎曲；第六形中畫尾部先向右折出，再向左彎曲。

三、「在」字

甲骨文作「ᛏ」、「ᛦ」、「ᛤ」、「ᛦ」、「ᛦ」……等形，〔註481〕第一形蓋倚一（地也）而畫甫自種子萌芽之植物幼苗；其本義爲「艸木之初也」，讀若「栽」。〔註482〕後人亦以「栽」爲「才」，如：杜甫〈憑韋少府覓松子樹栽〉所謂「欲存老蓋千年意，爲覓霜根數寸栽」，〔註483〕「數寸栽」即數寸苗。其餘諸形則種子但畫其框廓；爲第一形之變體。

金文作「ᛦ」、「�」、「ᛤ」、「杜」……等形，〔註484〕第一形倚一而畫甫自種子萌芽之植物幼苗，與甲骨文第一形同；第二至四形从土、才聲，而第二、三形之「土」與「才」尚保留肥筆；最末一形已變作粗細一致之線條，左旁之「才」則與「十」字混同。

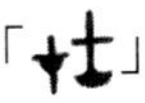

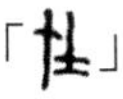

秦隸作「左」、「左」、「左」、「在」……等形，〔註485〕「从土、才聲」，而「才」僅作兩筆，與金文第四形同。

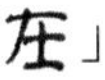

《說文解字》云：

　　　十，艸木之初也，从丨上貫一，將生枝葉，一，地也。〔註486〕

《說文解字》云：

　　　杜，存也，从土、才聲。〔註487〕

〔註481〕李宗焜，《甲骨文字編》，下冊，頁1342～1344。

〔註482〕李宗焜《甲骨文字編》將「才」字注音爲ㄗㄞ，見：該書「檢索附錄」冊，頁1684、1790。

〔註483〕彭定求等，《全唐詩》，卷二百二十六，頁2448。「覓松樹子栽」原題作「覓松樹子」；惟此詩前後有「覓桃栽」、「覓榿木栽」、「覓果栽」三首詩，故依楊倫《杜詩鏡銓》（臺北：正大印書館，1974），卷七，頁527改。

〔註484〕容庚，《金文編／金文續編》，《金文編》，第一三・一一，頁721。

〔註485〕前三形見：陳建貢、徐敏，《簡牘帛書字典》，頁174～175；第四形見：袁仲一、劉玨，《秦文字類編》，頁434。

〔註486〕丁福保，《說文解字詁林》，第五冊，頁987。

〔註487〕丁福保，《說文解字詁林》，第十冊，頁1149。

　　漢代隸書作「左」、「左」、「左」、「在」、「在」、「在」、「在」、「在」……等形。〔註488〕

　　按：漢隸「在」字，第一形「才」之第二筆尚存豎畫之意，唯末端微微向左彎；其餘諸形，則「才」之第二筆皆已變作縱向斜曲筆畫。

參、延長字中主要的橫畫作隼尾波

一、「平」字

　　甲骨文缺。

　　金文作「平」、「李」、「来」……等形。〔註489〕蓋皆「從于、八聲」，〔註490〕而筆畫之繁簡有異。竊以爲：「于」爲「盂」字初文，本象爵屬酒器之形；亦作爲盛水器之名，孔子所謂「盂方水方」是。〔註491〕「平」字以「于」爲形符，本義當爲水之均準；如「平準」是。〔註492〕

　　秦隸作「平」、「平」、「平」……等形。〔註493〕

　　《說文解字》云：

　　　　　平，語平舒也，从亏、从八，八，分也。爰礼説。〔註494〕

「从亏、从八」當改作「从亏、八聲」。

〔註488〕前三形見：陳建貢、徐敏，《簡牘帛書字典》，頁174～175；第四形見：上海書畫出版社，《鮮于璜碑》，頁3；第五形見：二玄社，《漢西嶽華山廟碑》，頁32；第六形見：二玄社，《漢魯峻碑》，頁55；第七形見：李靜，《隸書字典》，頁184引〈校官潘乾碑〉；第八形見：二玄社，《漢韓仁銘／夏承碑》，頁46。

〔註489〕容庚，《金文編／金文續編》，《金文編》，第五　　一五，頁293。

〔註490〕馬敘倫說，見：古文字詁林編纂委員會，《古文字詁林》，第五冊，頁67引《說文解字六書疏證》卷九。

〔註491〕《韓非子・外儲說左上》：「孔子曰：『爲人君者猶盂也，民猶水也；盂方水方，盂圜水圜。』」見：韓非著，陳奇猷校注，《韓非子集釋》（臺北：河洛圖書出版社，1974），卷十一，頁661。

〔註492〕《宋史・天文志》：「銅儀之制有九，……五曰平準輪，在水臬之上。」見：脫脫等撰，楊家駱識語，《新校本宋史》（臺北：鼎文書局，1980），卷四十八，頁953。

〔註493〕第一形見：陳建貢、徐敏，《簡牘帛書字典》，頁277；第二、三形見：袁仲一、劉玨，《秦文字類編》，頁374。

〔註494〕丁福保，《說文解字詁林》，第4冊，頁1272。

漢代隸書作「平」、「平」、「平」、「平」、「平」、「平」……等形。

〔註495〕

按：漢隸「平」字，皆从于、八聲，而中豎筆直，源自秦隸。第二形以下則將第二橫延長作隼尾波。

二、「至」字

甲骨文作「至」、「至」、「至」、「至」、「至」……等形，〔註496〕前三形从倒矢、从射侯，而射侯之形各有不同，或但省作「一」；第四形从正矢、从一；第五形但作倒矢，而省去表射侯之「一」。林義光云：

從矢射一，一象正鵠，矢著於鵠，有至之象。〔註497〕

故「至」字本義當爲「矢著於鵠」，即發矢中的。〔註498〕引申爲「當」，如《荀子》「至不至」，即「當不當」。〔註499〕亦引申爲「到」、爲「極」。

金文作「至」、「至」、「至」、「至」、「至」、「至」……等形，〔註500〕皆从倒矢、从一；而或於末橫之上加一橫畫，無義。

秦隸作「至」、「至」、「至」、「至」……等形。〔註501〕

〔註495〕前三形見：陳建貢、徐敏，《簡牘帛書字典》，頁 39；第四形見：二玄社，《漢史晨前後碑》，頁 63；第五形見：二玄社，《漢北海相景君碑》，頁 38；第六形見：二玄社，《漢曹全碑》，頁 39。

〔註496〕第一形見：古文字詁林編纂委員會，《古文字詁林》，第九冊，頁 473 引《甲骨文編》；其餘四形見：李宗焜，《甲骨文字編》，下冊，頁 959～961。

〔註497〕古文字詁林編纂委員會，《古文字詁林》，第九冊，頁 473 引《文源》卷六。

〔註498〕《康熙字典》：「矢至的曰中。《史記‧周本紀》：『養由基去柳葉百步射之，百發百中。』」見：張玉書等撰、渡部溫訂正、嚴一萍校正，《校正康熙字典》，上冊，頁 195。

〔註499〕《荀子‧正論》：「不知逆順之理，小大至不至之變者也。」注：「至不至，猶言當不當也。」見：王先謙集解、久保愛增注、豬飼彥博補遺，《增補荀子集解》，卷十二，頁 21。

〔註500〕前四形見：容庚，《金文編／金文續編》，《金文編》，第一二‧二，頁 629～630；末二形見：古文字詁林編纂委員會，《古文字詁林》，第九冊，頁 474 引《金文編》。

〔註501〕第一形見：古文字詁林編纂委員會，《古文字詁林》，第九冊，頁 474 引《睡虎地秦簡文字編》第二、三形見：陳建貢、徐敏，《簡牘帛書字典》，頁 683；第四形見：袁仲一、劉玨，《秦文字類編》，頁 435。

《說文解字》云：

  （字形），鳥飛从高下至地也，从一；一猶地也，象形；不上去而至

下，來也。凡至之屬皆从至。（字形），古文至。〔註502〕

其說迂曲不通。

  漢代隸書作「至」、「至」、「至」、「至」、「至」、「至」、「至」……等

形。〔註503〕

  按：漢隸「至」字，第一形乃是將象箭鏑之兩斜畫變作一橫，第二形以

下，則又將象箭尾之兩斜畫再變作一橫。至於下方原來象箭筈的一橫，則都

延長而作隼尾波。

三、「雨」字

  甲骨文作「雨」、「雨」、「雨」、「雨」、「雨」、「雨」、「雨」……等形，

〔註504〕第一形「爲初文，象雨霝形」，〔註505〕本義爲「水从雲下也」，乃「全

畫物形」之象形；第二、第三形「增从一，象天」，〔註506〕乃「倚文畫物」

之象形；第四形表天空之橫畫與上排雨滴相連；第五形在表天空之橫畫之上

加一短橫；第六形則降雨之天作若覆口形。〔註507〕

  金文作「雨」、「雨」、「雨」、「雨」……等形，〔註508〕前兩形蓋爲甲骨文

第二、三形之訛變；第三形之雨滴增爲三行；第四形則將中豎彎曲拉長，遂

〔註502〕丁福保，《說文解字詁林》，第九冊，頁952。

〔註503〕第一形見：二玄社，《漢張遷碑》，頁9；第二至四形見：陳建貢、徐敏，《簡牘帛
   書字典》，頁683；第五形見：李靜，《隸書字典》，頁474引〈熹平石經殘石〉；
   第六形見：李靜，《隸書字典》，頁473引〈趙寬碑〉；第七形見：二玄社，《漢史
   晨前後碑》，頁41。

〔註504〕李宗焜，《甲骨文字編》，中冊，頁423～429。

〔註505〕葉玉森說，見：古文字詁林編纂委員會，《古文字詁林》，第九冊，頁325引〈說契〉。

〔註506〕葉玉森說，見：古文字詁林編纂委員會，《古文字詁林》，第九冊，頁325引〈說契〉。

〔註507〕古文字詁林編纂委員會，《古文字詁林》，第九冊，頁321～324所引《甲骨文編》
   《續甲骨文編》之「雨」字，未見上方作覆口形者。

〔註508〕前兩形見：容庚，《金文編／金文續編》，《金文編》，第一一‧八，頁618；第
   三、四形見：古文字詁林編纂委員會，《古文字詁林》，第九冊，頁325引《金
   文編》。

使字中若「水」。

石鼓文作「雨」。〔註509〕

秦隸作「雨」、「雨」、「雨」、「雨」、「雨」，最末形之中豎超出第二橫而與最上橫搭黏。〔註510〕

《說文解字》云：

雨，水从雲下也，一象天，冂象雲水霝其間也。靁，古文。

〔註511〕

小篆「雨」字於金文原本象天之橫畫之上再加一橫，屬於小篆系統。

漢代隸書作「雨」、「雨」、「雨」、「雨」、「雨」……等形。〔註512〕

按：漢隸「雨」字，第一形中豎未與上橫相連，源自石鼓文與秦隸；第二形以下，中豎與上橫相連，源自《說文解字》小篆。而最末形上橫刻意延長作隼尾波，以增進其美感。

肆、延長字中最後一筆豎畫

一、「升」字

甲骨文作「升」、「升」、「升」、「升」、「升」、「升」、「升」、「升」、「升」、「升」、「升」、「升」、「升」、「升」……等形，〔註513〕竊以爲：第一形象斗之形，當釋「斗」；〔註514〕第二至七形於斗勺中加一短畫，以與「斗」字區別，當釋「升」，本義爲「十龠也」；第八形於斗柄兩旁各加一短畫，第九至十四形於升柄兩旁各加一短畫，第十二形升中之酒外流。此七形皆當釋「必」，乃

〔註509〕二玄社，《周石鼓文》，頁32。

〔註510〕前三形見：陳建貢、徐敏，《簡牘帛書字典》，頁892；末兩形見：袁仲一、劉珏，《秦文字類編》，頁490。

〔註511〕丁福保，《說文解字詁林》，第九冊，頁739。

〔註512〕前三形見：陳建貢、徐敏，《簡牘帛書字典》，頁892；第四形見：二玄社，《漢封龍山頌／張壽殘碑》，頁9；第五形見：二玄社，《漢曹全碑》，頁29。

〔註513〕第一形及第八至十四形見：李宗焜，《甲骨文字編》，下冊，頁1282～1283；第二、二形見：藝文印書館，《校正甲骨文編》，卷一四·二，頁531；第四至七形見：李孝定，《甲骨文字集釋》，第十四，頁4109。

〔註514〕參見：李孝定，《甲骨文字集釋》，第十四，頁4103。

「祕」之初文。〔註515〕。

　　金文作「𢎨」、「𢎨」、「𢎨」……等形，〔註516〕源自甲骨文第一形。

　　秦隸作「𢎨」、「𢎨」、「𢎨」、「𢎨」、「𢎨」……等形，〔註517〕源自甲骨文第一形與金文。

　　《說文解字》云：

　　　　𣂏，十龠也，从斗，亦象形。〔註518〕

　　漢代隸書作「𣂏」、「𣂏」、「𣂏」、「升」、「升」、「升」、「升」、「升」、「升」、「升」……等形。〔註519〕

　　按：漢隸「升」字，前三形與秦隸近似；第四形以下將勺中之短畫與勺柄連作一長橫；若末三形則刻意將末筆之豎畫向下延長。〔註520〕

　　二、「年」字

　　甲骨文作「𠂹」、「𠂹」、「𠂹」、「𠂹」、「𠂹」、「𠂹」、「𠂹」、「𠂹」、「𠂹」……等形，〔註521〕皆从禾、人聲，蓋爲「年」字初文，本義爲「穀熟」。

〔註515〕參見：李孝定，《甲骨文字集釋》，第二，頁 269。

〔註516〕前兩形見：容庚，《金文編／金文續編》，《金文編》，第一四・一〇，頁 755；第三形見：古文字詁林編纂委員會，《古文字詁林》，第十冊，頁 688 引《金文編》。

〔註517〕第一形見：陳建貢、徐敏，《簡牘帛書字典》，頁 114；第二、三形見：袁仲一、劉玨，《秦文字類編》，頁 383；第四、五形見：古文字詁林編纂委員會，《古文字詁林》，第十冊，頁 688 引《睡虎地秦簡文字編》。

〔註518〕丁福保，《說文解字詁林》，第十一冊，頁 283。

〔註519〕前五形與末兩形見：陳建貢、徐敏，《簡牘帛書字典》，頁 114～116；第六形見：李靜，《隸書字典》，頁 86 引〈王舍人碑〉；第七形見：二玄社，《漢曹全碑》，頁 33；第八形見：二玄社，《漢石門頌》，頁 45。

〔註520〕拉長最末筆豎畫的原因，莊嚴歸納出三種：「一是純爲書法上的成就，只爲美觀，毫無他意。二是延長筆勢，彷彿有長命延年的表示；所以年字拉的特長也特多……三是……碑碣上……有時逢到石紋，不宜寫多劃的字，又不便空格，遂將上一字末筆拉長，以補空白……三者之中，以第三說最爲牽強……。」見：莊嚴，《山堂清話》（臺北：故宮博物院，1980），頁 183～184。其說值得參考。

〔註521〕前八形見：李宗焜，《甲骨文字編》，中冊，頁 521～524；第九形見：古文字詁林

金文作「𥝖」、「秊」、「𥝌」、「秊」、「秊」、「𥝋」……等形，〔註 522〕前三形从禾、人聲；第四形从禾、千聲；〔註 523〕末二形下从人立於土上，意義實無差別。

秦代〈泰山刻石〉作「秊」，〔註 524〕

秦隸作「秊」、「秊」、「秊」……等形。〔註 525〕

《說文解字》云：

秊，穀孰也，从禾、千聲。《春秋傳》曰：「大有年。」〔註 526〕

「千」字亦从人聲，故許氏以「从禾、千聲」說「年」字，亦通。

漢代隸書作「秊」、「秊」、「秊」、「秊」、「秊」、「秊」、「秊」、「秊」、「秊」、「秊」、「秊」、「秊」、「秊」、「秊」、「秊」……等形。

〔註 527〕

按：漢隸「年」字，前兩形上「禾」下「千」，分明可辨；其餘諸形，或變斜畫爲橫畫，或變左右搭黏的兩橫向比畫爲一橫，或連接上下相頂的縱向筆畫，或在字中空曠處添加筆畫……故呈現多樣的寫法。至於最後一種寫法，則是將中豎刻意拉長。

　　　　編纂委員會，《古文字詁林》，第六冊，頁 637 引《甲骨文編》。

〔註 522〕容庚，《金文編／續金文編》，《金文編》，第七・一九，頁 429～433。

〔註 523〕「人」字之讀音者十個一百之「千」的語音近似，故初假「人」爲千；後乃以「一人」之合文「千」爲「十百」字。參見：本書第五章第二節肆之一。

〔註 524〕二玄社，《秦泰山刻石／瑯邪臺刻石》，頁 5。

〔註 525〕陳建貢、徐敏，《簡牘帛書字典》，頁 278。

〔註 526〕丁福保，《說文解字詁林》，第六冊，頁 459。

〔註 527〕前七形見：陳建貢、徐敏，《簡牘帛書字典》，頁 278～283；第八形見：李靜，《隸書字典》，頁 195 引〈潘乾校官碑〉；第九形見：李靜，《隸書字典》，頁 195 引〈左元異墓石〉；第十形見：李靜，《隸書字典》，頁 195 引〈白石神君碑〉；第十一形見：上海書畫出版社，《鮮于璜碑》，頁 29；第十二形見：二玄社，《漢西狹頌》，頁 24；第十三形見：二玄社，《漢景君碑》，頁 7；第十四形見：李靜，《隸書字典》，頁 195 引〈陽泉使者舍熏爐銘〉；第十五形見：二玄社，《漢刻石八種》，頁 21，〈魯孝王刻石〉；第十六形見：伏見冲敬《書法大字典》，頁 710 引〈李孟初神祠碑〉。

三、「命」字

甲骨文作「 」或「 」，〔註528〕从亼、从卩，隸釋作「令」，李孝定云：

> 竊疑亼象倒口，……下从卩乃一人跽而受命；上口發號者也。

〔註529〕

本義為「使也」。

金文作「令」、「命」、「命」、「命」、「命」、「命」、「命」、「命」……等

形，〔註530〕第一形作「令」，與甲骨文同；第二至六形从口、令聲，朱峻聲云：

> 在事為令，在言為命。散文則通，對文則別。令當訓使也，命當訓發號也。

〔註531〕

第七形加攴、第八形加殳，「金文用作動詞命令之命」。〔註532〕

秦隸作「命」、「命」、「命」、「命」、「命」……等形。〔註533〕

《說文解字》云：

> 命，使也，从口、令。〔註534〕

漢代隸書作「命」、「命」、「命」、「命」、「命」、「命」……

等形。〔註535〕

〔註528〕古文字詁林編纂委員會，《古文字詁林》，第二冊，頁34引《甲骨文編》及《續甲骨文編》。

〔註529〕李孝定，《甲骨文字集釋》，第九，頁2868。

〔註530〕容庚，《金文編／金文續編》，《金文編》，第二・七，頁80～81。

〔註531〕丁福保，《說文解字詁》，第二冊，頁1164引《通訓定聲》。

〔註532〕戴家祥說，見：古文字詁林編纂委員會，《古文字詁林》，第二冊，頁37引《金文大字典》。

〔註533〕前兩形見：陳建貢、徐敏，《簡牘帛書字典》，頁157；第三、四形見：古文字詁林編纂委員會，《古文字詁林》，第二冊，頁35引《睡虎地秦簡文字編》；第五形見：北京大學出土文獻所，《北京大學藏秦代簡牘書迹選粹》，頁30。

〔註534〕丁福保，《說文解字詁》，第二冊，頁1164。

〔註535〕第一、二、三、五形見：陳建貢、徐敏，《簡牘帛書字典》，頁157；第四形見：二玄社，《漢西嶽華山廟碑》，頁33；第六形見：二玄社，《漢石門頌》，頁13。

　　按：漢隸「命」字，从口、令聲，而「卪」之末畫皆作豎筆，與秦隸最末形同。若最後兩形刻意將中豎向下延申，造成視覺上縱放之效果。

伍、延長字中之縱向筆畫

一、「下」字

　　甲骨文作「二」、「二」、「一」、「一」……等形，〔註 536〕戴家祥云：

> 上面長橫象物體之面，下面短橫爲指事符號，指其在物體之下。

〔註 537〕

本義爲「底也」。

　　金文作「二」、「二」、「下」、「下」……等形，〔註 538〕前兩形與甲骨文同；第三形於上橫之下加一豎畫，以更別於「二」字；第四形於上橫之上加一短橫，以增進字體之茂美。

　　秦權量銘一作「下」、「下」、「下」……等形，〔註 539〕

　　秦隸作「下」、「下」、「下」、「下」、「下」……等形，〔註 540〕

　　《說文解字》云：

> 丁，底也，指事。下，篆文下。〔註 541〕

　　漢代隸書作「下」、「下」、「下」、「下」、「下」、「下」、「下」、「下」、「下」……等形。〔註 542〕

〔註 536〕李宗焜，《甲骨文字編》，下冊，頁 1327。

〔註 537〕古文字詁林編纂委員會，《古文字詁林》，第一冊，頁 66 引《金文大辭典》上。

〔註 538〕前三形見：容庚，《金文編／金文續編》，《金文編》，第一·三，頁 38；第四形見：古文字詁林編纂委員會，《古文字詁林》，第一冊，頁 63 引《金文編》。

〔註 539〕二玄社，《秦權量銘》，頁 43、45、50。

〔註 540〕前三形見：陳建貢、徐敏，《簡牘帛書字典》，頁 5；第四、五形見：袁仲一、劉珏，《秦文字類編》，頁 4。

〔註 541〕丁福保，《說文解字詁林》，第二冊，頁 54。

〔註 542〕前四形及第八形見：陳建貢、徐敏，《簡牘帛書字典》，頁 5～6；第五形見：二玄社，《漢曹全碑》，頁 41；第六形見：二玄社，《漢禮器碑》，頁 7；第七形見：二玄社，《漢石門頌》，頁 24；第九形見：馬建華，《河西簡牘》，頁 137。

按：漢隸「下」字，源自金文第三形；若末兩形則將中豎刻意向下延申，末端或作成捺筆，或作成水滴狀，皆所以增進字形之美感。

二、「府」字

甲骨文缺。

金文作「⿸广貝」、「⿸广貝」、「⿸广貝」、「⿸宀貝」、「⿸广貝」、「⿸人貝」……等形，〔註543〕前四形蓋皆从广、从貝、付聲，而第三、四形之「貝」訛若「目」，第四形之「付」亦訛；第五形从宀、从貝、付聲；第六形則但从貝、付聲。竊以為：「府」字本義乃「藏物之處」，而字从貝者，當是以「司貨」為「六府」之代表。〔註544〕

秦隸作「⿸广」、「府」、「府」、「府」、「府」、「府」……等形。〔註545〕

《說文解字》云：

⿸广付，文書藏也，从广、付聲。〔註546〕

「文書」非「六府」所藏之物，「文書藏也」當為「府」字之引申義。

漢代隸書作「府」、「府」、「府」、「⿸广」、「⿸广」……等形。〔註547〕

按：漢隸「府」字，前三形「寸」之縱向筆畫往左勾出，以便書寫最後之短畫；第四形將「寸」之縱向筆畫刻意向下延申，再往左勾；第五形則在刻意向下延申之後，並加以磔捺，蓋所以增進字形之美感。

〔註543〕前三形見：容庚，《金文編／金文續編》，《金文編》，第九·一四，頁554；第四、五、六形見：古文字詁林編纂委員會，《古文字詁林》，第八冊，頁242引《金文編》。

〔註544〕《禮記·曲禮·下》：「天子之六府，曰司土、司木、司水、司草、司器、司貨，典司六職。」注：「府主藏六物之稅者。」疏：「府者，藏物之處也。」見：鄭玄注、孔穎達疏，《禮記正義》，卷四，頁81～82。

〔註545〕前兩形見：陳建貢、徐敏，《簡牘帛書字典》，頁286；第三形見：袁仲一、劉珏，《秦文字類編》，頁409；第四至六形見：古文字詁林編纂委員會，《古文字詁林》，第八冊，頁242引睡虎地秦簡文字編）。

〔註546〕丁福保，《說文解字詁林》，第八冊，頁84。

〔註547〕第一、四形見：陳建貢、徐敏，《簡牘帛書字典》，頁286；第二形見：二玄社，《漢韓仁銘／夏承碑》，頁28；第三形見：二玄社，《漢乙瑛碑》，頁31；第五形見：二玄社，《漢孟琁殘碑／張景造土牛碑》，頁38。

三、「移」字

甲骨文缺。

金文缺。

秦隸作「移」、「移」、「移」……等形，〔註548〕从禾、多聲，本義當爲「移秧也」。〔註549〕

《說文解字》云：

「移，禾相倚移也，从禾、多聲。一曰：禾名。〔註550〕

漢代隸書作「移」、「移」、「移」、「移」、「移」、「移」……等形。

〔註551〕

按：漢隸「移」字，皆从禾、多聲；而最末一形將左旁「禾」之中豎向下延伸超過本字之兩倍長。

〔註548〕第一形見：陳建貢、徐敏，《簡牘帛書字典》，頁 600；第二形見：袁仲一、劉珏，《秦文字類編》，頁 287；第三形見：古文字詁林編纂委員會，《古文字詁林》，第六冊，頁 619 引睡虎地秦簡文字編》。

〔註549〕戴侗云：「移，移秧也。凡種稻，必先苗之而移之；遷移之義取焉，別作『迻』。」見：丁福保，《說文解字詁林》，第六冊，頁 417《徐箋》引。

〔註550〕丁福保，《說文解字詁林》，第六冊，頁 416。

〔註551〕第一形見：二玄社，《漢尹宙碑／張景造土牛碑》，頁 35；第二形見：二玄社，《漢武氏祠畫像題字》，頁 16；第三至六形見：陳建貢、徐敏，《簡牘帛書字典》，頁 600～601。

第六章 結 論

　　綜合上文之探討，我們可以獲致以下之結論——

　　第一章「緒論」，第一節「漢代隸書之重要性」，略謂：隸書為漢代正式書體之代表。漢時無論寫碑、抄書或公文書正本，大多使用隸書。漢代隸書無論在中國文字史或書法史上，都佔有極其重要之關鍵地位。而正因為漢代隸書在中國文字史或書法史上之特質，故從後世書法學習者的角度來看，漢隸實兼具實用與審美雙重價值。

　　第二節「文字構成之意涵」，略謂：「文字構成」意指「文字所賴以構成之內容事物」，包括文字構造法則、文字組成元素以及其筆畫演變的軌跡。中國文字之構造法則為「六書」中之象形、指事、會意和形聲；其組成元素則不外乎象形之筆畫與抽象之指事符號。至於筆畫演變之軌跡則包括多與寡以及長與短間之多種變化。從構造法則與組成元素來看，中國各種字體之間並實多大差別，各種字體之區分，主要在於各自不同之筆畫演變軌跡。

　　第三節「文字學與書法藝術」，略謂：在現今看來，文字學與書法藝術固為兩個不同的研究領域；但是，在中國古代的書學論著中，不僅文字學對於書法藝術的重要性屢被強調；甚至根本就將文字學視為書學的靈魂。只是，現在一般人大多認為文字學與書法藝術不甚相關，學習書法的人只汲汲於碑帖的臨摹，對於文字構成的原由多不講究，書法藝術的發展大大地受到限制。本書旨在探索漢代隸書之文字構成；借助文字學之專業知識，針對漢代簡牘、

碑刻與磚陶上之隸書——尤其寫法與現行楷書不同者,從文字構成的觀點來分析它們的類型,且嘗試歸納漢代隸書文字構成之特質及其筆畫演變之軌跡。

第二章「從秦隸至漢隸」,第一節「隸書之起源」,略謂:隸書產生於秦始皇帝統一中國之前的戰國時代,青川木牘為目前所知最早之隸書書跡。而戰國時代之所以產生隸書,主要原因乃是「欲速」的心理。秦代因「刑峻網密」,致官獄文書浩繁,乃採用此種書寫便捷之書體。而因為官獄文書所記載之內容皆與囚犯徒隸有關,於是將此種書體名為「徒隸之書」,簡稱「隸書」。中國文字固非倉頡所造,而包含隸書在內之各種書體,也都「是在經過無數人的努力、實踐的基礎上發展起來的,而絕非一兩個書家獨創之果」。因此,無論主張隸書為程邈或王次仲所造,皆不足採信。目前所知最早的隸書青川木牘,以及最早的小篆石鼓文,皆為戰國時代之產物。秦隸與小篆蓋皆產生於戰國時代,皆衍生自大篆;二者可謂大篆之孿生子女。

第二節「秦隸」,略謂:秦隸包括戰國時代秦國隸書以及秦始皇帝統一天下之後的秦代隸書。而無論秦國或秦代之隸書,其著眼點都是為了「苟趨省易」、「以趨約易」、「趣急速」、「務趨便捷」等實用功效。中國文字到了秦代,其隸變程度較之戰國時期固又加深;唯秦代隸書——無論早期的睡虎地秦簡等,抑或晚期的龍崗秦簡牘等,除了少數文字或部首之外,大部分的文字都還處於隸書的孩童階段。傳世之秦隸書跡,主要為簡牘上之墨書,另有少數陶製偶俑或器物上之刻畫。

第三節「漢代之隸書」,略謂:西漢初期的隸書仍屬於古隸,唯篆書意味已不若秦隸之濃烈。至西漢中晚期,隸書始發展成熟,展現與篆書顯著之差異。漢代隸書與秦隸相較,不僅篆書意味顯得淡薄、使用範圍更加擴大,其藝術表現亦更為豐富。蓋秦隸著重在其便捷的實用功能,漢隸則多發揮其審美價值。漢代隸書不只在用筆與結字等書寫風格方面有別於先前之秦隸與大小二篆,在文字結構方面,也產生許多訛變之情形,而形成所謂的「隸變」。傳世漢代隸書書跡,可以大要分為筆寫與刻鑄兩類。「筆寫」包括書寫於絹帛、竹木簡牘以及少量之漆器、陶器與紙上之文字;「刻鑄」包括鐫勒或範鑄之碑石文字、金文、陶器與磚、瓦以及骨器上之文字。

第四節「隸書諸名釋義」,略謂:隸書一體之統稱有:徒隸之書、徒隸書、隸書、隸字、隸諸名;秦代隸書之專稱有:秦隸、佐書、古隸、秦分諸名;

漢代隸書之專稱有：漢隸、八分書、八分、史書、佐書、銘石書諸名。

　　第三章「從文字構成觀點分析漢代隸書」，第一節「正寫字」，略謂：漢
隸之中，其實有不少文字之寫法較小篆或楷書還更正確，例如——

　　　　一、「山」字之作「**山**」。

　　　　二、「公」字之作「**公**」。

　　　　三、「帥」字之作「**帥**」。

　　　　四、「皆」字之作「**皆**」。

　　　　五、「皇」字之作「**皇**」。

　　　　六、「乘」字之作「**乘**」。

　　　　七、「哭」字之作「**哭**」。

　　　　八、「習」字之作「**習**」。

　　　　九、「章」字之作「**章**」。

　　　　十、「曾」字之作「**曾**」。

　　第二節「或體字」，略謂：部分漢隸文字與現行楷書形體不同者，則為構造
法則或組成元素不同所造成之或體字，例如——。

　　　　一、「七」字之作「**七**」或「**十**」。

　　　　二、「牢」字之作「**牢**」或「**牢**」。

　　　　三、「酉」字之作「**酉**」或「**酉**」。

　　　　四、「孟」字之作「**孟**」或「**孟**」。

　　　　五、「官」字之作「**官**」或「**官**」。

　　　　六、「孫」字之作「**孫**」、「**孫**」或「**孫**」。

　　　　七、「救」字之作「**救**」或「**救**」。

　　　　八、「造」字之作「**造**」或「**造**」。

　　　　九、「握」字之作「**握**」或「**握**」。

　　　　十、「簠」字之作「**簠**」或「**簠**」。

　　第三節「訛變字」，略謂：漢隸當中，也多有因筆畫演變導致組成元素有誤
的不當寫法，例如——

　　　　一、「本」字之由「**本**」而訛作「**本**」。

　　　　二、「爭」字之由「**爭**」而訛作「**爭**」。

三、「美」字之由「羙」而訛作「美」。

四、「恥」字之由「耴」而訛作「恥」。

五、「雅」字之由「雖」而訛作「雖」或「雅」。

六、「過」字之由「過」而訛作「過」或「過」。

七、「器」字之由「器」而訛作「器」或「器」。

八、「學」字之由「學」而訛作「学」或「學」。

九、「濡」字之由「濡」而訛作「濡」。

十、「識」字之由「識」而訛作「識」。

第四章「漢代隸書文字構成之特質」，第一節「力求簡化」，包括：

壹、力求簡化之減少筆畫，例如——

一、「乞」字之由「乞」而省作「乞」。

二、「法」字之由「灋」而省作「法」。

三、「兼」字之由「兼」而省作「兼」。

四、「惟」字之由「惟」而省作「惟」。

五、「曹」字之由「曹」而省作「曹」。

六、「載」字之由「載」而省作「載」。

七、「圖」字之由「圖」而省作「圖」。

八、「蓋」字之由「蓋」而省作「蓋」。

九、「赫」字之由「赫」而省作「赫」。

十、「衛」字之由「衛」而省作「衛」。

貳、力求簡化之縮短筆畫，例如——

一、「所」字之由「所」而省作「所」。

二、「是」字之由「是」而省作「是」。

三、「流」字之由「流」而省作「流」。

四、「述」字之由「述」而省作「述」。

五、「宮」字之由「宮」而省作「宮」。

六、「留」字之由「留」而省作「留」。

七、「僉」字之由「僉」而省作「僉」。

八、「寡」字之由「寡」而省作「寡」。

九、「遠」字之由「遶」而省作「遠」。

十、「縱」字之由「縱」而省作「縱」。

第二節「寫法多樣」，包括：

壹、因文字組成元素不同所造成之多樣寫法，例如——

　　一、「宇」字之作「宇」、「宇」、「寍」或「寓」。

　　二、「師」字之作「師」、「帥」、「師」、「肺」或「師」。

　　三、「處」字之作「處」、「處」、「處」、「處」、「處」或「處」。

　　四、「華」字之作「華」、「華」、「華」、「華」或「華」。

　　五、「義」字之作「義」、「義」、「義」、「義」或「義」。

　　六、「鼓」字之作「鼓」、「鼓」或「鼓」。

　　七、「漢」字之作「漢」、「漢」、「漢」、「漢」或「漢」。

　　八、「藝」字之作「藝」、「藝」、「藝」、「藝」或「藝」。

　　九、「聽」字之作「聽」、「聽」、「聽」、「聽」或「聽」。

　　十、「靈」字之作「靈」、「靈」、「靈」、「靈」或「靈」。

貳、因筆畫演變之情形有別所造成之多樣寫法，例如——

　　一、「永」字之作「永」、「永」、「永」、「永」或「永」。

　　二、「身」字之作「身」、「身」、「身」、「身」或「身」。

　　三、「垂」字之作「垂」、「垂」、「垂」、「垂」或「垂」……等形。

　　四、「得」字之作「得」、「得」、「得」、「得」或「得」……等形。

　　五、「尊」字之作「尊」、「尊」、「尊」或「尊」……等形。

　　六、「愛」字之作「愛」、「愛」、「愛」或「愛」……等形。

　　七、「福」字之作「福」、「福」、「福」或「福」……等形。

　　八、「經」字之作「經」、「經」、「經」或「經」……等形。

　　九、「爵」字之作「爵」、「爵」、「爵」或「爵」……等形。

　　十、「懷」字之作「懷」、「懷」、「懷」、「懷」或「懷」……等形。

第三節「訛變頻仍」，例如——

　　一、「夭」字之由「夭」而訛作「夭」。

　　二、「受」字之由「受」而訛作「受」。

　　三、「昔」字之由「昔」而訛作「昔」。

四、「則」字之由「<ruby>剔</ruby>」而訛作「<ruby>則</ruby>」。

五、「前」字之由「<ruby>歬</ruby>」而訛作「<ruby>前</ruby>」。

六、「無」字之由「<ruby>橆</ruby>」而訛作「<ruby>無</ruby>」。

七、「箸」字之由「<ruby>箸</ruby>」而訛作「<ruby>著</ruby>」。

八、「聖」字之由「<ruby>聖</ruby>」而訛作「<ruby>𦕅</ruby>」。

九、「歸」字之由「<ruby>歸</ruby>」而訛作「<ruby>歸</ruby>」。

十、「寶」字之由「<ruby>寶</ruby>」而訛作「<ruby>寶</ruby>」。

第五章「漢代隸書筆畫演變之軌跡」，第一節「九種減少筆畫的軌跡」，包括：

壹、刪減字中重複之部件，例如——

一、「阿」字之由「<ruby>阿</ruby>」而省作「<ruby>阿</ruby>」。

二、「雷」字之由「<ruby>靁</ruby>」而省作「<ruby>雷</ruby>」。

三、「繼」字之由「<ruby>繼</ruby>」而省作「<ruby>継</ruby>」。

貳、刪減文字中段繁複之筆畫，例如——

一、「晉」字之由「<ruby>晉</ruby>」而省作「<ruby>晉</ruby>」。

二、「善」字之由「<ruby>善</ruby>」而省作「<ruby>善</ruby>」。

三、「襄」字之由「<ruby>襄</ruby>」而省作「<ruby>襄</ruby>」。

叁、刪減上下重疊之橫向筆畫，例如——

一、「彥」字之由「<ruby>彥</ruby>」而省作「<ruby>彥</ruby>」。

二、「陽」字之由「<ruby>陽</ruby>」而省作「<ruby>陽</ruby>」。

三、「禮」字之由「<ruby>禮</ruby>」而省作「<ruby>禮</ruby>」。

肆、刪減左右並排之縱向筆畫，例如——

一、「典」字之由「<ruby>典</ruby>」而省作「<ruby>冊</ruby>」。

二、「羔」字之由「<ruby>羔</ruby>」而省作「<ruby>羔</ruby>」。

三、「爲」字之由「<ruby>爲</ruby>」而省作「<ruby>爲</ruby>」。

伍、刪減上下橫畫間之豎畫，例如——

一、「言」字之由「<ruby>言</ruby>」而省作「<ruby>言</ruby>」。

二、「其」字之由「<ruby>其</ruby>」而省作「<ruby>其</ruby>」。

三、「憲」字之由「<ruby>憲</ruby>」而省作「<ruby>憲</ruby>」。

陸、連接左右相鄰之橫向筆畫，例如——

　　一、「谷」字之由「𧲲」而省作「𠔿」。

　　二、「並」字之由「𡘋」而省作「並」。

　　三、「叔」字之由「𦐔」而省作「𣪠」。

柒、連接上下相頂之縱向筆畫，例如——

　　一、「臣」字之由「𦣞」而省作「臣」。

　　二、「更」字之由「𣍩」而省作「更」。

　　三、「表」字之由「表」而省作「表」。

捌、變左右搭黏之兩橫向斜畫爲一橫畫，例如——

　　一、「因」字之由「因」而省作「因」。

　　二、「此」字之由「此」而省作「𰀉」。

　　三、「送」字之由「𨕖」而省作「送」。

玖、連接兩筆以上不同方向之筆畫爲一長畫，例如——

　　一、「近」字之由「近」而省作「近」。

　　二、「哉」字之由「𢦏」而省作「𢦓」。

　　三、「春」字之由「春」而省作「春」。

第二節「六種縮短筆畫的軌跡」，包括：

壹、截去超出於橫畫之上的豎畫，例如——

　　一、「等」字之由「𥬇」而省作「等」。

　　二、「嗇」字之由「嗇」而省作「雷」。

　　三、「肅」字之由「肅」而省作「肅」。

貳、截去貫穿於橫畫之下的豎畫，例如——

　　一、「告」字之由「告」而省作「告」。

　　二、「乾」字之由「乾」而省作「乾」。

　　三、「德」字之由「德」而省作「德」。

叁、變橫向折曲筆畫爲橫畫，例如——

　　一、「左」字之由「𠂇」而省作「元」。

　　二、「君」字之由「君」而省作「君」。

　　三、「既」字之由「既」而省作「既」。

肆、變縱向斜曲筆畫爲豎畫，例如——

　　一、「千」字之由「十」而省作「千」。

　　二、「介」字之由「𠓛」而省作「不」。

　　三、「承」字之由「承」而省作「𠄘」。

伍、分開搭黏的筆畫，例如——

　　一、「六」字之由「六」而省作「六」。

　　二、「東」字之由「東」而省作「東」。

　　三、「馬」字之由「馬」而省作「馬」。

陸、變折曲筆畫爲斜畫，例如——

　　一、「或」字之由「或」而省作「𢦏」。

　　二、「降」字之由「降」而省作「降」。

　　三、「都」字之由「都」而省作「都」。

第三節「五種增多筆畫的軌跡」，包括：

壹、在橫畫之上或下添加橫畫，例如——

　　一、「辛」字之由「辛」而增作「𡘙」。

　　二、「拜」字之由「拜」而增作「拜」。

　　三、「粟」字之由「𥝱」而增作「棄」。

貳、在豎畫之一旁或兩旁添加筆畫，例如——

　　一、「土」字之由「土」而增作「圡」。

　　二、「士」字之由「土」而增作「主」。

　　三、「玉」字之由「王」而增作「玉」。

叁、在字中空曠處添加筆畫，例如——

　　一、「克」字之由「克」而增作「克」。

　　二、「亞」字之由「亞」而增作「亞」。

　　三、「麥」字之由「麥」而增作「麥」。

肆、分割與縱向筆畫相交的橫畫，例如——

　　一、「中」字之由「中」而改作「中」。

　　二、「史」字之由「史」而改作「史」。

　　三、「索」字之由「索」而改作「紫」。

伍、分割與橫畫相交的縱向筆畫，例如——

　　　　一、「夷」字之由「夷」而改作「夷」。

　　　　二、「侯」字之由「侯」而改作「侯」。

　　　　三、「奪」字之由「奪」而改作「奪」。

第四節「五種延長筆畫的軌跡」，包括：

壹、變橫畫為橫向斜曲筆畫，例如——

　　　　一、「卜」字之由「卜」而改作「卜」。

　　　　二、「子」字之由「子」而改作「予」。

　　　　三、「之」字之由「之」而改作「之」。

貳、變豎畫為縱向斜曲筆畫，例如——

　　　　一、「工」字之由「工」而改作「工」。

　　　　二、「乎」字之由「乎」而改作「乎」。

　　　　三、「在」字之由「在」而改作「在」。

叁、延長字中主要的橫畫作隼尾波，例如——

　　　　一、「平」字之由「平」而改作「平」。

　　　　二、「至」字之由「至」而改作「至」。

　　　　三、「雨」字之由「雨」而改作「雨」。

肆、延長字中最後一筆豎畫，例如——

　　　　一、「升」字之由「升」而改作「升」。

　　　　二、「年」字之由「年」而改作「年」。

　　　　三、「命」字之由「命」而改作「命」。

伍、延長字中之縱向筆畫，例如——

　　　　一、「下」字之由「下」而改作「下」。

　　　　二、「府」字之由「府」而改作「府」。

　　　　三、「移」字之由「移」而改作「移」。

　　由以上二十五種軌跡看來，漢代隸書筆畫之演變其實很有條理。李孝定卻認爲：隸書和楷書，「其訛變情形，往往匪夷所思」，並「無規律」。這種說法恐怕值得商榷。

　　總之，漢代隸書的文字構成之探討，乃是一項結合文字學與書法藝術之研究。單從書法或文字切入，都無法窺其全豹。

參考書目

一、專　書

1. 丁度等撰，《集韻》，《小學名著六種》第三種，北京：中華書局，1998。
2. 丁福保，《說文解字詁林》，臺北：鼎文書局，1983。
3. 二玄社，《周石鼓文》，東京，1981。
4. 二玄社，《泰山刻石／瑯邪臺刻石》，東京，1979。
5. 二玄社，《秦權量銘》，東京，1979。
6. 二玄社，《漢乙瑛碑》，東京，1980。
7. 二玄社，《漢尹宙碑》，東京，1980。
8. 二玄社，《漢孔宙碑》，東京，1980。
9. 二玄社，《漢瓦當文集》，東京，1981。
10. 二玄社，《漢北海相景君碑》，東京，1978。
11. 二玄社，《漢史晨前後碑》，東京，1983。
12. 二玄社，《漢石門頌》，東京，1981。
13. 二玄社，《漢西嶽華山廟碑》，東京，1984。
14. 二玄社《漢刻石八種》，東京，1981。
15. 二玄社，《漢孟琁殘碑／張景造土牛碑》，東京，1975。
16. 二玄社，《漢武氏祠畫像題字》，東京，1981。
17. 二玄社，《漢金文集》，東京，1981。
18. 二玄社，《漢封龍山頌》，東京，1976。

19. 二玄社，《漢張遷碑》，東京，1981。

20. 二玄社，《漢曹全碑》，東京，1981。

21. 二玄社，《漢塼文集》，東京，1977。

22. 二玄社，《漢魯峻碑》，東京，1980。

23. 二玄社，《漢禮器碑》，東京，1982。

24. 二玄社，《漢韓仁銘／夏承碑》，東京，1981。

25. 二玄社，《唐顏眞卿多寶塔碑》，東京，1982。

26. 上海書畫出版社，《衡方碑》，上海，2000。

27. 上海書畫出版社，《薛稷信行禪師碑》，上海，2014。

28. 上海書畫出版社，《鮮于璜碑》，上海，2001。

29. 中國文物研究所、湖北省文物考古研究所，《龍崗秦簡》，中華書局，2001。

30. 中國社會科學院考古研究所，《居延漢簡甲編》，北京：科學出版社，1959。

31. 中國社會科學院考古研究所，《居延漢簡甲乙編》，北京：中華書局，1980。

32. 中國科學院考古研究所，《長沙發掘報告》，北京：科學出版社，1957。

33. 中國書店，《朝侯小子碑》，金壇，2001。

34. 中國書法家協會山東分會，《漢碑研究》，濟南：齊魯書社，1990。

35. 內蒙古自治區文物考古研究所等，《額濟納漢簡》，廣西師範大學出版社，2005。

36. 公羊壽傳、何休解詁、徐彥疏，《春秋公羊傳注疏》，《十三經注疏》第七冊，臺北：藝文印書館，1976。

37. 尤袤，《全唐詩話》，北京：中華書局，1985。

38. 方若，《校碑隨筆》，臺北：廣文書局，1981。

39. 包世臣著、祝嘉疏證，《藝舟雙楫疏證》，臺北：華正書局，1980。

40. 毛亨傳、鄭玄箋、孔穎達疏，《毛詩正義》，《十三經注疏》，第二冊，臺北：藝文印書館，1976。

41. 王充，《論衡》，臺北：學人雜誌社，1971。

42. 王壯爲，《書法研究》，臺北：臺灣商務印書館，1979。

43. 王昶，《金石萃編》，西安：陝西人民美術社，1990。

44. 王國維〈釋史〉，《觀堂集林》，北京：中華書局，1991。

45. 王逸注，《楚辭》，臺北：臺灣商務印書館，1965。

46. 王弼、韓康伯注、孔穎達等正義，《周易正義》，《十三經注疏》第一冊，臺北：藝文印書館，1976。

47. 北京大學出土文獻所，《北京大學藏秦代簡牘書迹選粹》，北京，人民美術出版社，2014。

48. 北京大學出土文獻所，《北京大學藏西漢竹書墨迹選粹》，北京，2012。

49. 司馬遷，《史記》，臺北，鼎文書局，1980。

50. 史游著、顏師古注,《急就篇》,臺北:臺灣商務印書館,1986。

51. 古文字詁林編纂委員會,《古文字詁林》,上海:上海教育出版社,2004。

52. 左丘明傳、杜預注、孔穎達疏,《左傳正義》,臺北:藝文印書館,1976。

53. 左丘明撰、韋昭注,《國語》,臺北:臺灣中華書局,1966。

54. 甘肅省文物考古研究所,《天水放馬灘秦簡》,北京:中華書局,2009。

55. 甘肅省文物考古研究所,《敦煌漢簡》,北京:中華書局,1991。

56. 甘肅省文物考古研究所、甘肅省博物館、文化部古文獻研究室、中國社會科學院歷史研究所,《居延新簡——甲渠候官與第四燧》,文物出版社,1990。

57. 甘肅省文物考古研究所、甘肅省博物館、文化部古文獻研究室、中國社會科學院歷史研究所,《居延新簡——甲渠候官》,北京:中華書局,1994。

58. 甘肅簡牘保護研究中心等,《肩水金關漢簡(壹)》,中西書局,2011。

59. 甘肅簡牘保護研究中心等,《肩水金關漢簡(貳)》,中西書局,2012。

60. 甘肅省博物館、甘肅省武威縣文化館,《武威漢代醫簡》,文物出版社,1975。

61. 甘肅省博物館、中國科學院考古研究所,《武威漢簡》,文物出版社,1994;中華書局,2005。

62. 石玉崑,《三俠五義》,臺北:三民書局,2007。

63. 任平,《說隸——秦漢隸書研究》,北京:北京時代華文出版社,2016。

64. 伏見冲敬,《書法大字典》,北京:華夏出版社,2004。

65. 向夏,《說文解字敘講疏——中國文字學導論》,香港:中華書局,1974。

66. 安井衡,《管子纂詁》,臺北:河洛圖書出版社,1976。

67. 朱長文,《墨池編》,臺北:漢華文化公司,1978。

68. 朱長文,《墨池編》,杭州:浙江人民美術出版社,2012。

69. 朱漢民、陳松長,《嶽麓書院藏秦簡(壹)》,上海辭書出版社,2010。

70. 朱漢民、陳松長,《嶽麓書院藏秦簡(貳)》,上海辭書出版社,2011。

71. 朱熹,《四書集注》,臺北:藝文印書館,1996。

72. 朱熹,《楚辭集注》,臺北:華正書局,1974。

73. 米芾,《海岳名言》,《宋元人書學論著》第三種,臺北:世界書局,1972。

74. 余紹宋,《書畫書錄解題》,臺北:臺灣中華書局,1980。

75. 何九盈、胡雙寶、張猛,《中國漢字文化大觀》,北京:北京大學出版社,1995。

76. 何晏注,邢昺疏,《論語正義》,《十三經注疏》第八冊之一,臺北:藝文印書館,1976。

77. 宋濂等,《元史》,臺北·鼎文書局,1979。

78. 杜浩主編,《嶧山碑》,合肥:安徽美術出版社,2014。

79. 李允鉌,《華夏意匠》,臺北:龍田出版社,1983。

80. 李孝定,《甲骨文字集釋》,臺北:中央研究院歷史語言研究所,1982。

81. 李孝定，《金文詁林讀後記》，臺北：中央研究院歷史語言研究所，1982。

82. 李孝定，《漢字史話》，臺北：聯經出版社，1979。

83. 李志賢等編著，《中國篆書大字典》，上海：上海書畫出版社，2014。

84. 李宗焜，《甲骨文字編》，北京：中華書局，2012。

85. 李林甫等撰、陳仲夫點校，《唐六典》，北京：中華書局，1992。

86. 李靜，《隸書字典》，杭州：西泠印社出版社，2013。

87. 沙畹，《斯坦因在東土耳其斯坦所獲漢文文獻》，牛津大學出版社，1913。

88. 沈富進，《彙音寶鑑》，嘉義：文藝學社，1986。

89. 里仁書局，《侯馬盟書》，臺北，1980。

90. 房玄齡等，《晉書》，臺北：鼎文書局，1980。

91. 林尹、高明主編，《中文大辭典》，臺北：中國文化大學出版部，1982。

92. 林梅村，《樓蘭尼雅出土文書》，文物出版社，1985。

93. 浙江古籍出版社，《孔彪碑》，杭州，2006。

94. 長沙市文物考古研究所、中國文物研究所，《長沙東牌樓東漢簡牘》，北京：文物出版社，2006。

95. 洪适，《隸釋》，北京：中華書局，2003。

96. 范曄，《後漢書》，臺北：鼎文書局，1978。

97. 荀卿著、楊倞注、王先謙集解、久保愛增注、豬飼彥博補遺，《增補荀子集解》，臺北：蘭臺書局，1972。

98. 孫岳頒等，《佩文齋書畫譜》，臺北：新興書局，1982。

99. 孫承澤，《庚子銷夏記》，臺北：漢華文化事業公司，1971。

100. 孫過庭等，《唐人書學論著》，臺北：世界書局，2011。

101. 唐蘭，《中國文字學》，臺北：文馨出版社，1975。

102. 唐蘭，《古文字學導論》，臺北：樂天出版社，1973。

103. 容庚，《金文編／金文續編》，臺北：洪氏出版社，1974。

104. 班固，《漢書》，臺北：鼎文書局，1979。

105. 班固撰、陳立疏證，《白虎通疏證》，北京：中華書局，1997。

106. 袁仲一、劉鈺，《秦文字類編》，西安：陝西人民教育出版社，1993。

107. 袁維春，《秦漢碑述》，北京：新華書店，1990。

108. 馬先醒，《居延漢簡新編》，臺北：簡牘學會，1979。

109. 馬建華，《河西簡牘》，重慶：重慶出版社，2015。

110. 高文，《漢碑集釋》，開封：河南大學出版社，1997。

111. 高鴻縉，《中國字例》，臺北：呂青士，1969。

112. 國立歷史博物館編輯委員會，《漢熹平石經》，臺北：國立歷史博物館，1981。

113. 張天弓，《中國書法大事年表》，上海：上海書畫出版社，2012。

114. 張玉書等撰、渡部溫訂正、嚴一萍校正，《校正康熙字典》，臺北：藝文印書館，1973。

115. 張其昀，《西漢史》，臺北：中國文化大學出版部，1982，《中華五千年史》第九冊。

116. 張彥遠，《法書要錄》，杭州：浙江人民美術出版社，2012。

117. 張揖撰、王念孫疏證，《廣雅疏證》，《小學名著六種》第六種，北京：中華書局，1998。

118. 張鳳，《漢晉西陲木簡匯編》，上海：有正書局，1931。

119. 張繼，《隸書研究》，北京：華文出版社，2014。

120. 曹寅蓬，《中國書法字典—金文編》，濟南：山東美術出版社，2013。

121. 梁披雲等，《中國書法大辭典》，香港：書譜出版社，1984。

122. 梁章鉅，《退盦金石書畫跋》，臺北：漢華文化事業公司，1972。

123. 莊嚴，《山堂清話》，臺北：故宮博物院，1980。

124. 許慎著、段玉裁注，《說文解字注》，臺北：藝文印書館，1974。

125. 郭伯佾，《漢代草書的產生》，臺北：花木蘭文化出版社，2011

126. 郭伯佾，《唐代楷書之二篆系統》，臺北：花木蘭文化事業公司，2018。

127. 郭璞注、邢昺疏，《爾雅注疏》，《十三經注疏》，第八冊之三，臺北：藝文印書館，1976。

128. 陳其銓《中國書法概要》，臺北：中國美術出版社，1969。

129. 陳松長，《香港中文大學文物館藏簡牘》，香港：香港中文大學文物館，2001。

130. 陳建貢、徐敏，《簡牘帛書字典》，上海：上海書畫出版社，1991。

131. 陳思，《書苑菁華》，北京：北京圖書館出版社，2003。

132. 陳振裕、劉信芳，《睡虎地秦簡文字編》，武漢：湖北人民出版社，1993。

133. 陳彭年等重修、余迺永校著，《互註校正宋本廣韻》，臺北：聯貫出版社，1974。

134. 陳新雄，《聲類新編》，臺北：臺灣學生書局，1985。

135. 連雲港市博物館、東海縣博物館、中國社會科學院簡帛研究中心、中國文物研究所，《尹灣漢墓簡牘》，北京：中華書局，1997。

136. 章如愚，《山堂考索》，北京：中華書局、1992。

137. 傅斯年，《傅斯年全集》，臺北：聯經出版社，1980。

138. 勞榦編，《居延漢簡圖版之部》，臺北：中央研究院歷史語言研究所，1992。

139. 勞榦著，《居延漢簡考釋之部》，臺北：中央研究院歷史語言研究所，1985。

140. 彭定球等，《全唐詩》，臺北．盤庚出版社，1979。

141. 湖北省文物考古研究所、隨州市考古隊，《隨州孔家坡漢墓簡牘》，北京：文物出版社，2006。

142. 湖北省荊州市周梁玉橋遺址博物館，《關沮秦漢墓簡牘》，北京：中華書局，2001。

143. 湖北省荊州博物館，《荊州高臺秦漢墓》，北京：科學出版社，2000。

144. 湖南省文物考古研究所，《里耶發掘報告》，長沙：嶽麓書社，2007。

145. 湖南省文物考古研究所，《里耶秦簡〔壹〕》，北京：文物出版社，2012。

146. 湖南省博物館、中國科學院考古所，《長沙馬王堆一號漢墓》，北京：文物出版社，1973。

147. 楊倫，《杜詩鏡銓》，臺北：正大印書館，1974

148. 楊家駱主編，《明人書學論著》，臺北：世界書局，1973。

149. 楊家駱主編，《清人書學論著》，臺北：世界書局，1978。

150. 楊家駱主編，《篆刻學》，臺北：世界書局，1973。

151. 斯坦因著，向達譯，《斯坦因西域考古記》，臺北：臺灣中華書局，2017。

152. 斯坦因，《亞洲腹地考古圖記》，桂林：廣西師範大學，2004。

153. 雲夢睡虎地秦墓編寫組，《雲夢睡虎地秦墓》，北京：文物出版社，1981。

154. 馮武，《書法正傳》，臺北：臺灣商務印書館，1975。

155. 黃文傑，《秦漢文字的整理與研究》，北京：社會科學文獻出版社，2015。

156. 黃伯思，《東觀餘論》，臺北：漢華文化公司，1974。

157. 黃長睿，《東觀餘論》，臺北：漢華文化公司，1974。

158. 葉昌熾，《語石》，臺北：臺灣商務印書館，1976。

159. 裘錫圭，《文字學概要》，北京：商務印書館，2003。

160. 虞集，《元蜀郡虞文靖公道園學古錄》，臺北：京華出版社，1968。

161. 漢華文化事業公司，《宋拓漢婁壽碑》，臺北，1981。

162. 熊中，《古今韻會舉要》，臺北：臺灣商務印書館，1986。

163. 穀梁俶傳、范甯集解，楊士勛疏，《穀梁傳注疏》，《十三經注疏》，第七冊，臺北：藝文印書館，1976。

164. 睡虎地秦墓竹簡整理小組，《睡虎地秦墓竹簡》，北京：文物出版社，1990。

165. 趙平安，《隸變研究》，保定：河北大學出版社，2009。

166. 趙岐注，孫奭疏，《孟子正義》，臺北：藝文印書館，1976。

167. 劉向集錄，《戰國策》，臺北：里仁書局，1982。

168. 劉敦楨等，《中國古代建築史》，臺北：明文書局，1983。

169. 劉歆，《西京雜記》，臺北：臺灣商務印書館，1979。

170. 劉勰著、王更生，《文心雕龍讀本》，臺北：文史哲出版社，1980。

171. 劉熙，《釋名》，臺北：臺灣商務印書館，1966。

172. 禚效鋒主編，《漢隸魏碑字典》，長春：吉林文史出版社，2013。

173. 廣西壯族自治區博物館，《廣西貴縣羅泊灣漢墓》，文物出版社，1988。

174. 潘重規，《中國文字學》，臺北：東大圖書公司，1977。

175. 錢存訓《中國古代書史》，香港：香港中文大學，1975。

176. 羅振玉、王國維編著，《流沙墜簡》，北京：中華書局，1993。

177. 蔣善國，《漢字形體學》，北京：文字改革出版社，1959。

178. 鄭玄注、賈公彥疏，《周禮注疏》，臺北：藝文印書館，1976。

179. 鄭玄注、賈公彥等疏，《儀禮注疏》，《十三經注疏》第四冊，臺北：藝文印書館，1976。

180. 盧中南，《楷書研究》，北京：華文出版社，2014。

181. 蕭統撰、李善等註，《增補六臣註文選》，臺北：華正書局，1974。

182. 錢大昕，《三史拾遺》，北京：學苑出版社，2005。

183. 應劭，《風俗通義》，臺北：臺灣商務印書館，1965。

184. 謝桂華等，《居延漢簡釋文合校》，北京：文物出版社，1987。

185. 韓非著，陳奇猷校注，《韓非子集釋》，臺北：河洛圖書出版社，1974。

186. 藝文印書館，《校正甲骨文編》，臺北，1974。

187. 釋元應，《一切經音義》，臺北：臺灣商務印書館，1968。

188. 顧野王，《玉篇》，《小學名著六種》第一種，北京：中華書局，1998。

189. 顧藹吉，《隸辨》，北京：中華書局，2003。

190. 酈道元，《水經注》，臺北：臺灣商務印書館，1968。

二、期刊論文

1. 山東省文物考古研究所，〈山東日照海曲西漢墓（M16）發掘簡報〉，《文物》2010年第 1 期。

2. 山東省博物館、臨沂文物組，〈山東臨沂西漢墓發現《孫子兵法》和《孫臏兵法》等竹簡簡報〉，《文物》1972 年第 2 期。

3. 中國社會科學院考古研究所漢長安城工作隊，〈西安市漢長安城城牆西南角遺址的鑽探與試掘〉，《考古》2006 年第 10 期。

4. 天長市文物管理所、天長市博物館，〈安徽天長西漢墓發掘簡報〉，《文物》2006年第 11 期。

5. 王子今、申秦雁，〈陝西歷史博物館藏武都漢簡〉，《文物》2003 年第 4 期。

6. 王明欽，〈王家臺秦墓竹簡概述〉，載《新出簡帛研究——新出簡帛國際學術研討會文集》，文物出版社，2004。

7. 王明欽、楊開勇，〈湖北荊州謝家橋 1 號漢墓考古發掘取得重要收獲〉，《中國文物報》2008 年 1 月 30 日第 2 版。

8. 王恆餘〈略述簡筆字的源流〉《中國文字》第九卷 12 頁。

9. 北京大學出土文獻研究所，〈北京大學新獲秦簡牘概述〉，載《北京大學出土文獻所工作簡報》總第 3 期，2010。

10. 北京大學出土文獻研究所，〈北京大學新獲秦簡牘清理保護工作簡介〉，載《北京大學出土文獻所工作簡報》總第 3 期，2010。

11. 北京大學出土文獻研究所,〈北京大學藏西漢竹書概說〉,《文物》2011 年第 6 期。

12. 北京大學出土文獻研究所,〈北京大學新獲「西漢竹書」概述〉,載《國際漢學研究通訊》第 1 輯,中華書局,2010。

13. 四川省博物館、青川縣文化館,〈青川縣出土秦更修田律木牘——四川青川縣戰國墓發掘簡報〉,《文物》,1982 年第 1 期。

14. 平朔考古隊,〈山西朔縣秦漢墓發掘簡報〉,《文物》1987 年第 6 期。

15. 甘肅省文物考古研究所、天水市北道區文化館,〈甘肅天水放馬灘戰國秦墓群的發掘〉,《文物》1989 年第二期。

16. 甘肅省文物考古研究所,〈甘肅敦煌漢代懸泉置遺址發掘簡報〉,載:《文物》2000 年第 5 期。

17. 甘肅省文物考古研究所,〈敦煌懸泉漢簡內容概述〉,載:《文物》2000 年第 5 期。

18. 甘肅省文物考古研究所,〈甘肅永昌水泉子漢墓發掘簡報〉,《文物》2009 年第 10 期。

19. 甘肅省博物館、敦煌縣文化館,〈敦煌馬圈灣漢代烽燧遺址發掘簡報〉,《文物》1981 年第 10 期。

20. 甘肅省博物館,〈甘肅武威磨咀子 6 號漢墓〉,《考古》1960 年第 5 期。

21. 甘肅省博物館,〈甘肅武威磨咀子漢墓發掘〉,《考古》1960 年第 9 期。

22. 甘肅省博物館、甘肅省武威縣文化館,〈武威旱灘坡漢墓發掘簡報——出土大批醫藥簡牘〉,《文物》1973 年第 12 期。

23. 田芳等,〈長沙走馬樓出土上萬枚東漢簡牘〉,載:《長沙晚報》2010 年 6 月 24 日第 A08 版。

24. 伍壽民,〈「孫」為形聲字考〉,2019.5.14,未刊稿。

25. 印志華,〈江蘇邗江縣姚莊 102 號漢墓〉,《考古》,2004 年第 4 期。

26. 安徽省文物工作隊、阜陽地區博物館、阜陽縣文化局,〈阜陽雙古堆西漢汝陰侯墓發掘簡報〉,《文物》1978 年第 8 期。

27. 安徽省文物考古研究所、天長縣文物管理所,〈安徽天長縣三角圩戰國西漢墓出土文物〉,《文物》1993 年第 9 期。

28. 朱江松,〈罕見的松柏漢代木牘〉,載:《荊州重要考古發現》,文物出版社,2009。

29. 江蘇泗陽三莊聯合考古隊,〈江蘇泗陽陳墩漢墓〉,《文物》2007 年第 7 期。

30. 李孝定,〈中國文字的原始與演變〉,上篇,《歷史語言研究所集刊》,臺北:中央研究院歷史語言研究所,1974 年 2 月,第四十五本第二分。

31. 李孝定,〈中國文字的原始與演變〉,下篇,《歷史語言研究所集刊》,臺北:中央研究院歷史語言研究所,1974 年 5 月,第四十五本第三分。

32. 林素清,〈漢字的起源與發展〉,載:施淑萍,《國際書法文獻展——文字與書寫》,臺中:國立臺灣美術館,2001。

33. 武威地區博物館,〈甘肅武威旱灘坡東漢墓〉,《文物》1993 年第 10 期。

34. 武威博物館，〈武威新出土王杖詔令冊〉，載：《漢簡研究文集》，甘肅人民出版社，1984。

35. 河北省文物研究所，〈河北定縣40號漢墓發掘簡報〉，《文物》1981年第8期。

36. 河南文物研究所，〈河南舞陽賈湖新石器時代遺址第二至第六次發掘簡報〉，《文物》，1989年第一期。

37. 盱眙縣博物館，〈江蘇東陽小雲山一號漢墓〉，《文物》2004年第5期。

38. 金立，〈江陵鳳凰山八號漢墓竹簡試釋〉，《文物》1976年第6期。

39. 金祥恆〈略述我國文字形體固定的經過〉，《中國文字》第一卷。

40. 長江流域第二期文物考古工作人員訓練班，〈湖北江陵鳳凰山西漢墓發掘簡報〉，《文物》1974年第6期。

41. 長沙市文物考古研究所，〈長沙東牌樓7號古井（J7）發掘簡報〉，《文物》2005年第12期。

42. 長沙市文物考古研究所、望城縣文物管理局，〈湖南望城風篷嶺漢墓發掘簡報〉，《文物》2007年第12期。

43. 長沙市文物考古研究所、長沙簡牘博物館，〈湖南長沙望城坡西漢漁陽墓發掘簡報〉，《文物》2010年第4期。

44. 長沙簡牘博物館、長沙市文物考古研究所聯合發掘組，〈2003年長沙走馬樓西漢簡牘重大考古發現〉，載：《出土文獻研究》，上海古籍出版社，2005年，第7輯。

45. 青海省文物考古工作隊，〈青海大通縣上孫家寨115號漢墓〉，《文物》1981年第2期。

46. 紀南城鳳凰山一六八號漢墓發掘整理組，〈湖北江陵鳳凰山一六八號漢墓發掘簡〉，《文物》1975年第9期。

47. 徐州博物館，〈江蘇徐州黑頭山劉慎墓發掘簡報〉，《文物》2010第11期。

48. 夏鼐，〈新獲之敦煌漢簡〉，載：《考古學論文集》，科學出版社，1961。

49. 荊州地區博物館，〈江陵張家山三座漢墓出土大批竹簡〉，《文物》1985年第1期。

50. 荊州地區博物館，〈江陵張家山兩座漢墓出土大批竹簡〉，《文物》1992年第9期。

51. 荊州博物館，〈湖北荊州謝家橋一號漢墓發掘簡報〉，《文物》2009年第4期。

52. 荊州博物館，《荊州重要考古發現》，文物出版社，2009。

53. 荊州博物館，〈湖北荊州紀南松柏漢墓發掘簡報〉，《文物》2008年第4期。

54. 國家文物局古文獻研究室、大通上孫家寨漢簡整理小組，〈大通上孫家寨漢簡釋文〉，《文物》1981年第2期。

55. 國家文物局古文獻研究室、河北省博物館、河北省文物研究所定縣漢墓整理組〈定縣40號漢墓出土竹簡簡介〉，《文物》1981年第8期。

56. 國家文物局古文獻研究室、安徽省阜陽地區博物館阜陽漢簡整理組，〈阜陽漢簡簡介〉，《文物》1983年第2期。

57. 張昌平，〈隨州孔家坡墓地出土簡牘概述〉，載：《新出簡帛研究》，文物出版社，

2004。

58. 張果詮，〈「八分」爲書寫格式新解〉，《書法研究》，上海書畫社，1988。

59. 張家山漢墓竹簡整理小組，〈江陵張家山漢簡概述〉，《文物》1985 年第 1 期。

60. 張純良、吳莊，〈水泉子漢簡初識〉，《文物》2009 年第 10 期。

61. 張銘洽、王育能，〈西安杜陵日書「農事篇」考辨〉，載：《陝西歷史博物館館刊》第 9 輯，三秦出版社，2002。

62. 張學正，〈甘谷漢簡考釋〉，載：《漢簡研究文集》，甘肅人民出版社，1984。

63. 郭伯佾，〈「八分」名義考釋——王愔「字方八分」說的再肯定〉，《書法論文集》之伍，臺北：中華民國書法教育學會，1989。

64. 陳松長，〈香港中文大學文物館藏簡牘的內容與價值〉，載《新出簡帛研究》，文物出版社，2006。

65. 陳松長，〈嶽麓書院所藏秦簡綜述〉，《文物》2009 年第 3 期。

66. 揚州市文物考古研究所，〈江蘇揚州西漢劉毋智墓發掘簡報〉，《文物》2010 年第 3 期。

67. 揚州博物館，〈江蘇儀徵胥浦 101 號西漢墓〉，《文物》1987 年第 1 期。

68. 揚州博物館、邗江縣文化館，〈江蘇邗江縣胡場漢墓〉，《文物》1980 年第 3 期。

69. 揚州博物館、邗江縣圖書館，〈江蘇邗江縣楊壽鄉寶女墩新莽墓〉，《文物》1991 年第 10 期。

70. 湖北省荊州地區博物館，〈江陵王家臺 15 號秦墓〉，《文物》，1995 年第 1 期。

71. 湖北省荊州地區博物館，〈江陵揚家山 135 號秦墓發掘簡報〉，《文物》，1993 年第 8 期。

72. 湖北孝感地區第二期亦工亦農文物考古訓練班，〈湖北雲夢十一座秦墓發掘簡報〉，《文物》1976 年第 9 期。

73. 湖北省文物考古研究所、孝感地區博物館、雲夢縣博物館，〈雲夢龍崗秦漢墓地第一次發掘簡報〉，《江漢考古》1990 年第 3 期。

74. 湖北省文物考古研究所、隨州市文物局，〈隨州市孔家坡墓地 M8 發掘簡報〉，《文物》2001 年第 9 期。

75. 湖北省文物考古研究所、懷化市文物處、沅陵縣博物館，〈沅陵虎溪山一號漢墓發掘簡報〉，《文物》2003 年第 1 期。

76. 湖北省文物考古研究所、雲夢縣博物館，〈湖北雲夢睡虎地 M77 發掘簡報〉，《江漢考古》2008 年第 4 期。

77. 湖北省江陵縣文物局、荊州地區博物館，〈江陵嶽山秦漢墓〉，《考古學報》2000 年第 4 期。

78. 湖北省博物館，〈光化五座墳西漢墓〉，《考古學報》1976 年第 2 期。

79. 湖北省博物館、孝感地區文教局、雲夢縣文化館漢墓發掘組，〈湖北雲夢西漢墓發掘簡報〉，《文物》1973 年第 9 期。

80. 湖北省博物館,〈雲夢大墳頭一號漢墓〉,載《文物資料叢刊》,文物出版社,1981,第 4 輯。

81. 湖北省荊州地區博物館,〈江陵高臺 18 號墓發掘簡報〉,《文物》,1993 年第 8 期。

82. 湖北省荊州地區博物館,〈蕭家草場 26 號漢墓發掘報告〉,載:《關沮秦漢墓簡牘》,北京:中華書局,2001。

83. 湖南省文物考古研究所、湘西土家族苗族自治州文物處、龍山縣文物管理所,〈湖南里耶戰國──秦代古城一號井發掘簡報〉,《文物》2003 年第 1 期。

84. 湖南省文物考古研究所、中國文物研究所,〈湖南張家界古人堤遺址與出土簡牘概述〉,《中國歷史文物》2003 年第 2 期。

85. 湖南省博物館、中國科學院考古所,〈長沙馬王堆二、三號漢墓發掘簡報〉,《文物》1974 年第 7 期。

86. 敦煌縣文化館,〈敦煌油酥土漢代烽燧遺址出土的木簡〉,載:《漢簡研究文集》,甘肅人民出版社,1984。

87. 敦煌市博物館,〈敦煌清水溝漢代烽燧遺址出土文物調查及漢簡考釋〉,載:《簡帛研究》第 2 輯,法律出版社,1996。

88. 黃盛璋,〈江陵高臺漢墓新出「告地策」、遣策與相關制度發復〉,《江漢考古》,1994 年第 2 期。

89. 楊以平、喬國榮,〈天長西漢木牘述略〉,載:《簡帛研究 2006》,廣西師範大學出版社,2008。

90. 楊定愛,〈江陵毛家園 1 號西漢墓〉,載《中國考古年鑑,1987》,文物出版社,1988。

91. 楊俊,〈敦煌一棵樹漢代烽燧遺址出土的簡牘〉,《敦煌研究》2010 年第 4 期。

92. 裘錫圭,〈湖北江陵鳳凰山十號漢墓出土簡牘考釋〉,《文物》1974 年第 7 期。

93. 嘉峪關市文物保管所,〈玉門花海漢代烽燧遺址出土的簡牘〉,載:《漢簡文字研究集》,甘肅人民出版社,1984。

94. 鳳凰山一六七號漢墓發掘整理小組,〈江陵鳳凰山一六七號漢墓發掘簡報〉,《文物》1976 年第 10 期。

95. 廣西壯族自治區文物工作隊,〈廣西貴縣羅泊灣一號墓發掘簡報〉,文物,1978 第 9 期。

96. 廣州市文物考古研究所、中國社會科學院考古研究所、南越王宮博物館籌建處,〈廣州市南越國宮署遺址西漢墓簡發掘報告〉,《考古》,2006 年第 3 期。

97. 鄭忠華,〈印臺墓地出土大批西漢簡牘〉,載:荊州博物館《荊州重要考古發現》,文物出版社,2009。